LES F

JEAN DE LA FONTAINE

LES FABLES

ILLUSTRÉES PAR **GUSTAVE DORÉ**

CHÊNE

Livre premier

la Cigale et la Fourmi

La Cigale, ayant chanté
Tout l'été,
Se trouva fort dépourvue
Quand la bise fut venue.
Pas un seul petit morceau
De mouche ou de vermisseau.
Elle alla crier famine
Chez la Fourmi sa voisine,
La priant de lui prêter
Quelque grain pour subsister
Jusqu'à la saison nouvelle.
« Je vous paierai, lui dit-elle,
Avant l'oût, foi d'animal,
Intérêt et principal. »
La Fourmi n'est pas prêteuse ;
C'est là son moindre défaut.
« Que faisiez-vous au temps chaud ?
Dit-elle à cette emprunteuse.
— Nuit et jour à tout venant
Je chantais, ne vous déplaise.
— Vous chantiez ? j'en suis fort aise.
Eh bien dansez maintenant. »

LE CORBEAU ET LE RENARD

Maître Corbeau, sur un arbre perché,
Tenait en son bec un fromage.
Maître Renard, par l'odeur alléché,
Lui tint à peu près ce langage :
« Et bonjour, Monsieur du Corbeau.
Que vous êtes joli ! que vous me semblez beau !
Sans mentir, si votre ramage
Se rapporte à votre plumage,
Vous êtes le Phénix des hôtes de ces bois. »
À ces mots, le Corbeau ne se sent pas de joie ;
Et pour montrer sa belle voix,
Il ouvre un large bec, laisse tomber sa proie.
Le Renard s'en saisit, et dit : « Mon bon Monsieur,
Apprenez que tout flatteur
Vit aux dépens de celui qui l'écoute.
Cette leçon vaut bien un fromage, sans doute. »
Le Corbeau, honteux et confus,
Jura, mais un peu tard, qu'on ne l'y prendrait plus.

LA GRENOUILLE QUI SE VEUT FAIRE AUSSI GROSSE QUE LE BŒUF

Une Grenouille vit un Bœuf
Qui lui sembla de belle taille.
Elle, qui n'était pas grosse en tout comme un œuf,
Envieuse, s'étend, et s'enfle, et se travaille
Pour égaler l'animal en grosseur,
Disant : « Regardez bien, ma sœur ;
Est-ce assez ? dites-moi ; n'y suis-je point encore ?
— Nenni. — M'y voici donc ? — Point du tout.
[— M'y voilà ?
— Vous n'en approchez point. » La chétive pécore
S'enfla si bien qu'elle creva.
Le monde est plein de gens qui ne sont pas plus sages :
Tout bourgeois veut bâtir comme les grands seigneurs,
Tout petit prince a des ambassadeurs,
Tout marquis veut avoir des pages.

LES DEUX MULETS

Deux Mulets cheminaient : l'un d'avoine chargé,
L'autre portant l'argent de la gabelle.
Celui-ci, glorieux d'une charge si belle,
N'eût voulu pour beaucoup en être soulagé.
Il marchait d'un pas relevé,
Et faisait sonner sa sonnette :
Quand l'ennemi se présentant,
Comme il en voulait à l'argent,
Sur le Mulet du fisc une troupe se jette,
Le saisit au frein et l'arrête.
Le Mulet en se défendant
Se sent percer de coups : il gémit, il soupire.
« Est-ce donc là, dit-il, ce qu'on m'avait promis ?
Ce Mulet qui me suit du danger se retire,
Et moi j'y tombe, et je péris.
— Ami, lui dit son camarade,
Il n'est pas toujours bon d'avoir un haut emploi :
Si tu n'avais servi qu'un meunier, comme moi,
Tu ne serais pas si malade. »

LE LOUP ET LE CHIEN

Un Loup n'avait que les os et la peau,
Tant les chiens faisaient bonne garde.
Ce Loup rencontre un Dogue aussi puissant que beau,
Gras, poli, qui s'était fourvoyé par mégarde.
L'attaquer, le mettre en quartiers.
Sire Loup l'eût fait volontiers.
Mais il fallait livrer bataille,
Et le mâtin était de taille
À se défendre hardiment.
Le Loup donc l'aborde humblement,
Entre en propos, et lui fait compliment
Sur son embonpoint, qu'il admire.
« Il ne tiendra qu'à vous, beau sire,
D'être aussi gras que moi, lui repartit le Chien.
Quittez les bois, vous ferez bien :
Vos pareils y sont misérables,
Cancres, hères, et pauvres diables,
Dont la condition est de mourir de faim.
Car quoi ? Rien d'assuré : point de franche lippée ;
Tout à la pointe de l'épée.
Suivez-moi : vous aurez un bien meilleur destin. »
Le Loup reprit : « Que me faudra-t-il faire ?
— Presque rien, dit le Chien, donner la chasse aux gens
Portants bâtons, et mendiants ;
Flatter ceux du logis, à son maître complaire :
Moyennant quoi votre salaire
Sera force reliefs de toutes les façons :
Os de poulets, os de pigeons,

Sans parler de mainte caresse. »
Le Loup déjà se forge une félicité
Qui le fait pleurer de tendresse.
Chemin faisant, il vit le col du Chien pelé.
« Qu'est-ce là ? lui dit-il. — Rien. — Quoi ? rien ?
[— Peu de chose.
— Mais encor ? — Le collier dont je suis attaché
De ce que vous voyez est peut-être la cause.
— Attaché ? dit le Loup : vous ne courez donc pas
Où vous voulez ? — Pas toujours, mais qu'importe ?
— Il importe si bien, que de tous vos repas
Je ne veux en aucune sorte,
Et ne voudrais pas même à ce prix un trésor. »
Cela dit, maître Loup s'enfuit, et court encor.

LA GÉNISSE, LA CHÈVRE ET LA BREBIS, EN SOCIÉTÉ AVEC LE LION

La Génisse, la Chèvre et leur sœur la Brebis,
Avec un fier Lion, seigneur du voisinage,
Firent société, dit-on, au temps jadis,
Et mirent en commun le gain et le dommage.
Dans les lacs de la Chèvre un cerf se trouva pris.
Vers ses associés aussitôt elle envoie.
Eux venus, le Lion par ses ongles compta,
Et dit : « Nous sommes quatre à partager la proie ; »
Puis en autant de parts le cerf il dépeça ;
Prit pour lui la première en qualité de Sire :
« Elle doit être à moi, dit-il ; et la raison,
C'est que je m'appelle Lion :

À cela l'on n'a rien à dire.
La seconde, par droit, me doit échoir encor :
Ce droit, vous le savez, c'est le droit du plus fort.
Comme le plus vaillant je prétends la troisième.
Si quelqu'une de vous touche à la quatrième
Je l'étranglerai tout d'abord. »

LA BESACE

Jupiter dit un jour : « Que tout ce qui respire
S'en vienne comparaître aux pieds de ma grandeur.
Si dans son composé quelqu'un trouve à redire,
Il peut le déclarer sans peur :
Je mettrai remède à la chose.
Venez, Singe ; parlez le premier, et pour cause.
Voyez ces animaux, faites comparaison
De leurs beautés avec les vôtres.
Êtes-vous satisfait ? — Moi ? dit-il ; pourquoi non ?
N'ai-je pas quatre pieds aussi bien que les autres ?
Mon portrait jusqu'ici ne m'a rien reproché ;
Mais pour mon frère l'Ours, on ne l'a qu'ébauché :
Jamais, s'il me veut croire, il ne se fera peindre. »
L'Ours venant là-dessus, on crut qu'il s'allait plaindre.
Tant s'en faut : de sa forme il se loua très fort,
Glosa sur l'Éléphant, dit qu'on pourrait encor
Ajouter à sa queue, ôter à ses oreilles ;
Que c'était une masse informe et sans beauté.
L'Éléphant étant écouté,
Tout sage qu'il était, dit des choses pareilles.
Il jugea qu'à son appétit

Dame Baleine était trop grosse.
Dame Fourmi trouva le Ciron trop petit,
Se croyant, pour elle, un colosse.
Jupin les renvoya s'étant censurés tous,
Du reste, contents d'eux ; mais parmi les plus fous
Notre espèce excella ; car tout ce que nous sommes,
Lynx envers nos pareils, et taupes envers nous,
Nous nous pardonnons tout, et rien aux autres hommes.
On se voit d'un autre œil qu'on ne voit son prochain.
Le Fabricateur souverain
Nous créa besaciers tous de même manière,
Tant ceux du temps passé que du temps d'aujourd'hui.
Il fit pour nos défauts la poche de derrière
Et celle de devant pour les défauts d'autrui.

L'Hirondelle et les petits Oiseaux

Une Hirondelle en ses voyages
Avait beaucoup appris. Quiconque a beaucoup vu
Peut avoir beaucoup retenu.
Celle-ci prévoyait jusqu'aux moindres orages,
Et devant qu'ils fussent éclos,
Les annonçait aux matelots.
Il arriva qu'au temps que la chanvre se sème,
Elle vit un manant en couvrir maints sillons.
« Ceci ne me plaît pas, dit-elle aux Oisillons.
Je vous plains : car pour moi, dans ce péril extrême,
Je saurai m'éloigner, ou vivre en quelque coin.
Voyez-vous cette main qui par les airs chemine ?
Un jour viendra, qui n'est pas loin,

Que ce qu'elle répand sera votre ruine.
De là naîtront engins à vous envelopper,
Et lacets pour vous attraper,
Enfin mainte et mainte machine
Qui causera dans la saison
Votre mort ou votre prison.
Gare la cage ou le chaudron.
C'est pourquoi, leur dit l'Hirondelle,
Mangez ce grain ; et croyez-moi. »
Les Oiseaux se moquèrent d'elle :
Ils trouvaient aux champs trop de quoi.
Quand la chènevière fut verte,
L'Hirondelle leur dit : « Arrachez brin à brin
Ce qu'a produit ce maudit grain,
Ou soyez sûrs de votre perte.
— Prophète de malheur, babillarde, dit-on,
Le bel emploi que tu nous donnes !
Il nous faudrait mille personnes
Pour éplucher tout ce canton. »
La chanvre étant tout à fait crue,
L'Hirondelle ajouta : « Ceci ne va pas bien ;
Mauvaise graine est tôt venue.
Mais puisque jusqu'ici l'on ne m'a crue en rien,
Dès que vous verrez que la terre
Sera couverte, et qu'à leurs blés
Les gens n'étant plus occupés
Feront aux oisillons la guerre ;
Quand reginglettes et réseaux
Attraperont petits oiseaux,
Ne volez plus de place en place,
Demeurez au logis, ou changez de climat :

Imitez le canard, la grue et la bécasse.
Mais vous n'êtes pas en état
De passer comme nous les déserts et les ondes,
Ni d'aller chercher d'autres mondes.
C'est pourquoi vous n'avez qu'un parti qui soit sûr :
C'est de vous renfermer aux trous de quelque mur. »
Les Oisillons, las de l'entendre,
Se mirent à jaser aussi confusément
Que faisaient les Troyens quand la pauvre Cassandre
Ouvrait la bouche seulement.
Il en prit aux uns comme aux autres :
Maint oisillon se vit esclave retenu.

Nous n'écoutons d'instincts que ceux qui sont les nôtres,
Et ne croyons le mal que quand il est venu.

LE RAT DE VILLE ET LE RAT DES CHAMPS

Autrefois le Rat de ville
Invita le Rat des champs,
D'une façon fort civile,
À des reliefs d'ortolans.

Sur un tapis de Turquie
Le couvert se trouva mis.
Je laisse à penser la vie
Que firent ces deux amis.

Le régal fut fort honnête,
Rien ne manquait au festin ;

Mais quelqu’un troubla la fête
Pendant qu’ils étaient en train.

À la porte de la salle
Ils entendirent du bruit :
Le Rat de ville détale ;
Son camarade le suit.

Le bruit cesse, on se retire :
Rats en campagne aussitôt ;
Et le citadin de dire :
« Achevons tout notre rôt.

— C’est assez, dit le rustique ;
Demain vous viendrez chez moi :
Ce n’est pas que je me pique
De tous vos festins de roi ;

Mais rien ne vient m’interrompre :
Je mange tout à loisir.
Adieu donc ; fi du plaisir
Que la crainte peut corrompre.

LE LOUP ET L'AGNEAU

La raison du plus fort est toujours la meilleure :
Nous l'allons montrer tout à l'heure.
Un Agneau se désaltérait
Dans le courant d'une onde pure.
Un Loup survient à jeun qui cherchait aventure,
Et que la faim en ces lieux attirait.
« Qui te rend si hardi de troubler mon breuvage ?
Dit cet animal plein de rage :
Tu seras châtié de ta témérité.
— Sire, répond l'Agneau, que votre Majesté
Ne se mette pas en colère ;
Mais plutôt qu'elle considère
Que je me vas désaltérant
Dans le courant,
Plus de vingt pas au-dessous d'Elle,
Et que par conséquent, en aucune façon,
Je ne puis troubler sa boisson.
— Tu la troubles, reprit cette bête cruelle,
Et je sais que de moi tu médis l'an passé.
— Comment l'aurais-je fait si je n'étais pas né ?
Reprit l'Agneau, je tette encor ma mère.
— Si ce n'est toi, c'est donc ton frère.
— Je n'en ai point. — C'est donc quelqu'un des tiens :
Car vous ne m'épargnez guère,
Vous, vos bergers, et vos chiens.
On me l'a dit : il faut que je me venge. »
Là-dessus, au fond des forêts
Le Loup l'emporte, et puis le mange,
Sans autre forme de procès.

L'HOMME ET SON IMAGE

Un homme qui s'aimait sans avoir de rivaux
Passait dans son esprit pour le plus beau du monde.
Il accusait toujours les miroirs d'être faux,
Vivant plus que content dans son erreur profonde.
Afin de le guérir, le sort officieux
Présentait partout à ses yeux
Les conseillers muets dont se servent nos dames :
Miroirs dans les logis, miroirs chez les marchands,
Miroirs aux poches des galands,
Miroirs aux ceintures des femmes.
Que fait notre Narcisse ? Il va se confiner
Aux lieux les plus cachés qu'il peut s'imaginer
N'osant plus des miroirs éprouver l'aventure.
Mais un canal, formé par une source pure,
Se trouve en ces lieux écartés ;
Il s'y voit ; il se fâche ; et ses yeux irrités
Pensent apercevoir une chimère vaine.
Il fait tout ce qu'il peut pour éviter cette eau ;
Mais quoi, le canal est si beau
Qu'il ne le quitte qu'avec peine.
On voit bien où je veux venir.
Je parle à tous ; et cette erreur extrême
Est un mal que chacun se plaît d'entretenir.
Notre âme, c'est cet homme amoureux de lui-même ;
Tant de miroirs, ce sont les sottises d'autrui,
Miroirs, de nos défauts les peintres légitimes ;
Et quant au canal, c'est celui
Que chacun sait, le Livre des *Maximes*.

Le Dragon à plusieurs têtes et le Dragon à plusieurs queues

Un envoyé du Grand Seigneur
Préférait, dit l'Histoire, un jour chez l'Empereur,
Les forces de son maître à celles de l'Empire.
Un Allemand se mit à dire :
« Notre prince a des dépendants
Qui de leur chef sont si puissants
Que chacun d'eux pourrait soudoyer une armée. »
Le Chiaoux, homme de sens,
Lui dit : « Je sais par renommée
Ce que chaque électeur peut de monde fournir ;
Et cela me fait souvenir
D'une aventure étrange, et qui pourtant est vraie.
J'étais en un lieu sûr, lorsque je vis passer
Les cent têtes d'une Hydre au travers d'une haie.
Mon sang commence à se glacer ;
Et je crois qu'à moins on s'effraie.
Je n'en eus toutefois que la peur sans le mal.
Jamais le corps de l'animal
Ne put venir vers moi, ni trouver d'ouverture.
Je rêvais à cette aventure,
Quand un autre Dragon, qui n'avait qu'un seul chef
Et bien plus d'une queue, à passer se présente.
Me voici saisi derechef
D'étonnement et d'épouvante.
Ce chef passe, et le corps, et chaque queue aussi.
Rien ne les empêcha ; l'un fit chemin à l'autre.
Je soutiens qu'il en est ainsi
De votre Empereur et du nôtre ».

LES VOLEURS ET L'ÂNE

Pour un Âne enlevé deux Voleurs se battaient :
L'un voulait le garder ; l'autre le voulait vendre.
Tandis que coups de poing trottaient,
Et que nos champions songeaient à se défendre,
Arrive un troisième larron
Qui saisit maître Aliboron.

L'Âne, c'est quelquefois une pauvre province.
Les Voleurs sont tel ou tel prince,
Comme le Transylvain, le Turc, et le Hongrois.
Au lieu de deux, j'en ai rencontré trois :
Il est assez de cette marchandise.
De nul d'eux n'est souvent la province conquise :
Un quart voleur survient, qui les accorde net
En se saisissant du Baudet.

SIMONIDE PRÉSERVÉ PAR LES DIEUX

On ne peut trop louer trois sortes de personnes :
Les Dieux, sa maîtresse, et son roi.
Malherbe le disait ; j'y souscris quant à moi :
Ce sont maximes toujours bonnes.
La louange chatouille et gagne les esprits ;
Les faveurs d'une belle en sont souvent le prix.
Voyons comme les Dieux l'ont quelquefois payée.

Simonide avait entrepris
L'éloge d'un Athlète, et, la chose essayée,
Il trouva son sujet plein de récits tout nus.
Les parents de l'Athlète étaient gens inconnus,

Son père, un bon bourgeois, lui sans autre mérite :
Matière infertile et petite.
Le poète d'abord parla de son héros.
Après en avoir dit ce qu'il en pouvait dire,
Il se jette à côté, se met sur le propos
De Castor et Pollux, ne manque pas d'écrire
Que leur exemple était aux lutteurs glorieux,
Élève leurs combats, spécifiant les lieux
Où ces frères s'étaient signalés davantage.
Enfin l'éloge de ces Dieux
Faisait les deux tiers de l'ouvrage.
L'Athlète avait promis d'en payer un talent ;
Mais quand il le vit, le galand
N'en donna que le tiers, et dit fort franchement
Que Castor et Pollux acquittassent le reste.
« Faites-vous contenter par ce couple céleste.
Je vous veux traiter cependant :
Venez souper chez moi, nous ferons bonne vie.
Les conviés sont gens choisis,
Mes parents, mes meilleurs amis.
Soyez donc de la compagnie. »
Simonide promit. Peut-être qu'il eut peur
De perdre, outre son dû, le gré de sa louange.
Il vient, l'on festine, l'on mange.
Chacun étant en belle humeur,
Un domestique accourt, l'avertit qu'à la porte
Deux hommes demandaient à le voir promptement.
Il sort de table, et la cohorte
N'en perd pas un seul coup de dent.
Ces deux hommes étaient les gémeaux de l'éloge.
Tous deux lui rendent grâce ; et pour prix de ses vers,

Ils l'avertissent qu'il déloge,
Et que cette maison va tomber à l'envers.
La prédiction en fut vraie ;
Un pilier manque ; et le plafonds,
Ne trouvant plus rien qui l'étaie,
Tombe sur le festin, brise plats et flacons,
N'en fait pas moins aux échansons.
Ce ne fut pas le pis ; car, pour rendre complète
La vengeance due au poète,
Une poutre cassa les jambes à l'Athlète,
Et renvoya les conviés
Pour la plupart estropiés.
La Renommée eut soin de publier l'affaire.
Chacun cria miracle. On doubla le salaire
Que méritaient les vers d'un homme aimé des Dieux.
Il n'était fils de bonne mère
Qui, les payant à qui mieux mieux,
Pour ses ancêtres n'en fît faire.
Je reviens à mon texte et dis premièrement
Qu'on ne saurait manquer de louer largement
Les Dieux et leurs pareils ; de plus, que Melpomène
Souvent sans déroger trafique de sa peine ;
Enfin qu'on doit tenir notre art en quelque prix.
Les grands se font honneur dès lors qu'ils nous font grâce :
Jadis l'Olympe et le Parnasse
Étaient frères et bons amis.

La Mort et le Malheureux

Un Malheureux appelait tous les jours
La Mort à son secours.
« Ô Mort, lui disait-il, que tu me sembles belle !
Viens vite, viens finir ma fortune cruelle. »
La Mort crut, en venant, l'obliger en effet.
Elle frappe à sa porte, elle entre, elle se montre.
« Que vois-je ! cria-t-il, ôtez-moi cet objet ;
Qu'il est hideux ! que sa rencontre
Me cause d'horreur et d'effroi !
N'approche pas, ô Mort ; ô Mort, retire-toi. »

Mécènas fut un galant homme ;
Il a dit quelque part : « Qu'on me rende impotent,
Cul-de-jatte, goutteux, manchot, pourvu qu'en somme
Je vive, c'est assez, je suis plus que content. »
Ne viens jamais, ô Mort : on t'en dit tout autant.

La Mort et le Bûcheron

Un pauvre Bûcheron tout couvert de ramée,
Sous le faix du fagot aussi bien que des ans
Gémissant et courbé marchait à pas pesants,
Et tâchait de gagner sa chaumine enfumée.
Enfin, n'en pouvant plus d'effort et de douleur,
Il met bas son fagot, il songe à son malheur.
Quel plaisir a-t-il eu depuis qu'il est au monde ?
En est-il un plus pauvre en la machine ronde ?
Point de pain quelquefois, et jamais de repos :
Sa femme, ses enfants, les soldats, les impôts,
Le créancier, et la corvée
Lui font d'un malheureux la peinture achevée.
Il appelle la Mort, elle vient sans tarder,
Lui demande ce qu'il faut faire.
« C'est, dit-il, afin de m'aider
À recharger ce bois ; tu ne tarderas guère. »
Le trépas vient tout guérir ;
Mais ne bougeons d'où nous sommes.
Plutôt souffrir que mourir,
C'est la devise des hommes.

L'HOMME ENTRE DEUX ÂGES ET SES DEUX MAÎTRESSES

Un Homme de moyen âge,
Et tirant sur le grison,
Jugea qu'il était saison
De songer au mariage.
Il avait du comptant, Et partant
De quoi choisir. Toutes voulaient lui plaire ;
En quoi notre amoureux ne se pressait pas tant ;
Bien adresser n'est pas petite affaire.
Deux veuves sur son cœur eurent le plus de part :
L'une encor verte, et l'autre un peu bien mûre,
Mais qui réparait par son art
Ce qu'avait détruit la nature.
Ces deux Veuves, en badinant,
En riant, en lui faisant fête,
L'allaient quelquefois testonnant,
C'est-à-dire ajustant sa tête.
La Vieille à tous moments de sa part emportait
Un peu du poil noir qui restait,
Afin que son amant en fût plus à sa guise.
La Jeune saccageait les poils blancs à son tour.
Toutes deux firent tant, que notre tête grise
Demeura sans cheveux, et se douta du tour.
« Je vous rends, leur dit-il, mille grâces, les Belles,
Qui m'avez si bien tondu ;
J'ai plus gagné que perdu :
Car d'hymen, point de nouvelles.
Celle que je prendrais voudrait qu'à sa façon
Je vécusse, et non à la mienne.
Il n'est tête chauve qui tienne,
Je vous suis obligé, Belles, de la leçon. »

LE RENARD ET LA CIGOGNE

Compère le Renard se mit un jour en frais,
Et retint à dîner commère la Cigogne.
Le régal fut petit, et sans beaucoup d'apprêts ;
Le galand pour toute besogne
Avait un brouet clair (il vivait chichement).
Ce brouet fut par lui servi sur une assiette :
La Cigogne au long bec n'en put attraper miette ;
Et le drôle eut lapé le tout en un moment.
Pour se venger de cette tromperie,
À quelque temps de là, la Cigogne le prie.
« Volontiers, lui dit-il, car avec mes amis
Je ne fais point cérémonie. »
À l'heure dite il courut au logis
De la Cigogne son hôtesse,
Loua très fort la politesse,
Trouva le dîner cuit à point.
Bon appétit surtout ; renards n'en manquent point.
Il se réjouissait à l'odeur de la viande
Mise en menus morceaux, et qu'il croyait friande.
On servit, pour l'embarrasser,
En un vase à long col et d'étroite embouchure.
Le bec de la Cigogne y pouvait bien passer,
Mais le museau du sire était d'autre mesure.
Il lui fallut à jeun retourner au logis,
Honteux comme un renard qu'une poule aurait pris,
Serrant la queue, et portant bas l'oreille.
Trompeurs, c'est pour vous que j'écris :
Attendez-vous à la pareille.

L'Enfant et le Maître d'école

Dans ce récit je prétends faire voir
D'un certain sot la remontrance vaine.

Un jeune Enfant dans l'eau se laissa choir,
En badinant sur les bords de la Seine.
Le Ciel permit qu'un saule se trouva
Dont le branchage, après Dieu, le sauva.
S'étant pris, dis-je, aux branches de ce saule,
Par cet endroit passe un Maître d'école.
L'Enfant lui crie : « Au secours, je péris ! »
Le Magister, se tournant à ses cris,
D'un ton fort grave à contre-temps s'avise
De le tancer : « Ah ! le petit babouin !
Voyez, dit-il, où l'a mis sa sottise !
Et puis, prenez de tels fripons le soin.
Que les parents sont malheureux, qu'il faille
Toujours veiller à semblable canaille !
Qu'ils ont de maux ! et que je plains leur sort ! »
Ayant tout dit, il mit l'Enfant à bord.

Je blâme ici plus de gens qu'on ne pense.
Tout babillard, tout censeur, tout pédant,
Se peut connaître au discours que j'avance :
Chacun des trois fait un peuple fort grand ;
Le Créateur en a béni l'engeance.
En toute affaire ils ne font que songer
  Aux moyens d'exercer leur langue.
Hé mon ami, tire-moi de danger :
  Tu feras après ta harangue.

LE COQ ET LA PERLE

Un jour un Coq détourna
Une Perle qu'il donna
Au beau premier lapidaire.
« Je la crois fine, dit-il ;
Mais le moindre grain de mil
Serait bien mieux mon affaire. »
Un ignorant hérita
D'un manuscrit qu'il porta
Chez son voisin le libraire.
« Je crois, dit-il, qu'il est bon ;
Mais le moindre ducaton
Serait bien mieux mon affaire. »

LES FRELONS ET LES MOUCHES À MIEL

À l'œuvre on connaît l'artisan.
Quelques rayons de miel sans maître se trouvèrent,
Des Frelons les réclamèrent.
Des Abeilles s'opposant,
Devant certaine Guêpe on traduisit la cause.
Il était malaisé de décider la chose.
Les témoins déposaient qu'autour de ces rayons
Des animaux ailés, bourdonnants, un peu longs,
De couleur fort tannée et tels que les Abeilles,
Avaient longtemps paru. Mais quoi ! dans les Frelons
Ces enseignes étaient pareilles.
La Guêpe, ne sachant que dire à ces raisons,
Fit enquête nouvelle, et pour plus de lumière
Entendit une fourmilière.
Le point n'en put être éclairci.
« De grâce, à quoi bon tout ceci ?
Dit une Abeille fort prudente,
Depuis tantôt six mois que la cause est pendante,
Nous voici comme aux premiers jours.
Pendant cela le miel se gâte.
Il est temps désormais que le juge se hâte :
N'a-t-il point assez léché l'ours ?
Sans tant de contredits et d'interlocutoires,
Et de fatras, et de grimoires,
Travaillons, les Frelons et nous :
On verra qui sait faire, avec un suc si doux,
Des cellules si bien bâties. »
Le refus des Frelons fit voir

Que cet art passait leur savoir ;
Et la Guêpe adjugea le miel à leurs parties.
Plût à Dieu qu'on réglât ainsi tous les procès !
Que des Turcs en cela l'on suivît la méthode !
Le simple sens commun nous tiendrait lieu de code ;
Il ne faudrait point tant de frais ;
Au lieu qu'on nous mange, on nous gruge,
On nous mine par des longueurs ;
On fait tant, à la fin, que l'huître est pour le juge,
Les écailles pour les plaideurs.

LE CHÊNE ET LE ROSEAU

Le Chêne un jour dit au Roseau :
« Vous avez bien sujet d'accuser la nature ;
Un roitelet pour vous est un pesant fardeau.
Le moindre vent qui d'aventure
Fait rider la face de l'eau,
Vous oblige à baisser la tête :
Cependant que mon front, au Caucase pareil,
Non content d'arrêter les rayons du soleil,
Brave l'effort de la tempête.
Tout vous est aquilon, tout me semble zéphyr.
Encor si vous naissiez à l'abri du feuillage
Dont je couvre le voisinage,
Vous n'auriez pas tant à souffrir :
Je vous défendrais de l'orage ;
Mais vous naissez le plus souvent
Sur les humides bords des royaumes du vent.
La nature envers vous me semble bien injuste.

— Votre compassion, lui répondit l'arbuste,
Part d'un bon naturel ; mais quittez ce souci.
Les vents me sont moins qu'à vous redoutables.
Je plie, et ne romps pas. Vous avez jusqu'ici
Contre leurs coups épouvantables
Résisté sans courber le dos ;
Mais attendons la fin. » Comme il disait ces mots
Du bout de l'horizon accourt avec furie
Le plus terrible des enfants
Que le Nord eût porté jusques-là dans ses flancs.
L'Arbre tient bon ; le Roseau plie.
Le vent redouble ses efforts,
Et fait si bien qu'il déracine
Celui de qui la tête au ciel était voisine,
Et dont les pieds touchaient à l'empire des morts.

Livre deuxième

Contre ceux qui ont le goût difficile

Quand j'aurais, en naissant, reçu de Calliope
Les dons qu'à ses amants cette Muse a promis,
Je les consacrerais aux mensonges d'Ésope :
Le mensonge et les vers de tout temps sont amis.
Mais je ne me crois pas si chéri du Parnasse
Que de savoir orner toutes ces fictions.
On peut donner du lustre à leurs inventions ;
On le peut, je l'essaie ; un plus savant le fasse.
Cependant jusqu'ici d'un langage nouveau
J'ai fait parler le Loup et répondre l'Agneau.
J'ai passé plus avant : les arbres et les plantes
Sont devenus chez moi créatures parlantes.
Qui ne prendrait ceci pour un enchantement ?
« Vraiment, me diront nos critiques,
Vous parlez magnifiquement
De cinq ou six contes d'enfant. »
Censeurs, en voulez-vous qui soient plus
[authentiques
Et d'un style plus haut ? En voici. Les Troyens,
Après dix ans de guerre autour de leurs murailles,
Avaient lassé les Grecs qui, par mille moyens,
Par mille assauts, par cent batailles,
N'avaient pu mettre à bout cette fière cité ;
Quand un cheval de bois par Minerve inventé
D'un rare et nouvel artifice,
Dans ses énormes flancs reçut le sage Ulysse,
Le vaillant Diomède, Ajax l'impétueux,

Que ce colosse monstrueux
Avec leurs escadrons devait porter dans Troie,
Livrant à leur fureur ses dieux mêmes en proie.
Stratagème inouï, qui des fabricateurs
Paya la constance et la peine.
« C'est assez, me dira quelqu'un de nos auteurs ;
La période est longue, il faut reprendre haleine ;
Et puis votre cheval de bois,
Vos héros avec leurs phalanges,
Ce sont des contes plus étranges
Qu'un renard qui cajole un corbeau sur sa voix.
De plus, il vous sied mal d'écrire en si haut style. »
Et bien, baissons d'un ton. La jalouse Amarylle
Songeait à son Alcippe, et croyait de ses soins
N'avoir que ses moutons et son chien pour témoins.
Tircis, qui l'aperçut, se glisse entre des saules ;
Il entend la bergère adressant ces paroles
Au doux Zéphire, et le priant
De les porter à son amant.
« Je vous arrête à cette rime,
Dira mon censeur à l'instant,
Je ne la tiens pas légitime,
Ni d'une assez grande vertu.
Remettez, pour le mieux, ces deux vers à la fonte. »
Maudit censeur, te tairas-tu ?
Ne saurais-je achever mon conte ?
C'est un dessein très dangereux
Que d'entreprendre de te plaire.

Les délicats sont malheureux :
Rien ne saurait les satisfaire.

CONSEIL TENU PAR LES RATS

Un Chat, nommé Rodilardus
Faisait de Rats telle déconfiture
Que l'on n'en voyait presque plus,
Tant il en avait mis dedans la sépulture.
Le peu qu'il en restait, n'osant quitter son trou,
Ne trouvait à manger que le quart de son sou ;
Et Rodilard passait, chez la gent misérable,
Non pour un chat, mais pour un diable.
Or un jour qu'au haut et au loin
Le galand alla chercher femme,
Pendant tout le sabbat qu'il fit avec sa dame,
Le demeurant des Rats tint chapitre en un coin
Sur la nécessité présente.
Dès l'abord leur Doyen, personne fort prudente,
Opina qu'il fallait, et plus tôt que plus tard,
Attacher un grelot au cou de Rodilard ;
Qu'ainsi, quand il irait en guerre,
De sa marche avertis, ils s'enfuiraient sous terre ;
Qu'il n'y savait que ce moyen.
Chacun fut de l'avis de Monsieur le Doyen,
Chose ne leur parut à tous plus salutaire.
La difficulté fut d'attacher le grelot.
L'un dit : « Je n'y vas point, je ne suis pas si sot. » ;
L'autre : « Je ne saurais. » Si bien que sans rien faire
On se quitta. J'ai maints chapitres vus,
Qui pour néant se sont ainsi tenus ;
Chapitres non de Rats, mais chapitres de moines,
Voire chapitres de chanoines.

Ne faut-il que délibérer,
La cour en conseillers foisonne ;
Est-il besoin d'exécuter,
L'on ne rencontre plus personne.

LE LOUP PLAIDANT CONTRE LE RENARD PAR-DEVANT LE SINGE

Un Loup disait que l'on l'avait volé :
Un Renard, son voisin, d'assez mauvaise vie,
Pour ce prétendu vol par lui fut appelé.
Devant le Singe il fut plaidé,
Non point par avocats, mais par chaque partie.
Thémis n'avait point travaillé,
De mémoire de singe, à fait plus embrouillé.
Le magistrat suait en son lit de justice.
Après qu'on eut bien contesté,
Répliqué, crié, tempêté,
Le juge, instruit de leur malice,
Leur dit : « Je vous connais de longtemps, mes amis,
Et tous deux vous paierez l'amende :
Car toi, Loup, tu te plains, quoiqu'on ne t'ait rien pris ;
Et toi, Renard, as pris ce que l'on te demande. »
Le juge prétendait qu'à tort et à travers
On ne saurait manquer condamnant un pervers.

LES DEUX TAUREAUX ET UNE GRENOUILLE

Deux Taureaux combattaient à qui posséderait
Une Génisse avec l'empire.
Une Grenouille en soupirait.
« Qu'avez-vous ? » se mit à lui dire
Quelqu'un du peuple croassant.
« Et ne voyez-vous pas, dit-elle,
Que la fin de cette querelle
Sera l'exil de l'un ; que l'autre, le chassant,
Le fera renoncer aux campagnes fleuries ?
Il ne régnera plus sur l'herbe des prairies,
Viendra dans nos marais régner sur les roseaux,
Et nous foulant aux pieds jusques au fond des eaux,
Tantôt l'une, et puis l'autre, il faudra qu'on pâtisse
Du combat qu'a causé Madame la Génisse. »
Cette crainte était de bon sens.
L'un des Taureaux en leur demeure
S'alla cacher à leurs dépens :
Il en écrasait vingt par heure.

Hélas ! on voit que de tout temps
Les petits ont pâti des sottises des grands.

LA CHAUVE-SOURIS ET LES DEUX BELETTES

Une Chauve-Souris donna tête baissée
Dans un nid de Belette ; et sitôt qu'elle y fut,
L'autre, envers les souris de longtemps courroucée,
Pour la dévorer accourut.
« Quoi ! vous osez, dit-elle, à mes yeux vous produire,
Après que votre race a tâché de me nuire !
N'êtes-vous pas souris ? Parlez sans fiction.
Oui, vous l'êtes, ou bien je ne suis pas belette.
— Pardonnez-moi, dit la pauvrette,
Ce n'est pas ma profession.
Moi, souris ! Des méchants vous ont dit ces nouvelles.
Grâce à l'auteur de l'univers,
Je suis oiseau : voyez mes ailes :
Vive la gent qui fend les airs ! »
Sa raison plut, et sembla bonne.
Elle fait si bien qu'on lui donne
Liberté de se retirer.
Deux jours après, notre étourdie
Aveuglément se va fourrer
Chez une autre Belette, aux oiseaux ennemie.
La voilà derechef en danger de sa vie.
La dame du logis avec son long museau
S'en allait la croquer en qualité d'oiseau,
Quand elle protesta qu'on lui faisait outrage :
« Moi, pour telle passer ! Vous n'y regardez pas.
Qui fait l'oiseau ? C'est le plumage.
Je suis souris : vivent les rats !
Jupiter confonde les chats ! »
Par cette adroite repartie

Elle sauva deux fois sa vie.
Plusieurs se sont trouvés qui, d'écharpe changeants
Aux dangers, ainsi qu'elle, ont souvent fait la figue.
Le sage dit, selon les gens :
« Vive le Roi ! vive la Ligue ! »

L'Oiseau blessé d'une flèche

Mortellement atteint d'une flèche empennée,
Un Oiseau déplorait sa triste destinée,
Et disait, en souffrant un surcroît de douleur :
« Faut-il contribuer à son propre malheur ?
Cruels humains, vous tirez de nos ailes
De quoi faire voler ces machines mortelles.
Mais ne vous moquez point, engeance sans pitié :
Souvent il vous arrive un sort comme le nôtre. »
Des enfants de Japet toujours une moitié
Fournira des armes à l'autre.

La Lice et sa Compagne

Une Lice étant sur son terme,
Et ne sachant où mettre un fardeau si pressant,
Fait si bien qu'à la fin sa Compagne consent
De lui prêter sa hutte, où la Lice s'enferme.
Au bout de quelque temps sa Compagne revient.
La Lice lui demande encore une quinzaine.
Ses petits ne marchaient, disait-elle, qu'à peine.
Pour faire court, elle l'obtient.
Ce second terme échu, l'autre lui redemande

Sa maison, sa chambre, son lit.
La Lice cette fois montre les dents, et dit :
« Je suis prête à sortir avec toute ma bande,
Si vous pouvez nous mettre hors. »
Ses enfants étaient déjà forts.
Ce qu'on donne aux méchants, toujours on le regrette.
Pour tirer d'eux ce qu'on leur prête,
Il faut que l'on en vienne aux coups ;
Il faut plaider, il faut combattre.
Laissez-leur prendre un pied chez vous,
Ils en auront bientôt pris quatre.

L'Aigle et l'Escarbot

L'Aigle donnait la chasse à Maître Jean Lapin,
Qui droit à son terrier s'enfuyait au plus vite.
Le trou de l'Escarbot se rencontre en chemin.
Je laisse à penser si ce gîte
Était sûr ; mais où mieux ? Jean Lapin s'y blottit.
L'Aigle fondant sur lui nonobstant cet asile,
L'Escarbot intercède, et dit :
« Princesse des oiseaux, il vous est fort facile
D'enlever malgré moi ce pauvre malheureux ;
Mais ne me faites pas cet affront, je vous prie ;
Et puisque Jean Lapin vous demande la vie,
Donnez-la-lui, de grâce, ou l'ôtez à tous deux :
C'est mon voisin, c'est mon compère. »
L'oiseau de Jupiter, sans répondre un seul mot,
Choque de l'aile l'Escarbot,

L'étourdit, l'oblige à se taire,
Enlève Jean Lapin. L'Escarbot indigné
Vole au nid de l'oiseau, fracasse en son absence
Ses œufs, ses tendres œufs, sa plus douce espérance :
Pas un seul ne fut épargné.
L'Aigle étant de retour et voyant ce ménage,
Remplit le ciel de cris, et pour comble de rage,
Ne sait sur qui venger le tort qu'elle a souffert.
Elle gémit en vain, sa plainte au vent se perd.
Il fallut pour cet an vivre en mère affligée.
L'an suivant, elle mit son nid en lieu plus haut.
L'Escarbot prend son temps, fait faire aux œufs le saut :
La mort de Jean Lapin derechef est vengée.
Ce second deuil fut tel que l'écho de ces bois
N'en dormit de plus de six mois.
L'oiseau qui porte Ganymède
Du monarque des Dieux enfin implore l'aide,
Dépose en son giron ses œufs, et croit qu'en paix
Ils seront dans ce lieu, que pour ses intérêts
Jupiter se verra contraint de les défendre :
Hardi qui les irait là prendre.
Aussi ne les y prit-on pas.
Leur ennemi changea de note,
Sur la robe du dieu fit tomber une crotte :
Le dieu la secouant jeta les œufs à bas.
Quand l'Aigle sut l'inadvertance,
Elle menaça Jupiter
D'abandonner sa cour, d'aller vivre au désert,
Avec mainte autre extravagance.
Le pauvre Jupiter se tut :
Devant son tribunal l'Escarbot comparut,

Fit sa plainte, et conta l'affaire.
On fit entendre à l'Aigle enfin qu'elle avait tort.
Mais les deux ennemis ne voulant point d'accord,
Le monarque des Dieux s'avisa, pour bien faire,
De transporter le temps où l'Aigle fait l'amour
En une autre saison, quand la race Escarbote
Est en quartier d'hiver, et comme la marmotte,
Se cache et ne voit point le jour.

Le Lion et le Moucheron

« Va-t'en, chétif insecte, excrément de la terre. »
C'est en ces mots que le Lion
Parlait un jour au Moucheron.
L'autre lui déclara la guerre.
« Penses-tu, lui dit-il, que ton titre de roi
Me fasse peur ni me soucie ?
Un bœuf est plus puissant que toi,
Je le mène à ma fantaisie. »
À peine il achevait ces mots
Que lui-même il sonna la charge,
Fut le trompette et le héros.
Dans l'abord il se met au large,
Puis prend son temps, fond sur le cou
Du Lion, qu'il rend presque fou.
Le quadrupède écume, et son œil étincelle ;
Il rugit, on se cache, on tremble à l'environ ;
Et cette alarme universelle
Est l'ouvrage d'un moucheron.
Un avorton de mouche en cent lieux le harcelle :

Tantôt pique l'échine, et tantôt le museau,
Tantôt entre au fond du naseau.
La rage alors se trouve à son faîte montée.
L'invisible ennemi triomphe, et rit de voir
Qu'il n'est griffe ni dent en la bête irritée
Qui de la mettre en sang ne fasse son devoir.
Le malheureux Lion se déchire lui-même,
Fait résonner sa queue à l'entour de ses flancs,
Bat l'air, qui n'en peut mais ; et sa fureur extrême
Le fatigue, l'abat ; le voilà sur les dents.
L'insecte du combat se retire avec gloire :
Comme il sonna la charge, il sonne la victoire,
Va partout l'annoncer, et rencontre en chemin
L'embuscade d'une araignée :
Il y rencontre aussi sa fin.

Quelle chose par là nous peut être enseignée ?
J'en vois deux, dont l'une est qu'entre nos ennemis
Les plus à craindre sont souvent les plus petits ;
L'autre, qu'aux grands périls tel a pu se soustraire,
Qui périt pour la moindre affaire.

L'ÂNE CHARGÉ D'ÉPONGES ET L'ÂNE CHARGÉ DE SEL

Un Ânier, son sceptre à la main,
Menait, en empereur romain,
Deux coursiers à longues oreilles.
L'un d'éponges chargé marchait comme un courrier ;
Et l'autre se faisant prier
Portait, comme on dit, les bouteilles :
Sa charge était de sel. Nos gaillards pèlerins,
Par monts, par vaux et par chemins,
Au gué d'une rivière à la fin arrivèrent,
Et fort empêchés se trouvèrent.
L'Ânier, qui tous les jours traversait ce gué-là,
Sur l'Âne à l'éponge monta,
Chassant devant lui l'autre bête,
Qui voulant en faire à sa tête,
Dans un trou se précipita,
Revint sur l'eau, puis échappa ;
Car au bout de quelques nagées,
Tout son sel se fondit si bien
Que le Baudet ne sentit rien
Sur ses épaules soulagées.
Camarade épongier prit exemple sur lui,
Comme un mouton qui va dessus la foi d'autrui.
Voilà mon Âne à l'eau : jusqu'au col il se plonge,
Lui, le conducteur et l'éponge.
Tous trois burent d'autant : l'Ânier et le Grison
Firent à l'éponge raison.
Celle-ci devint si pesante,
Et de tant d'eau s'emplit d'abord,

Que l'Âne succombant ne put gagner le bord.
L'Ânier l'embrassait dans l'attente
D'une prompte et certaine mort.
Quelqu'un vint au secours : qui ce fut, il n'importe ;
C'est assez qu'on ait vu par là qu'il ne faut point
Agir chacun de même sorte.
J'en voulais venir à ce point.

LE LION ET LE RAT

Il faut, autant qu'on peut, obliger tout le monde :
On a souvent besoin d'un plus petit que soi.
De cette vérité deux fables feront foi,
Tant la chose en preuves abonde.

Entre les pattes d'un Lion
Un Rat sortit de terre assez à l'étourdie.
Le roi des animaux, en cette occasion,
Montra ce qu'il était, et lui donna la vie.
Ce bienfait ne fut pas perdu.
Quelqu'un aurait-il jamais cru
Qu'un Lion d'un Rat eût affaire ?
Cependant il avint qu'au sortir des forêts
Ce Lion fut pris dans des rets
Dont ses rugissements ne le purent défaire.
Sire Rat accourut, et fit tant par ses dents
Qu'une maille rongée emporta tout l'ouvrage.
Patience et longueur de temps
Font plus que force ni que rage.

LA COLOMBE ET LA FOURMI

L'autre exemple est tiré d'animaux plus petits.

Le long d'un clair ruisseau buvait une Colombe,
Quand sur l'eau se penchant une Fourmis y tombe ;
Et dans cet océan l'on eût vu la Fourmis
S'efforcer, mais en vain, de regagner la rive.
La Colombe aussitôt usa de charité :
Un brin d'herbe dans l'eau par elle étant jeté,
Ce fut un promontoire où la Fourmis arrive.
Elle se sauve ; et là-dessus
Passe un certain croquant qui marchait les pieds nus.
Ce croquant par hasard avait une arbalète.
Dès qu'il voit l'oiseau de Vénus,
Il le croit en son pot, et déjà lui fait fête.
Tandis qu'à le tuer mon villageois s'apprête,
La Fourmis le pique au talon.
Le vilain retourne la tête.
La Colombe l'entend, part, et tire de long.
Le soupé du croquant avec elle s'envole :
Point de Pigeon pour une obole.

L'ASTROLOGUE QUI SE LAISSE TOMBER DANS UN PUITS

Un Astrologue un jour se laissa choir
Au fond d'un puits. On lui dit : « Pauvre bête,
Tandis qu'à peine à tes pieds tu peux voir,
Penses-tu lire au-dessus de ta tête ? »
Cette aventure en soi, sans aller plus avant,
Peut servir de leçon à la plupart des hommes.
Parmi ce que de gens sur la terre nous sommes,
Il en est peu qui fort souvent
Ne se plaisent d'entendre dire
Qu'au livre du Destin les mortels peuvent lire.
Mais ce livre qu'Homère et les siens ont chanté,
Qu'est-ce que le hasard parmi l'Antiquité,
Et parmi nous la Providence ?
Or du hasard il n'est point de science :
S'il en était, on aurait tort
De l'appeler hasard, ni fortune, ni sort,
Toutes choses très incertaines.
Quant aux volontés souveraines
De Celui qui fait tout, et rien qu'avec dessein,
Qui les sait, que lui seul ? Comment lire en son sein ?
Aurait-il imprimé sur le front des étoiles
Ce que la nuit des temps enferme dans ses voiles ?
À quelle utilité ? Pour exercer l'esprit
De ceux qui de la sphère et du globe ont écrit ?
Pour nous faire éviter des maux inévitables ?
Nous rendre dans les biens de plaisir incapables ?
Et causant du dégoût pour ces biens prévenus,
Les convertir en maux devant qu'ils soient venus ?
C'est erreur, ou plutôt c'est crime de le croire.

Le firmament se meut ; les astres font leur cours,
Le soleil nous luit tous les jours,
Tous les jours sa clarté succède à l'ombre noire,
Sans que nous en puissions autre chose inférer
Que la nécessité de luire et d'éclairer,
D'amener les saisons, de mûrir les semences,
De verser sur les corps certaines influences.
Du reste, en quoi répond au sort toujours divers
Ce train toujours égal dont marche l'Univers ?
Charlatans, faiseurs d'horoscope,
Quittez les cours des princes de l'Europe ;
Emmenez avec vous les souffleurs tout d'un temps.
Vous ne méritez pas plus de foi que ces gens.

Je m'emporte un peu trop : revenons à l'histoire
De ce spéculateur qui fut contraint de boire.
Outre la vanité de son art mensonger,
C'est l'image de ceux qui bâillent aux chimères,
Cependant qu'ils sont en danger,
Soit pour eux, soit pour leurs affaires.

LE LIÈVRE ET LES GRENOUILLES

Un Lièvre en son gîte songeait
(Car que faire en un gîte, à moins que l'on ne songe ?) ;
Dans un profond ennui ce Lièvre se plongeait :
Cet animal est triste, et la crainte le ronge.
« Les gens de naturel peureux
Sont, disait-il, bien malheureux ;
Ils ne sauraient manger morceau qui leur profite.
Jamais un plaisir pur, toujours assauts divers.

Voilà comme je vis : cette crainte maudite
M'empêche de dormir, sinon les yeux ouverts.
Corrigez-vous, dira quelque sage cervelle.
Et la peur se corrige-t-elle ?
Je crois même qu'en bonne foi
Les hommes ont peur comme moi. »
Ainsi raisonnait notre Lièvre
Et cependant faisait le guet.
Il était douteux, inquiet :
Un souffle, une ombre, un rien, tout lui donnait la fièvre.
Le mélancolique animal
En rêvant à cette matière,
Entend un léger bruit : ce lui fut un signal
Pour s'enfuir devers sa tanière.
Il s'en alla passer sur le bord d'un étang.
Grenouilles aussitôt de sauter dans les ondes,
Grenouilles de rentrer en leurs grottes profondes.
« Oh ! dit-il, j'en fais faire autant
Qu'on m'en fait faire ! Ma présence
Effraie aussi les gens, je mets l'alarme au camp !
Et d'où me vient cette vaillance ?
Comment ! des animaux qui tremblent devant moi !
Je suis donc un foudre de guerre !
Il n'est, je le vois bien, si poltron sur la terre
Qui ne puisse trouver un plus poltron que soi. »

LE COQ ET LE RENARD

Sur la branche d'un arbre était en sentinelle
Un vieux Coq adroit et matois.
« Frère, dit un Renard, adoucissant sa voix,
Nous ne sommes plus en querelle :
Paix générale cette fois.
Je viens te l'annoncer ; descends que je t'embrasse.
Ne me retarde point, de grâce :
Je dois faire aujourd'hui vingt postes sans manquer.
Les tiens et toi pouvez vaquer
Sans nulle crainte à vos affaires ;
Nous vous y servirons en frères.
Faites-en les feux dès ce soir.
Et cependant viens recevoir
Le baiser d'amour fraternelle.
— Ami, reprit le Coq, je ne pouvais jamais
Apprendre une plus douce et meilleure nouvelle
Que celle
De cette paix ;
Et ce m'est une double joie
De la tenir de toi. Je vois deux Lévriers,
Qui, je m'assure, sont courriers
Que pour ce sujet on envoie.
Ils vont vite, et seront dans un moment à nous.
Je descends : nous pourrons nous entre-baiser tous.
— Adieu, dit le Renard, ma traite est longue à faire :
Nous nous réjouirons du succès de l'affaire
Une autre fois. » Le galand aussitôt
Tire ses grègues, gagne au haut,

Mal content de son stratagème.
Et notre vieux Coq en soi-même
Se mit à rire de sa peur ;
Car c'est double plaisir de tromper le trompeur.

LE CORBEAU VOULANT IMITER L'AIGLE

L'oiseau de Jupiter enlevant un mouton,
Un Corbeau, témoin de l'affaire,
Et plus faible de reins, mais non pas moins glouton,
En voulut sur l'heure autant faire.
Il tourne à l'entour du troupeau,
Marque entre cent moutons le plus gras, le plus beau,
Un vrai mouton de sacrifice :
On l'avait réservé pour la bouche des Dieux.
Gaillard Corbeau disait, en le couvant des yeux :
« Je ne sais pas qui fut ta nourrice ;
Mais ton corps me paraît en merveilleux état :
Tu me serviras de pâture. »
Sur l'animal bêlant à ces mots il s'abat.
La moutonnière créature
Pesait plus qu'un fromage, outre que sa toison
Était d'une épaisseur extrême,
Et mêlée à peu près de la même façon
Que la barbe de Polyphème.
Elle empêtra si bien les serres du Corbeau
Que le pauvre animal ne put faire retraite.
Le berger vient, le prend, l'encage bien et beau,
Le donne à ses enfants pour servir d'amusette.
Il faut se mesurer, la conséquence est nette :

Mal prend aux volereaux de faire les voleurs.
L'exemple est un dangereux leurre :
Tous les mangeurs de gens ne sont pas grands seigneurs;
Où la Guêpe a passé le Moucheron demeure.

Le Paon se plaignant à Junon

Le Paon se plaignait à Junon :
« Déesse, disait-il, ce n'est pas sans raison
Que je me plains, que je murmure :
Le chant dont vous m'avez fait don
Déplaît à toute la nature ;
Au lieu qu'un Rossignol, chétive créature,
Forme des sons aussi doux qu'éclatants,
Est lui seul l'honneur du printemps. »
Junon répondit en colère :
« Oiseau jaloux, et qui devrais te taire,
Est-ce à toi d'envier la voix du Rossignol,
Toi que l'on voit porter à l'entour de ton col
Un arc-en-ciel nué de cent sortes de soies ;
Qui te panades, qui déploies
Une si riche queue, et qui semble à nos yeux
La boutique d'un lapidaire ?
Est-il quelque oiseau sous les cieux
Plus que toi capable de plaire ?
Tout animal n'a pas toutes propriétés.
Nous vous avons donné diverses qualités :
Les uns ont la grandeur et la force en partage ;
Le Faucon est léger, l'Aigle plein de courage ;
Le Corbeau sert pour le présage ;

La Corneille avertit des malheurs à venir ;
Tous sont contents de leur ramage.
Cesse donc de te plaindre, ou bien, pour te punir,
Je t'ôterai ton plumage. »

LA CHATTE MÉTAMORPHOSÉE EN FEMME

Un Homme chérissait éperdument sa Chatte ;
Il la trouvait mignonne, et belle, et délicate,
Qui miaulait d'un ton fort doux.
Il était plus fou que les fous.
Cet homme donc, par prières, par larmes,
Par sortilèges et par charmes,
Fait tant qu'il obtient du Destin
Que sa Chatte en un beau matin
Devient femme, et le matin même,
Maître sot en fait sa moitié.
Le voilà fou d'amour extrême,
De fou qu'il était d'amitié.
Jamais la dame la plus belle
Ne charma tant son favori
Que fait cette épouse nouvelle
Son hypocondre de mari.
Il l'amadoue, elle le flatte ;
Il n'y trouve plus rien de chatte ;
Et poussant l'erreur jusqu'au bout,
La croit femme en tout et partout,
Lorsque quelques souris qui rongeaient de la natte
Troublèrent le plaisir des nouveaux mariés.
Aussitôt la femme est sur pieds.

Elle manqua son aventure.
Souris de revenir, femme d'être en posture.
Pour cette fois elle accourut à point ;
Car ayant changé de figure,
Les souris ne la craignaient point.
Ce lui fut toujours une amorce,
Tant le naturel a de force.
Il se moque de tout, certain âge accompli.
Le vase est imbibé, l'étoffe a pris son pli.
En vain de son train ordinaire
On le veut désaccoutumer :
Quelque chose qu'on puisse faire,
On ne saurait le réformer.
Coups de fourche ni d'étrivières
Ne lui font changer de manières ;
Et fussiez-vous embâtonnés,
Jamais vous n'en serez les maîtres.
Qu'on lui ferme la porte au nez,
Il reviendra par les fenêtres.

LE LION ET L'ÂNE CHASSANT

Le roi des animaux se mit un jour en tête
De giboyer : il célébrait sa fête.
Le gibier du lion, ce ne sont pas moineaux,
Mais beaux et bons sangliers, daims et cerfs bons et beaux.
Pour réussir dans cette affaire,
Il se servit du ministère
De l'Âne à la voix de Stentor.

L'Âne à Messer Lion fit office de cor.
Le Lion le posta, le couvrit de ramée,
Lui commanda de braire, assuré qu'à ce son
Les moins intimidés fuiraient de leur maison.
Leur troupe n'était pas encore accoutumée
À la tempête de sa voix ;
L'air en retentissait d'un bruit épouvantable ;
La frayeur saisissait les hôtes de ces bois.
Tous fuyaient, tous tombaient au piège inévitable
Où les attendait le Lion.
« N'ai-je pas bien servi dans cette occasion ?
Dit l'Âne, en se donnant tout l'honneur de la chasse.
— Oui, reprit le Lion, c'est bravement crié :
Si je ne connaissais ta personne et ta race,
J'en serais moi-même effrayé. »
L'Âne, s'il eût osé, se fût mis en colère,
Encor qu'on le raillât avec juste raison :
Car qui pourrait souffrir un âne fanfaron ?
Ce n'est pas là leur caractère.

Testament expliqué par Ésope

Si ce qu'on dit d'Ésope est vrai,
C'était l'oracle de la Grèce :
Lui seul avait plus de sagesse
Que tout l'Aréopage. En voici pour essai
Une histoire des plus gentilles,
Et qui pourra plaire au lecteur.
Un certain homme avait trois filles,
Toutes trois de contraire humeur :

Une buveuse, une coquette,
La troisième avare parfaite.
Cet homme, par son testament,
Selon les lois municipales,
Leur laissa tout son bien par portions égales,
En donnant à leur mère tant,
Payable quand chacune d'elles
Ne posséderait plus sa contingente part.
Le père mort, les trois femelles
Courent au testament sans attendre plus tard.
On le lit ; on tâche d'entendre
La volonté du testateur ;
Mais en vain : car comment comprendre
Qu'aussitôt que chacune sœur
Ne possédera plus sa part héréditaire,
Il lui faudra payer sa mère ?
Ce n'est pas un fort bon moyen
Pour payer, que d'être sans bien.
Que voulait donc dire le père ?
L'affaire est consultée, et tous les avocats,
Après avoir tourné le cas
En cent et cent mille manières,
Y jettent leur bonnet, se confessent vaincus,
Et conseillent aux héritières
De partager le bien sans songer au surplus.
« Quant à la somme de la veuve,
Voici, leur dirent-ils, ce que le conseil treuve :
Il faut que chaque sœur se charge par traité
Du tiers, payable à volonté,
Si mieux n'aime la mère en créer une rente,
Dès le décès du mort courante. »

La chose ainsi réglée, on composa trois lots :
En l'un, les maisons de bouteille,
Les buffets dressés sous la treille,
La vaisselle d'argent, les cuvettes, les brocs,
Les magasins de malvoisie,
Les esclaves de bouche, et, pour dire en deux mots,
L'attirail de la goinfrerie ;
Dans un autre celui de la coquetterie,
La maison de la ville et les meubles exquis,
Les eunuques et les coiffeuses,
Et les brodeuses,
Les joyaux, les robes de prix ;
Dans le troisième lot, les fermes, le ménage,
Les troupeaux et le pâturage,
Valets et bêtes de labeur.
Ces lots faits, on jugea que le sort pourrait faire
Que peut-être pas une sœur
N'aurait ce qui lui pourrait plaire.
Ainsi chacune prit son inclination,
Le tout à l'estimation.
Ce fut dans la ville d'Athènes
Que cette rencontre arriva.
Petits et grands, tout approuva
Le partage et le choix. Ésope seul trouva
Qu'après bien du temps et des peines
Les gens avaient pris justement
Le contre-pied du testament.
« Si le défunt vivait, disait-il, que l'Attique
Aurait de reproches de lui !
Comment ! ce peuple, qui se pique
D'être le plus subtil des peuples d'aujourd'hui

A si mal entendu la volonté suprême
D'un testateur ! » Ayant ainsi parlé,
Il fait le partage lui-même,
Et donne à chaque sœur un lot contre son gré ;
Rien qui pût être convenable,
Partant rien aux sœurs d'agréable :
À la coquette, l'attirail
Qui suit les personnes buveuses ;
La biberonne eut le bétail ;
La ménagère eut les coiffeuses
Tel fut l'avis du Phrygien,
Alléguant qu'il n'était moyen
Plus sûr pour obliger ces filles
À se défaire de leur bien,
Qu'elles se marieraient dans les bonnes familles,
Quand on leur verrait de l'argent ;
Paieraient leur mère tout comptant ;
Ne posséderaient plus les effets de leur père,
Ce que disait le testament.
Le peuple s'étonna comme il se pouvait faire
Qu'un homme seul eût plus de sens
Qu'une multitude de gens.

Livre troisième

Le Meunier, son Fils et l'Âne
À M.D.M.

L'invention des arts étant un droit d'aînesse,
Nous devons l'apologue à l'ancienne Grèce.
Mais ce champ ne se peut tellement moissonner
Que les derniers venus n'y trouvent à glaner.
La feinte est un pays plein de terres désertes.
Tous les jours nos auteurs y font des découvertes.
Je t'en veux dire un trait assez bien inventé ;
Autrefois à Racan Malherbe l'a conté.
Ces deux rivaux d'Horace, héritiers de sa lyre,
Disciples d'Apollon, nos maîtres, pour mieux dire,
Se rencontrant un jour tout seuls et sans témoins
(Comme ils se confiaient leurs pensers et leurs soins),
Racan commence ainsi : « Dites-moi, je vous prie,
Vous qui devez savoir les choses de la vie,
Qui par tous ses degrés avez déjà passé,
Et que rien ne doit fuir en cet âge avancé,
À quoi me résoudrai-je ? Il est temps que j'y pense.
Vous connaissez mon bien, mon talent, ma naissance.
Dois-je dans la province établir mon séjour,
Prendre emploi dans l'armée, ou bien charge à la cour ?
Tout au monde est mêlé d'amertume et de charmes.
La guerre a ses douceurs, l'hymen a ses alarmes.
Si je suivais mon goût, je saurais où buter ;
Mais j'ai les miens, la cour, le peuple à contenter. »
Malherbe là-dessus : « Contenter tout le monde !
Écoutez ce récit avant que je réponde.
J'ai lu dans quelque endroit qu'un Meunier et son Fils,

L'un vieillard, l'autre enfant, non pas des plus petits,
Mais garçon de quinze ans, si j'ai bonne mémoire,
Allaient vendre leur Âne, un certain jour de foire.
Afin qu'il fût plus frais et de meilleur débit,
On lui lia les pieds, on vous le suspendit ;
Puis cet homme et son fils le portent comme un lustre.
Pauvres gens, idiots, couple ignorant et rustre.
Le premier qui les vit de rire s'éclata.
"Quelle farce, dit-il, vont jouer ces gens-là ?
Le plus âne des trois n'est pas celui qu'on pense."
Le Meunier à ces mots connaît son ignorance ;
Il met sur pieds sa bête, et la fait détaler.
L'Âne, qui goûtait fort l'autre façon d'aller,
Se plaint en son patois. Le Meunier n'en a cure.
Il fait monter son Fils, il suit, et d'aventure
Passent trois bons marchands. Cet objet leur déplut.
Le plus vieux au garçon s'écria tant qu'il put :
"Oh là ! oh ! descendez, que l'on ne vous le dise,
Jeune homme, qui menez laquais à barbe grise.
C'était à vous de suivre, au vieillard de monter.
— Messieurs, dit le Meunier, il vous faut contenter."
L'enfant met pied à terre, et puis le vieillard monte,
Quand trois filles passant, l'une dit :"C'est grand'honte
Qu'il faille voir ainsi clocher ce jeune fils,
Tandis que ce nigaud, comme un évêque assis,
Fait le veau sur son Âne, et pense être bien sage.
— Il n'est, dit le Meunier, plus de veaux à mon âge :
Passez votre chemin, la fille, et m'en croyez."
Après maints quolibets coup sur coup renvoyés,
L'homme crut avoir tort, et mit son fils en croupe.

Au bout de trente pas, une troisième troupe
Trouve encore à gloser. L'un dit : "Ces gens sont fous,
Le Baudet n'en peut plus ; il mourra sous leurs coups.
Hé quoi ! charger ainsi cette pauvre bourrique !
N'ont-ils point de pitié de leur vieux domestique ?
Sans doute qu'à la foire ils vont vendre sa peau.
— Parbleu, dit le Meunier, est bien fou du cerveau
Qui prétend contenter tout le monde et son père.
Essayons toutefois, si par quelque manière
Nous en viendrons à bout." Ils descendent tous deux.
L'Âne, se prélassant, marche seul devant eux.
Un quidam les rencontre, et dit : "Est-ce la mode
Que Baudet aille à l'aise, et Meunier s'incommode ?
Qui de l'âne ou du maître est fait pour se lasser ?
Je conseille à ces gens de le faire enchâsser.
Ils usent leurs souliers, et conservent leur Âne.
Nicolas au rebours, car, quand il va voir Jeanne,
Il monte sur sa bête ; et la chanson le dit.
Beau trio de Baudets !" Le Meunier repartit :
"Je suis Âne, il est vrai, j'en conviens, je l'avoue ;
Mais que dorénavant on me blâme, on me loue ;
Qu'on dise quelque chose ou qu'on ne dise rien ;
J'en veux faire à ma tête." Il le fit, et fit bien.
Quant à vous, suivez Mars, ou l'Amour, ou le Prince ;
Allez, venez, courez ; demeurez en province ;
Prenez femme, abbaye, emploi, gouvernement :
Les gens en parleront, n'en doutez nullement. »

Les Membres et l'Estomac

Je devais par la royauté
Avoir commencé mon ouvrage.
À la voir d'un certain côté,
Messer Gaster en est l'image.
S'il a quelque besoin, tout le corps s'en ressent.
De travailler pour lui les Membres se lassant,
Chacun d'eux résolut de vivre en gentilhomme,
Sans rien faire, alléguant l'exemple de Gaster.
« Il faudrait, disaient-ils, sans nous qu'il vécût d'air.
Nous suons, nous peinons, comme bêtes de somme.
Et pour qui ? Pour lui seul ; nous n'en profitons pas :
Notre soin n'aboutit qu'à fournir ses repas.
Chommons, c'est un métier qu'il veut nous faire
[apprendre. »

Ainsi dit, ainsi fait. Les Mains cessent de prendre,
Les Bras d'agir, les Jambes de marcher.
Tous dirent à Gaster qu'il en allât chercher.
Ce leur fut une erreur dont ils se repentirent.
Bientôt les pauvres gens tombèrent en langueur ;
Il ne se forma plus de nouveau sang au cœur :
Chaque membre en souffrit, les forces se perdirent.
Par ce moyen, les mutins virent
Que celui qu'ils croyaient oisif et paresseux,
À l'intérêt commun contribuait plus qu'eux.

Ceci peut s'appliquer à la grandeur royale.
Elle reçoit et donne, et la chose est égale.
Tout travaille pour elle, et réciproquement
Tout tire d'elle l'aliment.

Elle fait subsister l'artisan de ses peines,
Enrichit le marchand, gage le magistrat,
Maintient le laboureur, donne paie au soldat,
Distribue en cent lieux ses grâces souveraines,
Entretient seule tout l'État.
Ménénius le sut bien dire.
La commune s'allait séparer du sénat.
Les mécontents disaient qu'il avait tout l'empire,
Le pouvoir, les trésors, l'honneur, la dignité ;
Au lieu que tout le mal était de leur côté,
Les tributs, les impôts, les fatigues de guerre.
Le peuple hors des murs était déjà posté,
La plupart s'en allaient chercher une autre terre,
Quand Ménénius leur fit voir
Qu'ils étaient aux membres semblables,
Et par cet apologue, insigne entre les fables,
Les ramena dans leur devoir.

Le Loup devenu Berger

Un Loup qui commençait d'avoir petite part
Aux brebis de son voisinage,
Crut qu'il fallait s'aider de la peau du renard
Et faire un nouveau personnage.
Il s'habille en berger, endosse un hoqueton,
Fait sa houlette d'un bâton,
Sans oublier la cornemuse.
Pour pousser jusqu'au bout la ruse,
Il aurait volontiers écrit sur son chapeau :
C'est moi qui suis Guillot, berger de ce troupeau.
Sa personne étant ainsi faite
Et ses pieds de devant posés sur sa houlette,
Guillot le sycophante approche doucement.
Guillot le vrai Guillot étendu sur l'herbette,
Dormait alors profondément.
Son chien dormait aussi, comme aussi sa musette.
La plupart des brebis dormaient pareillement.
L'hypocrite les laissa faire,
Et pour pouvoir mener vers son fort les brebis
Il voulut ajouter la parole aux habits,
Chose qu'il croyait nécessaire.
Mais cela gâta son affaire,
Il ne put du pasteur contrefaire la voix.
Le ton dont il parla fit retentir les bois,
Et découvrit tout le mystère.
Chacun se réveille à ce son,
Les brebis, le chien, le garçon.
Le pauvre Loup, dans cet esclandre,
Empêché par son hoqueton,

Ne put ni fuir ni se défendre.

Toujours par quelque endroit fourbes se laissent prendre.
Quiconque est loup agisse en loup :
C'est le plus certain de beaucoup.

LES GRENOUILLES QUI DEMANDENT UN ROI

Les Grenouilles, se lassant
De l'état démocratique,
Par leurs clameurs firent tant
Que Jupin les soumit au pouvoir monarchique.
Il leur tomba du ciel un Roi tout pacifique :
Ce Roi fit toutefois un tel bruit en tombant
Que la gent marécageuse,
Gent fort sotte et fort peureuse,
S'alla cacher sous les eaux,
Dans les joncs, dans les roseaux,
Dans les trous du marécage,
Sans oser de longtemps regarder au visage
Celui qu'elles croyaient être un géant nouveau ;
Or c'était un Soliveau,
De qui la gravité fit peur à la première
Qui de le voir s'aventurant
Osa bien quitter sa tanière.
Elle approcha, mais en tremblant.
Une autre la suivit, une autre en fit autant,
Il en vint une fourmilière ;
Et leur troupe à la fin se rendit familière
Jusqu'à sauter sur l'épaule du Roi.

Le bon sire le souffre, et se tient toujours coi.
Jupin en a bientôt la cervelle rompue.
« Donnez-nous, dit ce peuple, un Roi qui se remue. »
Le Monarque des Dieux leur envoie une Grue,
Qui les croque, qui les tue,
Qui les gobe à son plaisir,
Et Grenouilles de se plaindre ;
Et Jupin de leur dire : « Eh quoi ! votre désir
À ses lois croit-il nous astreindre ?
Vous avez dû premièrement
Garder votre gouvernement ;
Mais, ne l'ayant pas fait, il vous devait suffire
Que votre premier roi fût débonnaire et doux :
De celui-ci contentez-vous,
De peur d'en rencontrer un pire. »

LE RENARD ET LE BOUC

Capitaine Renard allait de compagnie
Avec son ami Bouc des plus haut encornés.
Celui-ci ne voyait pas plus loin que son nez ;
L'autre était passé maître en fait de tromperie.
La soif les obligea de descendre en un puits.
Là chacun d'eux se désaltère.
Après qu'abondamment tous deux en eurent pris,
Le Renard dit au Bouc : « Que ferons-nous, compère ?
Ce n'est pas tout de boire, il faut sortir d'ici.
Lève tes pieds en haut, et tes cornes aussi :
Mets-les contre le mur. Le long de ton échine
Je grimperai premièrement ;

Puis sur tes cornes m'élevant,
À l'aide de cette machine,
De ce lieu-ci je sortirai,
Après quoi je t'en tirerai.
— Par ma barbe, dit l'autre, il est bon ; et je loue
Les gens bien sensés comme toi.
Je n'aurais jamais, quant à moi,
Trouvé ce secret, je l'avoue. »
Le Renard sort du puits, laisse son compagnon,
Et vous lui fait un beau sermon
Pour l'exhorter à patience.
« Si le ciel t'eût, dit-il, donné par excellence
Autant de jugement que de barbe au menton,
Tu n'aurais pas, à la légère,
Descendu dans ce puits. Or, adieu, j'en suis hors.
Tâche de t'en tirer, et fais tous tes efforts :
Car pour moi, j'ai certaine affaire
Qui ne me permet pas d'arrêter en chemin. »
En toute chose il faut considérer la fin.

L'AIGLE, LA LAIE, ET LA CHATTE

L'Aigle avait ses petits au haut d'un arbre creux,
La Laie au pied, la Chatte entre les deux ;
Et sans s'incommoder, moyennant ce partage,
Mères et nourrissons faisaient leur tripotage.
La Chatte détruisit par sa fourbe l'accord.
Elle grimpa chez l'Aigle, et lui dit : « Notre mort
(Au moins de nos enfants, car c'est tout un aux mères)
Ne tardera possible guères.
Voyez-vous à nos pieds fouir incessamment
Cette maudite Laie, et creuser une mine ?
C'est pour déraciner le chêne assurément,
Et de nos nourrissons attirer la ruine.
L'arbre tombant, ils seront dévorés :
Qu'ils s'en tiennent pour assurés.
S'il m'en restait un seul, j'adoucirais ma plainte. »
Au partir de ce lieu, qu'elle remplit de crainte,
La perfide descend tout droit
À l'endroit
Où la Laie était en gésine.
« Ma bonne amie et ma voisine,
Lui dit-elle tout bas, je vous donne un avis.
L'aigle, si vous sortez, fondra sur vos petits :
Obligez-moi de n'en rien dire :
Son courroux tomberait sur moi. »
Dans cette autre famille ayant semé l'effroi,
La Chatte en son trou se retire.
L'Aigle n'ose sortir, ni pourvoir aux besoins
De ses petits ; la Laie encore moins :
Sottes de ne pas voir que le plus grand des soins,

Ce doit être celui d'éviter la famine.
À demeurer chez soi l'une et l'autre s'obstine
Pour secourir les siens dedans l'occasion :
L'Oiseau royal, en cas de mine,
La Laie, en cas d'irruption.
La faim détruisit tout : il ne resta personne
De la gent Marcassine et de la gent Aiglonne,
Qui n'allât de vie à trépas :
Grand renfort pour Messieurs les Chats.
Que ne sait point ourdir une langue traîtresse
Par sa pernicieuse adresse ?
Des malheurs qui sont sortis
De la boîte de Pandore,
Celui qu'à meilleur droit tout l'univers abhorre,
C'est la fourbe, à mon avis.

L'Ivrogne et sa Femme

Chacun a son défaut où toujours il revient :
Honte ni peur n'y remédie.
Sur ce propos, d'un conte il me souvient :
Je ne dis rien que je n'appuie
De quelque exemple. Un suppôt de Bacchus
Altérait sa santé, son esprit et sa bourse.
Telles gens n'ont pas fait la moitié de leur course
Qu'ils sont au bout de leurs écus.
Un jour que celui-ci plein du jus de la treille,
Avait laissé ses sens au fond d'une bouteille,
Sa femme l'enferma dans un certain tombeau.
Là les vapeurs du vin nouveau

Cuvèrent à loisir. À son réveil il treuve
L'attirail de la mort à l'entour de son corps :
Un luminaire, un drap des morts.
« Oh ! dit-il, qu'est ceci ? Ma femme est-elle veuve ? »
Là-dessus, son épouse, en habit d'Alecton,
Masquée et de sa voix contrefaisant le ton,
Vient au prétendu mort, approche de sa bière,
Lui présente un chaudeau propre pour Lucifer.
L'époux alors ne doute en aucune manière
Qu'il ne soit citoyen d'Enfer.
« Quelle personne es-tu ? dit-il à ce fantôme.
— La cellerière du royaume
De Satan, reprit-elle ; et je porte à manger
À ceux qu'enclôt la tombe noire. »
Le mari repart sans songer :
« Tu ne leur portes point à boire ? »

La Goutte et l'Araignée

Quand l'Enfer eut produit la Goutte et l'Araignée,
« Mes filles, leur dit-il, vous pouvez vous vanter
D'être pour l'humaine lignée
Également à redouter.
Or avisons aux lieux qu'il vous faut habiter.
Voyez-vous ces cases étrètes,
Et ces palais si grands, si beaux, si bien dorés ?
Je me suis proposé d'en faire vos retraites.
Tenez donc, voici deux bûchettes :
Accommodez-vous, ou tirez.
— Il n'est rien, dit l'Aragne, aux cases qui me plaise. »

L'autre, tout au rebours, voyant les palais pleins
De ces gens nommés médecins,
Ne crut pas y pouvoir demeurer à son aise.
Elle prend l'autre lot, y plante le piquet,
S'étend à son plaisir sur l'orteil d'un pauvre homme,
Disant : « Je ne crois pas qu'en ce poste je chomme,
Ni que d'en déloger et faire mon paquet
Jamais Hippocrate me somme. »
L'Aragne cependant se campe en un lambris,
Comme si de ces lieux elle eût fait bail à vie,
Travaille à demeurer : voilà sa toile ourdie ;
Voilà des moucherons de pris.
Une servante vient balayer tout l'ouvrage.
Autre toile tissue, autre coup de balai :
Le pauvre Bestion tous les jours déménage.
Enfin après un vain essai,
Il va trouver la Goutte. Elle était en campagne,
Plus malheureuse mille fois
Que la plus malheureuse Aragne.
Son hôte la menait tantôt fendre du bois,
Tantôt fouir, houer. Goutte bien tracassée
Est, dit-on, à demi pansée.
« Oh ! je ne saurais plus, dit-elle, y résister.
Changeons, ma sœur l'Aragne. » Et l'autre d'écouter :
Elle la prend au mot, se glisse en la cabane :
Point de coup de balai qui l'oblige à changer.
La Goutte, d'autre part, va tout droit se loger
Chez un prélat qu'elle condamne
À jamais du lit ne bouger.
Cataplasmes, Dieu sait. Les gens n'ont point de honte
De faire aller le mal toujours de pis en pis.

L'une et l'autre trouva de la sorte son conte ;
Et fit très sagement de changer de logis.

LE LOUP ET LA CIGOGNE

Les Loups mangent gloutonnement.
Un Loup donc étant de frairie,
Se pressa, dit-on, tellement
Qu'il en pensa perdre la vie.
Un os lui demeura bien avant au gosier.
De bonheur pour ce Loup, qui ne pouvait crier,
Près de là passe une Cigogne.
Il lui fait signe, elle accourt.
Voilà l'opératrice aussitôt en besogne.
Elle retira l'os ; puis, pour un si bon tour
Elle demanda son salaire.
« Votre salaire ? dit le Loup :
Vous riez, ma bonne commère.
Quoi ! ce n'est pas encor beaucoup
D'avoir de mon gosier retiré votre cou ?
Allez, vous êtes une ingrate ;
Ne tombez jamais sous ma patte. »

LE LION ABATTU PAR L'HOMME

On exposait une peinture
Où l'artisan avait tracé
Un lion d'immense stature
Par un seul homme terrassé.
Les regardants en tiraient gloire.
Un Lion en passant rabattit leur caquet.
« Je vois bien, dit-il, qu'en effet
On vous donne ici la victoire ;
Mais l'ouvrier vous a déçus :
Il avait liberté de feindre.
Avec plus de raison nous aurions le dessus,
Si mes confrères savaient peindre. »

LE RENARD ET LES RAISINS

Certain Renard gascon, d'autres disent normand,
Mourant presque de faim, vit au haut d'une treille
Des Raisins mûrs apparemment
Et couverts d'une peau vermeille.
Le galand en eût fait volontiers un repas ;
Mais comme il n'y pouvait atteindre :
« Ils sont trop verts, dit-il, et bons pour des goujats. »

Fit-il pas mieux que de se plaindre ?

Le Cygne et le Cuisinier

Dans une ménagerie
De volatiles remplie
Vivaient le Cygne et l'Oison :
Celui-là destiné pour les regards du maître,
Celui-ci, pour son goût ; l'un qui se piquait d'être
Commensal du jardin, l'autre, de la maison.
Des fossés du château faisant leurs galeries,
Tantôt on les eût vus côte à côte nager,
Tantôt courir sur l'onde, et tantôt se plonger,
Sans pouvoir satisfaire à leurs vaines envies.
Un jour le Cuisinier, ayant trop bu d'un coup,
Prit pour Oison le Cygne, et le tenant au cou,
Il allait l'égorger, puis le mettre en potage.
L'oiseau, prêt à mourir, se plaint en son ramage.
Le Cuisinier fut fort surpris,
Et vit bien qu'il s'était mépris.
« Quoi ? je mettrais, dit-il, un tel chanteur en soupe !
Non, non, ne plaise aux Dieux que jamais ma main coupe
La gorge à qui s'en sert si bien. »

Ainsi dans les dangers qui nous suivent en croupe
Le doux parler ne nuit de rien.

LES LOUPS ET LES BREBIS

Après mille ans et plus de guerre déclarée,
Les Loups firent la paix avecque les Brebis.
C'était apparemment le bien des deux partis :
Car si les Loups mangeaient mainte bête égarée,
Les Bergers de leur peau se faisaient maints habits.
Jamais de liberté, ni pour les pâturages,
Ni d'autre part pour les carnages :
Ils ne pouvaient jouir qu'en tremblant de leurs biens.
La paix se conclut donc ; on donne des otages :
Les Loups leurs Louveteaux, et les Brebis leurs Chiens.
L'échange en étant fait aux formes ordinaires,
Et réglé par des commissaires,
Au bout de quelque temps que Messieurs les Louvats
Se virent loups parfaits et friands de tuerie,
Ils vous prennent le temps que dans la bergerie
Messieurs les Bergers n'étaient pas,
Étranglent la moitié des Agneaux les plus gras,
Les emportent aux dents, dans les bois se retirent.
Ils avaient averti leurs gens secrètement.
Les Chiens, qui, sur leur foi, reposaient sûrement,
Furent étranglés en dormant :
Cela fut sitôt fait qu'à peine ils le sentirent.
Tout fut mis en morceaux ; un seul n'en échappa.

Nous pouvons conclure de là
Qu'il faut faire aux méchants guerre continuelle.
La paix est fort bonne de soi,
J'en conviens ; mais de quoi sert-elle
Avec des ennemis sans foi ?

LE LION DEVENU VIEUX

Le Lion, terreur des forêts,
Chargé d'ans, et pleurant son antique prouesse,
Fut enfin attaqué par ses propres sujets,
Devenus forts par sa faiblesse.
Le Cheval s'approchant lui donne un coup de pied,
Le Loup un coup de dent, le Bœuf un coup de corne.
Le malheureux Lion, languissant, triste, et morne,
Peut à peine rugir, par l'âge estropié.
Il attend son destin, sans faire aucunes plaintes,
Quand voyant l'Âne même à son antre accourir :
« Ah ! c'est trop, lui dit-il, je voulais bien mourir ;
Mais c'est mourir deux fois que souffrir tes atteintes. »

PHILOMÈLE ET PROGNÉ

Autrefois Progné l'hirondelle,
De sa demeure s'écarta,
Et loin des villes s'emporta
Dans un bois où chantait la pauvre Philomèle.
« Ma sœur, lui dit Progné, comment vous portez-vous ?
Voici tantôt mille ans que l'on ne vous a vue :
Je ne me souviens point que vous soyez venue
Depuis le temps de Thrace habiter parmi nous.
Dites-moi, que pensez-vous faire ?
Ne quitterez-vous point ce séjour solitaire ?
— Ah ! reprit Philomèle, en est-il de plus doux ? »
Progné lui repartit : « Eh quoi, cette musique,
Pour ne chanter qu'aux animaux,
Tout au plus à quelque rustique ?
Le désert est-il fait pour des talents si beaux ?
Venez faire aux cités éclater leurs merveilles.
Aussi bien, en voyant les bois,
Sans cesse il vous souvient que Térée autrefois,
Parmi des demeures pareilles,
Exerça sa fureur sur vos divins appas.
— Et c'est le souvenir d'un si cruel outrage
Qui fait, reprit sa sœur, que je ne vous suis pas :
En voyant les hommes, hélas !
Il m'en souvient bien davantage. »

LA FEMME NOYÉE

Je ne suis pas de ceux qui disent : « Ce n'est rien :
C'est une femme qui se noie. »
Je dis que c'est beaucoup ; et ce sexe vaut bien
Que nous le regrettions, puisqu'il fait notre joie.
Ce que j'avance ici n'est point hors de propos,
Puisqu'il s'agit en cette fable,
D'une femme qui dans les flots
Avait fini ses jours par un sort déplorable.
Son époux en cherchait le corps,
Pour lui rendre en cette aventure
Les honneurs de la sépulture.
Il arriva que sur les bords
Du fleuve auteur de sa disgrâce
Des gens se promenaient ignorant l'accident.
Ce mari donc leur demandant
S'ils n'avaient de sa femme aperçu nulle trace :
« Nulle, reprit l'un d'eux ; mais cherchez-la plus bas ;
Suivez le fil de la rivière. »
Un autre repartit : « Non, ne le suivez pas ;
Rebroussez plutôt en arrière.
Quelle que soit la pente et l'inclination
Dont l'eau par sa course l'emporte,
L'esprit de contradiction
L'aura fait flotter d'autre sorte. »

Cet homme se raillait assez hors de saison.
Quant à l'humeur contredisante,
Je ne sais s'il avait raison ;
Mais que cette humeur soit, ou non,

Le défaut du sexe et sa pente,
Quiconque avec elle naîtra
Sans faute avec elle mourra,
Et jusqu'au bout contredira,
Et, s'il peut, encor par-delà.

La Belette entrée dans un grenier

Damoiselle Belette, au corps long et flouet,
Entra dans un grenier par un trou fort étret :
Elle sortait de maladie.
Là, vivant à discrétion,
La galante fit chère lie,
Mangea, rongea : Dieu sait la vie,
Et le lard qui périt en cette occasion !
La voilà pour conclusion
Grasse, maflue, et rebondie.
Au bout de la semaine, ayant donné son soû,
Elle entend quelque bruit, veut sortir par le trou,
Ne peut plus repasser, et croit s'être méprise.
Après avoir fait quelques tours,
« C'est, dit-elle, l'endroit : me voilà bien surprise ;
J'ai passé par ici depuis cinq ou six jours. »
Un Rat qui la voyait en peine
Lui dit : « Vous aviez lors la panse un peu moins pleine.
Vous êtes maigre entrée, il faut maigre sortir.
Ce que je vous dis là, l'on le dit à bien d'autres.
Mais ne confondons point, par trop approfondir,
Leurs affaires avec les vôtres. »

Le Chat et un vieux Rat

J'ai lu chez un conteur de fables,
Qu'un second Rodilard, l'Alexandre des chats,
L'Attila, le fléau des rats,
Rendait ces derniers misérables :
J'ai lu, dis-je, en certain auteur,
Que ce Chat exterminateur,
Vrai Cerbère, était craint une lieue à la ronde :
Il voulait de Souris dépeupler tout le monde.
Les planches qu'on suspend sur un léger appui,
La mort-aux-rats, les souricières,
N'étaient que jeux au prix de lui.
Comme il voit que dans leurs tanières
Les Souris étaient prisonnières,
Qu'elles n'osaient sortir, qu'il avait beau chercher,
Le galant fait le mort, et du haut d'un plancher
Se pend la tête en bas. La bête scélérate
À de certains cordons se tenait par la patte.
Le peuple des Souris croit que c'est châtiment,
Qu'il a fait un larcin de rôt ou de fromage,
Égratigné quelqu'un, causé quelque dommage,
Enfin qu'on a pendu le mauvais garnement.
Toutes, dis-je, unanimement
Se promettent de rire à son enterrement,
Mettent le nez à l'air, montrent un peu la tête,
Puis rentrent dans leurs nids à rats,
Puis ressortant font quatre pas,
Puis enfin se mettent en quête.
Mais voici bien une autre fête :
Le pendu ressuscite ; et sur ses pieds tombant,

Attrape les plus paresseuses.
« Nous en savons plus d'un, dit-il en les gobant :
C'est tour de vieille guerre, et vos cavernes creuses
Ne vous sauveront pas, je vous en avertis ;
Vous viendrez toutes au logis. »
Il prophétisait vrai : notre maître Mitis
Pour la seconde fois les trompe et les affine,
Blanchit sa robe et s'enfarine,
Et de la sorte déguisé,
Se niche et se blottit dans une huche ouverte.
Ce fut à lui bien avisé :
La gent trotte-menu s'en vient chercher sa perte.
Un Rat sans plus s'abstient d'aller flairer autour :
C'était un vieux routier ; il savait plus d'un tour ;
Même il avait perdu sa queue à la bataille.
« Ce bloc enfariné ne me dit rien qui vaille,
S'écria-t-il de loin au général des Chats.
Je soupçonne dessous encor quelque machine.
Rien ne te sert d'être farine ;
Car quand tu serais sac, je n'approcherais pas. »
C'était bien dit à lui ; j'approuve sa prudence :
Il était expérimenté,
Et savait que la méfiance
Est mère de la sûreté.

Livre quatrième

Le Lion amoureux

À Mademoiselle de Sévigné

Sévigné, de qui les attraits
Servent aux Grâces de modèle,
Et qui naquîtes toute belle,
À votre indifférence près,
Pourriez-vous être favorable
Aux jeux innocents d'une fable,
Et voir sans vous épouvanter
Un Lion qu'Amour sut dompter ?
Amour est un étrange maître.
Heureux qui peut ne le connaître
Que par récit, lui ni ses coups !
Quand on en parle devant vous,
Si la vérité vous offense,
La fable au moins se peut souffrir :
Celle-ci prend bien l'assurance
De venir à vos pieds s'offrir,
Par zèle et par reconnaissance.

Du temps que les bêtes parlaient,
Les lions entre autres voulaient
Être admis dans notre alliance.
Pourquoi non ? puisque leur engeance
Valait la nôtre en ce temps-là,
Ayant courage, intelligence,
Et belle hure outre cela.
Voici comment il en alla.
Un Lion de haut parentage,

En passant par un certain pré,
Rencontra bergère à son gré :
Il la demande en mariage.
Le père aurait fort souhaité
Quelque gendre un peu moins terrible.
La donner lui semblait bien dur ;
La refuser n'était pas sûr ;
Même un refus eût fait possible
Qu'on eût vu quelque beau matin
Un mariage clandestin.
Car outre qu'en toute manière
La belle était pour les gens fiers,
Fille se coiffe volontiers
D'amoureux à longue crinière.
Le père donc ouvertement
N'osant renvoyer notre amant,
Lui dit : « Ma fille est délicate ;
Vos griffes la pourront blesser
Quand vous voudrez la caresser.
Permettez donc qu'à chaque patte
On vous les rogne, et pour les dents,
Qu'on vous les lime en même temps.
Vos baisers en seront moins rudes,
Et pour vous plus délicieux ;
Car ma fille y répondra mieux,
Étant sans ces inquiétudes ».
Le Lion consent à cela,
Tant son âme était aveuglée !
Sans dents ni griffes le voilà,
Comme place démantelée.
On lâcha sur lui quelques chiens :

Il fit fort peu de résistance.
Amour, Amour, quand tu nous tiens
On peut bien dire : Adieu prudence.

LE BERGER ET LA MER

Du rapport d'un troupeau dont il vivait sans soins
Se contenta longtemps un voisin d'Amphitrite.
Si sa fortune était petite,
Elle était sûre tout au moins.
À la fin les trésors déchargés sur la plage
Le tentèrent si bien qu'il vendit son troupeau,
Trafiqua de l'argent, le mit entier sur l'eau ;
Cet argent périt par naufrage.
Son maître fut réduit à garder les brebis,
Non plus berger en chef comme il était jadis,
Quand ses propres moutons paissaient sur le rivage ;
Celui qui s'était vu Coridon ou Tircis
Fut Pierrot, et rien davantage.
Au bout de quelque temps il fit quelques profits,
Racheta des bêtes à laine ;
Et comme un jour les vents retenant leur haleine
Laissaient paisiblement aborder les vaisseaux :
« Vous voulez de l'argent, ô Mesdames les Eaux,
Dit-il ; adressez-vous, je vous prie, à quelque autre :
Ma foi ! vous n'aurez pas le nôtre. »
Ceci n'est pas un conte à plaisir inventé.
Je me sers de la vérité
Pour montrer, par expérience,
Qu'un sou, quand il est assuré,

Vaut mieux que cinq en espérance ;
Qu'il se faut contenter de sa condition ;
Qu'aux conseils de la mer et de l'ambition
Nous devons fermer les oreilles.
Pour un qui s'en louera, dix mille s'en plaindront.
La mer promet monts et merveilles ;
Fiez-vous-y, les vents et les voleurs viendront.

La Mouche et la Fourmi

La Mouche et la Fourmi contestaient de leur prix.
« Ô Jupiter ! dit la première,
Faut-il que l'amour propre aveugle les esprits
D'une si terrible manière,
Qu'un vil et rampant animal
À la fille de l'air ose se dire égal !
Je hante les palais, je m'assieds à ta table :
Si l'on t'immole un bœuf, j'en goûte devant toi ;
Pendant que celle-ci, chétive et misérable,
Vit trois jours d'un fétu qu'elle a traîné chez soi.
Mais, ma mignonne, dites-moi,
Vous campez-vous jamais sur la tête d'un roi
D'un empereur, ou d'une belle ?
Je le fais ; et je baise un beau sein quand je veux :
Je me joue entre des cheveux ;
Je rehausse d'un teint la blancheur naturelle ;
Et la dernière main que met à sa beauté
Une femme allant en conquête,
C'est un ajustement des mouches emprunté.
Puis allez-moi rompre la tête
De vos greniers. — Avez-vous dit ?

Lui répliqua la ménagère.
Vous hantez les palais ; mais on vous y maudit.
Et quant à goûter la première
De ce qu'on sert devant les Dieux,
Croyez-vous qu'il en vaille mieux ?
Si vous entrez partout, aussi font les profanes.
Sur la tête des rois et sur celle des ânes
Vous allez vous planter ; je n'en disconviens pas ;
Et je sais que d'un prompt trépas
Cette importunité bien souvent est punie.
Certain ajustement, dites-vous, rend jolie.
J'en conviens : il est noir ainsi que vous et moi.
Je veux qu'il ait nom mouche : est-ce un sujet pourquoi
Vous fassiez sonner vos mérites ?
Nomme-t-on pas aussi mouches les parasites ?
Cessez donc de tenir un langage si vain :
N'ayez plus ces hautes pensées.
Les mouches de cour sont chassées ;
Les mouchards sont pendus ; et vous mourrez de faim,
De froid, de langueur, de misère,
Quand Phébus régnera sur un autre hémisphère.
Alors je jouirai du fruit de mes travaux.
Je n'irai, par monts ni par vaux,
M'exposer au vent, à la pluie ;
Je vivrai sans mélancolie.
Le soin que j'aurai pris, de soin m'exemptera.
Je vous enseignerai par là
Ce que c'est qu'une fausse ou véritable gloire.
Adieu : je perds le temps : laissez-moi travailler ;
Ni mon grenier, ni mon armoire
Ne se remplit à babiller. »

Le Jardinier et son Seigneur

Un amateur du jardinage,
Demi-bourgeois, demi-manant,
Possédait en certain village
Un jardin assez propre, et le clos attenant.
Il avait de plant vif fermé cette étendue.
Là croissait à plaisir l'oseille et la laitue,
De quoi faire à Margot pour sa fête un bouquet,
Peu de jasmin d'Espagne, et force serpolet.
Cette félicité par un lièvre troublée
Fit qu'au Seigneur du bourg notre homme se plaignit.
« Ce maudit animal vient prendre sa goulée
Soir et matin, dit-il, et des pièges se rit ;
Les pierres, les bâtons y perdent leur crédit.
Il est sorcier, je crois. — Sorcier ? je l'en défie,
Repartit le Seigneur. Fût-il diable, Miraut,
En dépit de ses tours, l'attrapera bientôt.
Je vous en déferai, bon homme, sur ma vie.
— Et quand ? — Et dès demain, sans tarder plus longtemps. »
La partie ainsi faite, il vient avec ses gens.
« Çà, déjeunons, dit-il : vos poulets sont-ils tendres ?
La fille du logis, qu'on vous voie, approchez.
Quand la marierons-nous ? quand aurons-nous des gendres ?
Bon homme, c'est ce coup qu'il faut, vous m'entendez
Qu'il faut fouiller à l'escarcelle. »
Disant ces mots, il fait connaissance avec elle,
Auprès de lui la fait asseoir,
Prend une main, un bras, lève un coin du mouchoir,
Toutes sottises dont la belle
Se défend avec grand respect ;
Tant qu'au père à la fin cela devient suspect.

Cependant on fricasse, on se rue en cuisine.
« De quand sont vos jambons ? ils ont fort bonne mine.
— Monsieur, ils sont à vous. —Vraiment ! dit le Seigneur,
Je les reçois, et de bon cœur. »
Il déjeune très bien ; aussi fait sa famille,
Chiens, chevaux, et valets, tous gens bien endentés :
Il commande chez l'hôte, y prend des libertés,
Boit son vin, caresse sa fille.
L'embarras des chasseurs succède au déjeuné.
Chacun s'anime et se prépare :
Les trompes et les cors font un tel tintamarre
Que le bon homme est étonné.
Le pis fut que l'on mit en piteux équipage
Le pauvre potager ; adieu planches, carreaux ;
Adieu chicorée et porreaux ;
Adieu de quoi mettre au potage.
Le lièvre était gîté dessous un maître chou.
On le quête ; on le lance, il s'enfuit par un trou,
Non pas trou, mais trouée, horrible et large plaie
Que l'on fit à la pauvre haie
Par ordre du Seigneur ; car il eût été mal
Qu'on n'eût pu du jardin sortir tout à cheval.
Le bon homme disait : « Ce sont là jeux de prince. »
Mais on le laissait dire ; et les chiens et les gens
Firent plus de dégât en une heure de temps
Que n'en auraient fait en cent ans
Tous les lièvres de la province.
Petits princes, videz vos débats entre vous.
De recourir aux rois vous seriez de grands fous.
Il ne les faut jamais engager dans vos guerres,
Ni les faire entrer sur vos terres.

L'ÂNE ET LE PETIT CHIEN

Ne forçons point notre talent,
Nous ne ferions rien avec grâce :
Jamais un lourdaud, quoi qu'il fasse,
Ne saurait passer pour galant.
Peu de gens, que le Ciel chérit et gratifie,
Ont le don d'agréer infus avec la vie.
C'est un point qu'il leur faut laisser,
Et ne pas ressembler à l'Âne de la fable,
Qui pour se rendre plus aimable
Et plus cher à son maître, alla le caresser.
« Comment ! disait-il en son âme,
Ce Chien, parce qu'il est mignon,
Vivra de pair à compagnon
Avec Monsieur, avec Madame,
Et j'aurai des coups de bâton ?
Que fait-il ? Il donne la patte ;
Puis aussitôt il est baisé :
S'il en faut faire autant afin que l'on me flatte,
Cela n'est pas bien malaisé. »
Dans cette admirable pensée,
Voyant son maître en joie, il s'en vient lourdement,
Lève une corne toute usée,
La lui porte au menton fort amoureusement,
Non sans accompagner pour plus grand ornement
De son chant gracieux cette action hardie.
« Oh ! oh ! quelle caresse, et quelle mélodie !
Dit le maître aussitôt. Holà, Martin bâton ! »
Martin bâton accourt, l'Âne change de ton.
Ainsi finit la comédie.

LE COMBAT DES RATS ET DES BELETTES

La nation des Belettes,
Non plus que celle des Chats,
Ne veut aucun bien aux Rats ;
Et sans les portes étrètes
De leurs habitations,
L'animal à longue échine
En ferait, je m'imagine,
De grandes destructions.
Or une certaine année
Qu'il en était à foison
Leur roi, nommé Ratapon,
Mit en campagne une armée.
Les Belettes de leur part
Déployèrent l'étendard.
Si l'on croit la Renommée,
La victoire balança :
Plus d'un guéret s'engraissa
Du sang de plus d'une bande.
Mais la perte la plus grande
Tomba presque en tous endroits
Sur le peuple souriquois.
Sa déroute fut entière,
Quoi que pût faire Artarpax,
Psicarpax, Méridarpax,
Qui, tout couverts de poussière,
Soutinrent assez longtemps
Les efforts des combattants.
Leur résistance fut vaine :

Il fallut céder au sort :
Chacun s'enfuit au plus fort,
Tant soldat que capitaine.
Les princes périrent tous.
La racaille, dans des trous
Trouvant sa retraite prête,
Se sauva sans grand travail.
Mais les seigneurs sur leur tête
Ayant chacun un plumail,
Des cornes ou des aigrettes,
Soit comme marques d'honneur,
Soit afin que les Belettes
En conçussent plus de peur,
Cela causa leur malheur.
Trou, ni fente, ni crevasse
Ne fut large assez pour eux,
Au lieu que la populace
Entrait dans les moindres creux.
La principale jonchée
Fut donc des principaux Rats.
Une tête empanachée
N'est pas petit embarras.
Le trop superbe équipage
Peut souvent en un passage
Causer du retardement.
Les petits en toute affaire
Esquivent fort aisément ;
Les grands ne le peuvent faire.

LE SINGE ET LE DAUPHIN

C'était chez les Grecs un usage
Que sur la mer tous voyageurs
Menaient avec eux en voyage
Singes et chiens de bateleurs.
Un navire en cet équipage
Non loin d'Athènes fit naufrage,
Sans les Dauphins tout eût péri.
Cet animal est fort ami
De notre espèce : en son Histoire
Pline le dit, il le faut croire.
Il sauva donc tout ce qu'il put.
Même un Singe en cette occurrence,
Profitant de la ressemblance,
Lui pensa devoir son salut.
Un Dauphin le prit pour un homme,
Et sur son dos le fit asseoir
Si gravement qu'on eût cru voir
Ce chanteur que tant on renomme.
Le Dauphin l'allait mettre à bord,
Quand par hasard il lui demande :
« Êtes-vous d'Athènes la grande ?
— Oui, dit l'autre ; on m'y connaît fort ;
S'il vous y survient quelque affaire,
Employez-moi ; car mes parents
Y tiennent tous les premiers rangs :
Un mien cousin est juge-maire. »
Le Dauphin dit : « Bien grand merci :
Et le Pirée a part aussi

À l'honneur de votre présence ?
Vous le voyez souvent ? je pense.
— Tous les jours : il est mon ami,
C'est une vieille connaissance. »
Notre magot prit pour ce coup
Le nom d'un port pour un nom d'homme.

De telles gens il est beaucoup
Qui prendraient Vaugirard pour Rome,
Et qui, caquetants au plus dru,
Parlent de tout et n'ont rien vu.
Le Dauphin rit, tourne la tête,
Et, le magot considéré,
Il s'aperçoit qu'il n'a tiré
Du fond des eaux rien qu'une bête.
Il l'y replonge, et va trouver
Quelque homme afin de le sauver.

L'Homme et l'Idole de bois

Certain Païen chez lui gardait un Dieu de bois,
De ces dieux qui sont sourds, bien qu'ayants des oreilles.
Le Païen cependant s'en promettait merveilles.
Il lui coûtait autant que trois.
Ce n'étaient que vœux et qu'offrandes,
Sacrifices de bœufs couronnés de guirlandes.
Jamais Idole, quel qu'il fût,
N'avait eu cuisine si grasse,
Sans que pour tout ce culte à son hôte il échût
Succession, trésor, gain au jeu, nulle grâce.
Bien plus, si pour un sou d'orage en quelque endroit

S'amassait d'une ou d'autre sorte,
L'homme en avait sa part, et sa bourse en souffrait.
La pitance du Dieu n'en était pas moins forte.
À la fin, se fâchant de n'en obtenir rien,
Il vous prend un levier, met en pièces l'Idole,
Le trouve rempli d'or. « Quand je t'ai fait du bien,
M'as-tu valu, dit-il, seulement une obole ?
Va, sors de mon logis : cherche d'autres autels.
Tu ressembles aux naturels
Malheureux, grossiers et stupides :
On n'en peut rien tirer qu'avecque le bâton.
Plus je te remplissais, plus mes mains étaient vides :
J'ai bien fait de changer de ton. »

LE GEAI PARÉ DES PLUMES DU PAON

Un Paon muait ; un Geai prit son plumage ;
Puis après se l'accommoda ;
Puis parmi d'autres Paons tout fier se panada,
Croyant être un beau personnage.
Quelqu'un le reconnut : il se vit bafoué,
Berné, sifflé, moqué, joué,
Et par Messieurs les Paons plumé d'étrange sorte ;
Même vers ses pareils s'étant réfugié,
Il fut par eux mis à la porte.
Il est assez de geais à deux pieds comme lui,
Qui se parent souvent des dépouilles d'autrui,
Et que l'on nomme plagiaires.
Je m'en tais ; et ne veux leur causer nul ennui :
Ce ne sont pas là mes affaires.

Le Chameau et les bâtons flottants

Le premier qui vit un Chameau
S'enfuit à cet objet nouveau ;
Le second approcha ; le troisième osa faire
Un licou pour le Dromadaire.
L'accoutumance ainsi nous rend tout familier.
Ce qui nous paraissait terrible et singulier
S'apprivoise avec notre vue,
Quand ce vient à la continue.
Et puisque nous voici tombés sur ce sujet,
On avait mis des gens au guet,
Qui voyant sur les eaux de loin certain objet,
Ne purent s'empêcher de dire
Que c'était un puissant navire.
Quelques moments après, l'objet devient brûlot,
Et puis nacelle, et puis ballot,
Enfin bâtons flottants sur l'onde.
J'en sais beaucoup de par le monde
À qui ceci conviendrait bien :
De loin c'est quelque chose, et de près ce n'est rien.

La Grenouille et le Rat

Tel, comme dit Merlin, cuide engeigner autrui,
Qui souvent s'engeigne soi-même.
J'ai regret que ce mot soit trop vieux aujourd'hui :
Il m'a toujours semblé d'une énergie extrême.
Mais afin d'en venir au dessein que j'ai pris,
Un Rat plein d'embonpoint, gras, et des mieux nourris,

Et qui ne connaissait l'avent ni le carême,
Sur le bord d'un marais égayait ses esprits.
Une Grenouille approche, et lui dit en sa langue :
« Venez me voir chez moi, je vous ferai festin. »
Messire Rat promit soudain :
Il n'était pas besoin de plus longue harangue.
Elle allégua pourtant les délices du bain,
La curiosité, le plaisir du voyage,
Cent raretés à voir le long du marécage :
Un jour il conterait à ses petits-enfants
Les beautés de ces lieux, les mœurs des habitants,
Et le gouvernement de la chose publique
Aquatique.
Un point sans plus tenait le galand empêché :
Il nageait quelque peu ; mais il fallait de l'aide.
La Grenouille à cela trouve un très bon remède :
Le Rat fut à son pied par la patte attaché ;
Un brin de jonc en fit l'affaire.
Dans le marais entrés, notre bonne commère
S'efforce de tirer son hôte au fond de l'eau,
Contre le droit des gens, contre la foi jurée ;
Prétend qu'elle en fera gorge-chaude et curée ;
(C'était, à son avis, un excellent morceau.)
Déjà dans son esprit la galande le croque.
Il atteste les Dieux ; la perfide s'en moque.
Il résiste ; elle tire. En ce combat nouveau,
Un Milan qui dans l'air planait, faisait la ronde,
Voit d'en haut le pauvret se débattant sur l'onde.
Il fond dessus, l'enlève, et, par même moyen
La Grenouille et le lien.
Tout en fut ; tant et si bien,

Que de cette double proie
L'oiseau se donne au cœur joie,
Ayant de cette façon
À souper chair et poisson.
La ruse la mieux ourdie
Peut nuire à son inventeur ;
Et souvent la perfidie
Retourne sur son auteur.

Tribut envoyé par les Animaux à Alexandre

Une fable avait cours parmi l'Antiquité,
Et la raison ne m'en est pas connue.
Que le lecteur en tire une moralité.
Voici la fable toute nue.

La Renommée ayant dit en cent lieux
Qu'un fils de Jupiter, un certain Alexandre,
Ne voulant rien laisser de libre sous les cieux,
Commandait que sans plus attendre,
Tout peuple à ses pieds s'allât rendre,
Quadrupèdes, humains, éléphants, vermisseaux,
Les républiques des oiseaux ;
La Déesse aux cent bouches, dis-je,
Ayant mis partout la terreur
En publiant l'édit du nouvel empereur,
Les Animaux, et toute espèce lige
De son seul appétit, crurent que cette fois
Il fallait subir d'autres lois.
On s'assemble au désert. Tous quittent leur tanière.

Après divers avis, on résout, on conclut
D'envoyer hommage et tribut.
Pour l'hommage et pour la manière,
Le Singe en fut chargé : l'on lui mit par écrit
Ce que l'on voulait qui fût dit.
Le seul tribut les tint en peine.
Car que donner ? il fallait de l'argent.
On en prit d'un prince obligeant,
Qui possédant dans son domaine
Des mines d'or fournit ce qu'on voulut.
Comme il fut question de porter ce tribut,
Le Mulet et l'Âne s'offrirent,
Assistés du Cheval ainsi que du Chameau.
Tous quatre en chemin ils se mirent,
Avec le Singe, ambassadeur nouveau.
La caravane enfin rencontre en un passage
Monseigneur le Lion. Cela ne leur plut point.
« Nous nous rencontrons tout à point,
Dit-il, et nous voici compagnons de voyage.
J'allais offrir mon fait à part ;
Mais bien qu'il soit léger, tout fardeau m'embarrasse.
Obligez-moi de me faire la grâce
Que d'en porter chacun un quart.
Ce ne vous sera pas une charge trop grande,
Et j'en serai plus libre, et bien plus en état,
En cas que les voleurs attaquent notre bande,
Et que l'on en vienne au combat. »
Éconduire un Lion rarement se pratique.
Le voilà donc admis, soulagé, bien reçu,
Et, malgré le héros de Jupiter issu,
Faisant chère et vivant sur la bourse publique.

Ils arrivèrent dans un pré
Tout bordé de ruisseaux, de fleurs tout diapré,
Où maint mouton cherchait sa vie :
Séjour du frais, véritable partie
Des Zéphirs. Le Lion n'y fut pas, qu'à ces gens
Il se plaignit d'être malade.
« Continuez votre ambassade,
Dit-il ; je sens un feu qui me brûle au-dedans,
Et veux chercher ici quelque herbe salutaire.
Pour vous, ne perdez point de temps :
Rendez-moi mon argent, j'en puis avoir affaire. »
On déballe ; et d'abord le Lion s'écria,
D'un ton qui témoignait sa joie :
« Que de filles, ô Dieux, mes pièces de monnoie
Ont produites ! Voyez ; la plupart sont déjà
Aussi grandes que leurs mères.
Le croît m'en appartient. » Il prit tout là-dessus ;
Ou bien s'il ne prit tout, il n'en demeura guères.
Le Singe et les sommiers confus,
Sans oser répliquer, en chemin se remirent.
Au fils de Jupiter on dit qu'ils se plaignirent,
Et n'en eurent point de raison.
Qu'eût-il fait ? C'eût été lion contre lion ;
Et le proverbe dit : « Corsaires à corsaires,
L'un l'autre s'attaquant, ne font pas leurs affaires. »

Le Cheval s'étant voulu venger du Cerf

De tout temps les chevaux ne sont nés pour les hommes.
Lorsque le genre humain de gland se contentait,
Âne, cheval, et mule, aux forêts habitait ;
Et l'on ne voyait point, comme au siècle où nous sommes,
Tant de selles et tant de bâts,
Tant de harnois pour les combats,
Tant de chaises, tant de carrosses,
Comme aussi ne voyait-on pas
Tant de festins et tant de noces.
Or un Cheval eut alors différend
Avec un Cerf plein de vitesse,
Et ne pouvant l'attraper en courant,
Il eut recours à l'Homme, implora son adresse.
L'Homme lui mit un frein, lui sauta sur le dos,
Ne lui donna point de repos
Que le Cerf ne fût pris, et n'y laissât la vie ;
Et cela fait, le Cheval remercie
L'Homme son bienfaiteur, disant : « Je suis à vous ;
Adieu. Je m'en retourne en mon séjour sauvage.
— Non pas cela, dit l'Homme ; il fait meilleur chez nous :
Je vois trop quel est votre usage.
Demeurez donc ; vous serez bien traité.
Et jusqu'au ventre en la litière. »
Hélas ! que sert la bonne chère
Quand on n'a pas la liberté ?
Le Cheval s'aperçut qu'il avait fait folie ;
Mais il n'était plus temps : déjà son écurie
Était prête et toute bâtie.
Il y mourut en traînant son lien.

Sage s'il eût remis une légère offense.

Quel que soit le plaisir que cause la vengeance,
C'est l'acheter trop cher, que l'acheter d'un bien
Sans qui les autres ne sont rien.

LE RENARD ET LE BUSTE

Les Grands, pour la plupart, sont masques de théâtre ;
Leur apparence impose au vulgaire idolâtre.
L'Âne n'en sait juger que par ce qu'il en voit.
Le Renard au contraire à fond les examine,
Les tourne de tout sens ; et quand il s'aperçoit
Que leur fait n'est que bonne mine,
Il leur applique un mot qu'un Buste de héros
Lui fit dire fort à propos.
C'était un Buste creux, et plus grand que nature.
Le Renard, en louant l'effort de la sculpture :
« Belle tête, dit-il ; mais de cervelle point. »
Combien de grands seigneurs sont bustes en ce point !

LE LOUP, LA CHÈVRE ET LE CHEVREAU

La Bique allant remplir sa traînante mamelle
Et paître l'herbe nouvelle,
Ferma sa porte au loquet,
Non sans dire à son Biquet :
« Gardez-vous sur votre vie
D'ouvrir que l'on ne vous die,
Pour enseigne et mot du guet :
Foin du Loup et de sa race ! »
Comme elle disait ces mots,
Le Loup de fortune passe ;
Il les recueille à propos,
Et les garde en sa mémoire.
La Bique, comme on peut croire,
N'avait pas vu le glouton.
Dès qu'il la voit partie, il contrefait son ton,
Et d'une voix papelarde
Il demande qu'on ouvre, en disant « Foin du Loup ! »,
Et croyant entrer tout d'un coup.
Le Biquet soupçonneux par la fente regarde.
« Montrez-moi patte blanche, ou je n'ouvrirai point »,
S'écria-t-il d'abord. (Patte blanche est un point
Chez les loups, comme on sait, rarement en usage.)
Celui-ci, fort surpris d'entendre ce langage,
Comme il était venu s'en retourna chez soi.
Où serait le Biquet s'il eût ajouté foi
Au mot du guet, que de fortune
Notre Loup avait entendu ?
Deux sûretés valent mieux qu'une,
Et le trop en cela ne fut jamais perdu.

LE LOUP, LA MÈRE ET L'ENFANT

Ce Loup me remet en mémoire
Un de ses compagnons qui fut encor mieux pris.
Il y périt ; voici l'histoire.

Un villageois avait à l'écart son logis.
Messer Loup attendait chape-chute à la porte.
Il avait vu sortir gibier de toute sorte :
Veaux de lait, agneaux et brebis,
Régiments de dindons, enfin bonne provende.
Le larron commençait pourtant à s'ennuyer.
Il entend un enfant crier.
La mère aussitôt le gourmande,
Le menace, s'il ne se tait,
De le donner au Loup. L'animal se tient prêt,
Remerciant les Dieux d'une telle aventure,
Quand la Mère, apaisant sa chère géniture,
Lui dit : « Ne criez point ; s'il vient, nous le tuerons.
— Qu'est ceci ? s'écria le mangeur de moutons.
Dire d'un, puis d'un autre ? Est-ce ainsi que l'on traite
Les gens faits comme moi ? me prend-on pour un sot ?
Que quelque jour ce beau marmot
Vienne au bois cueillir la noisette ! »
Comme il disait ces mots, on sort de la maison :
Un chien de cour l'arrête. Épieux et fourches-fières
L'ajustent de toutes manières.
« Que veniez-vous chercher en ce lieu ? » lui dit-on.
Aussitôt il conta l'affaire.
« Merci de moi, lui dit la Mère,
Tu mangeras mon Fils ! L'ai-je fait à dessein
Qu'il assouvisse un jour ta faim ? »

On assomma la pauvre bête.
Un manant lui coupa le pied droit et la tête :
Le seigneur du village à sa porte les mit,
Et ce dicton picard à l'entour fut écrit :

« Biaux chires Leups, n'écoutez mie
Mère tenchent chen fieux qui crie. »

PAROLE DE SOCRATE

Socrate un jour faisant bâtir,
Chacun censurait son ouvrage :
L'un trouvait les dedans, pour ne lui point mentir,
Indignes d'un tel personnage ;
L'autre blâmait la face, et tous étaient d'avis
Que les appartements en étaient trop petits.
Quelle maison pour lui ! L'on y tournait à peine.
« Plût au ciel que de vrais amis,
Telle qu'elle est, dit-il, elle pût être pleine ! »

Le bon Socrate avait raison
De trouver pour ceux-là trop grande sa maison.
Chacun se dit ami ; mais fol qui s'y repose :
Rien n'est plus commun que ce nom,
Rien n'est plus rare que la chose.

LE VIEILLARD ET SES ENFANTS

Toute puissance est faible, à moins que d'être unie.
Écoutez là-dessus l'esclave de Phrygie.
Si j'ajoute du mien à son invention,
C'est pour peindre nos mœurs, et non point par envie ;
Je suis trop au-dessous de cette ambition.
Phèdre enchérit souvent par un motif de gloire ;
Pour moi, de tels pensers me seraient malséants.
Mais venons à la fable ou plutôt à l'histoire
De celui qui tâcha d'unir tous ses enfants.
Un Vieillard prêt d'aller où la mort l'appelait :
« Mes chers Enfants, dit-il (à ses fils, il parlait),
Voyez si vous romprez ces dards liés ensemble ;
Je vous expliquerai le nœud qui les assemble. »
L'aîné les ayant pris, et fait tous ses efforts,
Les rendit, en disant : « Je le donne aux plus forts. »
Un second lui succède, et se met en posture ;
Mais en vain. Un cadet tente aussi l'aventure.
Tous perdirent leur temps, le faisceau résista ;
De ces dards joints ensemble un seul ne s'éclata.
« Faibles gens ! dit le père, il faut que je vous montre
Ce que ma force peut en semblable rencontre. »
On crut qu'il se moquait ; on sourit, mais à tort.
Il sépare les dards, et les rompt sans effort.
« Vous voyez, reprit-il, l'effet de la concorde.
Soyez joints, mes Enfants, que l'amour vous accorde. »
Tant que dura son mal, il n'eut autre discours.
Enfin se sentant prêt de terminer ses jours :
« Mes chers Enfants, dit-il, je vais où sont nos pères.
Adieu, promettez-moi de vivre comme frères ;

Que j'obtienne de vous cette grâce en mourant. »
Chacun de ses trois fils l'en assure en pleurant.
Il prend à tous les mains ; il meurt ; et les trois frères
Trouvent un bien fort grand, mais fort mêlé d'affaires.
Un créancier saisit, un voisin fait procès.
D'abord notre trio s'en tire avec succès.
Leur amitié fut courte autant qu'elle était rare.
Le sang les avait joints, l'intérêt les sépare.
L'ambition, l'envie, avec les consultants,
Dans la succession entrent en même temps.
On en vient au partage, on conteste, on chicane.
Le juge sur cent points tour à tour les condamne.
Créanciers et voisins reviennent aussitôt ;
Ceux-là sur une erreur, ceux-ci sur un défaut.
Les frères désunis sont tous d'avis contraire :
L'un veut s'accommoder, l'autre n'en veut rien faire.
Tous perdirent leur bien, et voulurent trop tard
Profiter de ces dards unis et pris à part.

L'ORACLE ET L'IMPIE

Vouloir tromper le Ciel, c'est folie à la Terre ;
Le dédale des cœurs en ses détours n'enserre
Rien qui ne soit d'abord éclairé par les Dieux.
Tout ce que l'homme fait, il le fait à leurs yeux
Même les actions que dans l'ombre il croit faire.

Un Païen qui sentait quelque peu le fagot,
Et qui croyait en Dieu, pour user de ce mot,
Par bénéfice d'inventaire,
Alla consulter Apollon.
Dès qu'il fut en son sanctuaire :
« Ce que je tiens, dit-il, est-il en vie ou non ? »
Il tenait un moineau, dit-on,
Prêt d'étouffer la pauvre bête,
Ou de la lâcher aussitôt
Pour mettre Apollon en défaut.
Apollon reconnut ce qu'il avait en tête :
« Mort ou vif, lui dit-il, montre-nous ton moineau,
Et ne me tends plus de panneau ;
Tu te trouverais mal d'un pareil stratagème.
Je vois de loin, j'atteins de même. »

L'Avare qui a perdu son trésor

L'usage seulement fait la possession.
Je demande à ces gens de qui la passion
Est d'entasser toujours, mettre somme sur somme,
Quel avantage ils ont que n'ait pas un autre homme.
Diogène là-bas est aussi riche qu'eux,
Et l'avare ici-haut comme lui vit en gueux.
L'homme au trésor caché qu'Ésope nous propose,
Servira d'exemple à la chose.
Ce malheureux attendait
Pour jouir de son bien une seconde vie ;
Ne possédait pas l'or, mais l'or le possédait.
Il avait dans la terre une somme enfouie,
Son cœur avec, n'ayant autre déduit
Que d'y ruminer jour et nuit,
Et rendre sa chevance à lui-même sacrée.
Qu'il allât ou qu'il vînt, qu'il bût ou qu'il mangeât,
On l'eût pris de bien court, à moins qu'il ne songeât
À l'endroit où gisait cette somme enterrée.
Il y fit tant de tours qu'un fossoyeur le vit,
Se douta du dépôt, l'enleva sans rien dire.
Notre Avare un beau jour ne trouva que le nid.
Voilà mon homme aux pleurs ; il gémit, il soupire.
Il se tourmente, il se déchire.
Un passant lui demande à quel sujet ses cris.
« C'est mon trésor que l'on m'a pris.
— Votre trésor ? où pris ? — Tout joignant cette pierre.
— Eh ! sommes-nous en temps de guerre,
Pour l'apporter si loin ? N'eussiez-vous pas mieux fait
De le laisser chez vous en votre cabinet,

Que de le changer de demeure ?
Vous auriez pu sans peine y puiser à toute heure.
— À toute heure ? bons Dieux ! ne tient-il qu'à cela ?
L'argent vient-il comme il s'en va ?
Je n'y touchais jamais. — Dites-moi donc, de grâce,
Reprit l'autre, pourquoi vous vous affligez tant,
Puisque vous ne touchiez jamais à cet argent :
Mettez une pierre à la place,
Elle vous vaudra tout autant. »

L'Œil du Maître

Un Cerf s'étant sauvé dans une étable à bœufs
Fut d'abord averti par eux
Qu'il cherchât un meilleur asile.
« Mes frères, leur dit-il, ne me décelez pas :
Je vous enseignerai les pâtis les plus gras ;
Ce service vous peut quelque jour être utile,
Et vous n'en aurez point regret. »
Les Bœufs à toutes fins promirent le secret.
Il se cache en un coin, respire, et prend courage.
Sur le soir on apporte herbe fraîche et fourrage
Comme l'on faisait tous les jours.
L'on va, l'on vient, les valets font cent tours.
L'intendant même, et pas un d'aventure
N'aperçut ni corps, ni ramure,
Ni Cerf enfin. L'habitant des forêts
Rend déjà grâce aux Bœufs, attend dans cette étable
Que chacun retournant au travail de Cérès,
Il trouve pour sortir un moment favorable.

L'un des Bœufs ruminant lui dit : « Cela va bien ;
Mais quoi ! l'homme aux cent yeux n'a pas fait sa revue.
Je crains fort pour toi sa venue.
Jusque-là, pauvre Cerf, ne te vante de rien. »
Là-dessus le Maître entre et vient faire sa ronde.
« Qu'est-ce-ci ? dit-il à son monde.
Je trouve bien peu d'herbe en tous ces râteliers.
Cette litière est vieille : allez vite aux greniers.
Je veux voir désormais vos bêtes mieux soignées.
Que coûte-t-il d'ôter toutes ces araignées ?
Ne saurait-on ranger ces jougs et ces colliers ? »
En regardant à tout, il voit une autre tête
Que celles qu'il voyait d'ordinaire en ce lieu.
Le Cerf est reconnu ; chacun prend un épieu ;
Chacun donne un coup à la bête.
Ses larmes ne sauraient la sauver du trépas.
On l'emporte, on la sale, on en fait maint repas,
Dont maint voisin s'éjouit d'être.

Phèdre sur ce sujet dit fort élégamment :
Il n'est, pour voir, que l'œil du maître.
Quant à moi, j'y mettrais encor l'œil de l'amant.

L'ALOUETTE ET SES PETITS AVEC LE MAÎTRE D'UN CHAMP

Ne t'attends qu'à toi seul, c'est un commun proverbe.
Voici comme Ésope le mit
En crédit.

Les alouettes font leur nid
Dans les blés, quand ils sont en herbe,
C'est-à-dire environ le temps
Que tout aime et que tout pullule dans le monde :
Monstres marins au fond de l'onde,
Tigres dans les forêts, alouettes aux champs.
Une pourtant de ces dernières
Avait laissé passer la moitié d'un printemps
Sans goûter le plaisir des amours printanières.
À toute force enfin elle se résolut
D'imiter la nature, et d'être mère encore.
Elle bâtit un nid, pond, couve, et fait éclore
À la hâte ; le tout alla du mieux qu'il put.
Les blés d'alentour mûrs avant que la nitée
Se trouvât assez forte encor
Pour voler et prendre l'essor,
De mille soins divers l'Alouette agitée
S'en va chercher pâture, avertit ses enfants
D'être toujours au guet et faire sentinelle.
« Si le possesseur de ces champs
Vient avecque son fils (comme il viendra), dit-elle,
Écoutez bien ; selon ce qu'il dira,
Chacun de nous décampera. »
Sitôt que l'Alouette eut quitté sa famille,

Le possesseur du champ vient avecque son fils.
« Ces blés sont mûrs, dit-il : allez chez nos amis
Les prier que chacun, apportant sa faucille,
Nous vienne aider demain dès la pointe du jour. »
Notre Alouette de retour
Trouve en alarme sa couvée.
L'un commence : « Il a dit que l'aurore levée,
L'on fît venir demain ses amis pour l'aider...
— S'il n'a dit que cela, repartit l'Alouette,
Rien ne nous presse encor de changer de retraite ;
Mais c'est demain qu'il faut tout de bon écouter.
Cependant soyez gais ; voilà de quoi manger. »
Eux repus, tout s'endort, les petits et la mère.
L'aube du jour arrive ; et d'amis point du tout.
L'Alouette à l'essor, le Maître s'en vient faire
Sa ronde ainsi qu'à l'ordinaire.
« Ces blés ne devraient pas, dit-il, être debout.
Nos amis ont grand tort, et tort qui se repose
Sur de tels paresseux à servir ainsi lents.
Mon fils, allez chez nos parents
Les prier de la même chose. »
L'épouvante est au nid plus forte que jamais.
« Il a dit ses parents, mère, c'est à cette heure...
— Non, mes enfants dormez en paix ;
Ne bougeons de notre demeure. »
L'Alouette eut raison, car personne ne vint.
Pour la troisième fois le Maître se souvint
De visiter ses blés. « Notre erreur est extrême,
Dit-il, de nous attendre à d'autres gens que nous.
Il n'est meilleur ami ni parent que soi-même.
Retenez bien cela, mon fils ; et savez-vous

Ce qu'il faut faire ? Il faut qu'avec notre famille
Nous prenions dès demain chacun une faucille :
C'est là notre plus court, et nous achèverons
Notre moisson quand nous pourrons. »
Dès lors que ce dessein fut su de l'Alouette :
« C'est ce coup qu'il est bon de partir, mes enfants. »
Et les petits, en même temps,
Voletants, se culebutants,
Délogèrent tous sans trompette.

Livre cinquième

Le Bûcheron et Mercure

À M.L.C.D.B.

Votre goût a servi de règle à mon ouvrage.
J'ai tenté les moyens d'acquérir son suffrage.
Vous voulez qu'on évite un soin trop curieux,
Et des vains ornements l'effort ambitieux.
Je le veux comme vous ; cet effort ne peut plaire.
Un auteur gâte tout quand il veut trop bien faire.
Non qu'il faille bannir certains traits délicats :
Vous les aimez, ces traits, et je ne les hais pas.
Quant au principal but qu'Ésope se propose,
J'y tombe au moins mal que je puis.
Enfin si dans ces vers je ne plais et n'instruis,
Il ne tient pas à moi, c'est toujours quelque chose.
Comme la force est un point
Dont je ne me pique point,
Je tâche d'y tourner le vice en ridicule,
Ne pouvant l'attaquer avec des bras d'Hercule.
C'est là tout mon talent ; je ne sais s'il suffit.
Tantôt je peins en un récit
La sotte vanité jointe avecque l'envie,
Deux pivots sur qui roule aujourd'hui notre vie.
Tel est ce chétif animal
Qui voulut en grosseur au Bœuf se rendre égal.
J'oppose quelquefois, par une double image,
Le vice à la vertu, la sottise au bon sens,
Les Agneaux aux Loups ravissants,
La Mouche à la Fourmi, faisant de cet ouvrage
Une ample comédie à cent actes divers,

Et dont la scène est l'Univers.
Hommes, dieux, animaux, tout y fait quelque rôle :
Jupiter comme un autre. Introduisons celui
Qui porte de sa part aux Belles la parole :
Ce n'est pas de cela qu'il s'agit aujourd'hui.

Un Bûcheron perdit son gagne-pain,
C'est sa cognée ; et la cherchant en vain,
Ce fut pitié là-dessus de l'entendre.
Il n'avait pas des outils à revendre.
Sur celui-ci roulait tout son avoir.
Ne sachant donc où mettre son espoir,
Sa face était de pleurs toute baignée.
« Ô ma cognée ! Ô ma pauvre cognée !
S'écriait-il, Jupiter, rends-la-moi ;
Je tiendrai l'être encore un coup de toi. »
Sa plainte fut de l'Olympe entendue.
Mercure vient. « Elle n'est pas perdue,
Lui dit ce dieu, la connaîtras-tu bien ?
Je crois l'avoir près d'ici rencontrée. »
Lors une d'or à l'homme étant montrée,
Il répondit : « Je n'y demande rien. »
Une d'argent succède à la première,
Il la refuse. Enfin une de bois :
« Voilà, dit-il, la mienne cette fois ;
Je suis content si j'ai cette dernière.
— Tu les auras, dit le Dieu, toutes trois.
Ta bonne foi sera récompensée.
— En ce cas-là je les prendrai, dit-il. »
L'histoire en est aussitôt dispersée ;
Et boquillons de perdre leur outil,
Et de crier pour se le faire rendre.

Le roi des Dieux ne sait auquel entendre.
Son fils Mercure aux criards vient encor,
À chacun d'eux il en montre une d'or.
Chacun eût cru passer pour une bête
De ne pas dire aussitôt : « La voilà ! »
Mercure, au lieu de donner celle-là,
Leur en décharge un grand coup sur la tête.

Ne point mentir, être content du sien,
C'est le plus sûr : cependant on s'occupe
À dire faux pour attraper du bien.
Que sert cela ? Jupiter n'est pas dupe.

LE POT DE TERRE ET LE POT DE FER

Le Pot de fer proposa
Au Pot de terre un voyage.
Celui-ci s'en excusa,
Disant qu'il ferait que sage
De garder le coin du feu :
Car il lui fallait si peu,
Si peu, que la moindre chose
De son débris serait cause.
Il n'en reviendrait morceau.
« Pour vous, dit-il, dont la peau
Est plus dure que la mienne,
Je ne vois rien qui vous tienne.
— Nous vous mettrons à couvert,
Repartit le Pot de fer.
Si quelque matière dure
Vous menace d'aventure,

Entre deux je passerai,
Et du coup vous sauverai. »
Cette offre le persuade.
Pot de fer son camarade
Se met droit à ses côtés.
Mes gens s'en vont à trois pieds,
Clopin-clopant comme ils peuvent,
L'un contre l'autre jetés
Au moindre hoquet qu'ils treuvent.
Le Pot de terre en souffre ; il n'eut pas fait cent pas
Que par son compagnon il fut mis en éclats,
Sans qu'il eût lieu de se plaindre.

Ne nous associons qu'avecque nos égaux.
Ou bien il nous faudra craindre
Le destin d'un de ces Pots.

LE PETIT POISSON ET LE PÊCHEUR

Petit poisson deviendra grand,
Pourvu que Dieu lui prête vie.
Mais le lâcher en attendant,
Je tiens pour moi que c'est folie ;
Car de le rattraper il n'est pas trop certain.

Un Carpeau qui n'était encore que fretin
Fut pris par un Pêcheur au bord d'une rivière.
« Tout fait nombre, dit l'homme en voyant son butin ;
Voilà commencement de chère et de festin :
Mettons-le en notre gibecière. »
Le pauvre Carpillon lui dit en sa manière :
« Que ferez-vous de moi ? je ne saurais fournir
Au plus qu'une demi-bouchée ;
Laissez-moi carpe devenir :
Je serai par vous repêchée.
Quelque gros partisan m'achètera bien cher,
Au lieu qu'il vous en faut chercher
Peut-être encor cent de ma taille
Pour faire un plat. Quel plat ? croyez-moi ; rien qui vaille.
— Rien qui vaille ? Eh bien soit, repartit le Pêcheur ;
Poisson, mon bel ami, qui faites le prêcheur,
Vous irez dans la poêle ; et vous avez beau dire,
Dès ce soir on vous fera frire. »
Un Tiens vaut, ce dit-on, mieux que deux Tu l'auras :
L'un est sûr, l'autre ne l'est pas.

LES OREILLES DU LIÈVRE

Un animal cornu blessa de quelques coups
Le Lion, qui plein de courroux,
Pour ne plus tomber en la peine,
Bannit des lieux de son domaine
Toute bête portant des cornes à son front.
Chèvres, Béliers, Taureaux aussitôt délogèrent,
Daims, et Cerfs de climat changèrent ;
Chacun à s'en aller fut prompt.
Un Lièvre, apercevant l'ombre de ses oreilles,
Craignit que quelque inquisiteur
N'allât interpréter à cornes leur longueur,
Ne les soutînt en tout à des cornes pareilles.
« Adieu, voisin Grillon, dit-il, je pars d'ici ;
Mes oreilles enfin seraient cornes aussi ;
Et quand je les aurais plus courtes qu'une autruche,
Je craindrais même encor. » Le Grillon repartit :
« Cornes cela ? Vous me prenez pour cruche ;
Ce sont oreilles que Dieu fit.
— On les fera passer pour cornes,
Dit l'animal craintif, et cornes de licornes.
J'aurai beau protester ; mon dire et mes raisons
Iront aux Petites-Maisons. »

LE RENARD AYANT LA QUEUE COUPÉE

Un vieux Renard, mais des plus fins,
Grand croqueur de poulets, grand preneur de lapins,
Sentant son renard d'une lieue,
Fut enfin au piège attrapé.
Par grand hasard en étant échappé,
Non pas franc, car pour gage il y laissa sa queue :
S'étant, dis-je, sauvé sans queue, et tout honteux,
Pour avoir des pareils (comme il était habile),
Un jour que les Renards tenaient conseil entre eux :
« Que faisons-nous, dit-il, de ce poids inutile,
Et qui va balayant tous les sentiers fangeux ?
Que nous sert cette queue ? Il faut qu'on se la coupe :
Si l'on me croit, chacun s'y résoudra.
—Votre avis est fort bon, dit quelqu'un de la troupe ;
Mais tournez-vous, de grâce, et l'on vous répondra. »
À ces mots, il se fit une telle huée,
Que le pauvre écourté ne put être entendu.
Prétendre ôter la queue eût été temps perdu ;
La mode en fut continuée.

LA VIEILLE ET LES DEUX SERVANTES

Il était une Vieille ayant deux chambrières.
Elles filaient si bien que les sœurs filandières
Ne faisaient que brouiller au prix de celles-ci.
La Vieille n'avait point de plus pressant souci
Que de distribuer aux Servantes leur tâche.
Dès que Téthys chassait Phébus aux crins dorés,
Tourets entraient en jeu, fuseaux étaient tirés ;
Deçà, delà, vous en aurez ;
Point de cesse, point de relâche.
Dès que l'Aurore, dis-je, en son char remontait,
Un misérable Coq à point nommé chantait.
Aussitôt notre Vieille encor plus misérable
S'affublait d'un jupon crasseux et détestable,
Allumait une lampe, et courait droit au lit
Où de tout leur pouvoir, de tout leur appétit,
Dormaient les deux pauvres Servantes.
L'une entr'ouvrait un œil, l'autre étendait un bras ;
Et toutes deux, très malcontentes,
Disaient entre leurs dents : « Maudit Coq, tu mourras. »
Comme elles l'avaient dit, la bête fut grippée.
Le réveille-matin eut la gorge coupée.
Ce meurtre n'amenda nullement leur marché.
Notre couple au contraire à peine était couché
Que la Vieille, craignant de laisser passer l'heure,
Courait comme un lutin par toute sa demeure.
C'est ainsi que le plus souvent,
Quand on pense sortir d'une mauvaise affaire,
On s'enfonce encor plus avant :
Témoin ce couple et son salaire.

La Vieille, au lieu du Coq, les fit tomber par là
De Charybde en Scylla.

LE SATYRE ET LE PASSANT

Au fond d'un antre sauvage,
Un Satyre et ses enfants
Allaient manger leur potage
Et prendre l'écuelle aux dents.

On les eût vus sur la mousse
Lui, sa femme, et maint petit ;
Ils n'avaient tapis ni housse,
Mais tous fort bon appétit.

Pour se sauver de la pluie,
Entre un Passant morfondu.
Au brouet on le convie :
Il n'était pas attendu.

Son hôte n'eut pas la peine
De le semondre deux fois ;
D'abord avec son haleine
Il se réchauffe les doigts.

Puis sur le mets qu'on lui donne
Délicat il souffle aussi ;
Le Satyre s'en étonne :
« Notre hôte, à quoi bon ceci ?

— L'un refroidit mon potage,
L'autre réchauffe ma main.
—Vous pouvez, dit le Sauvage,

Reprendre votre chemin.
Ne plaise aux Dieux que je couche
Avec vous sous même toit.
Arrière ceux dont la bouche
Souffle le chaud et le froid ! »

Le Cheval et le Loup

Un certain Loup, dans la saison
Que les tièdes zéphyrs ont l'herbe rajeunie,
Et que les animaux quittent tous la maison,
Pour s'en aller chercher leur vie ;
Un Loup, dis-je, au sortir des rigueurs de l'hiver,
Aperçut un Cheval qu'on avait mis au vert.
Je laisse à penser quelle joie !
« Bonne chasse, dit-il, qui l'aurait à son croc.
Eh ! que n'es-tu mouton ? car tu me serais hoc :
Au lieu qu'il faut ruser pour avoir cette proie.
Rusons donc. » Ainsi dit, il vient à pas comptés,
Se dit écolier d'Hippocrate ;
Qu'il connaît les vertus et les propriétés
De tous les simples de ces prés,
Qu'il sait guérir, sans qu'il se flatte,
Toutes sortes de maux. Si dom Coursier voulait
Ne point celer sa maladie,
Lui Loup gratis le guérirait.
Car le voir en cette prairie
Paître ainsi sans être lié
Témoignait quelque mal, selon la médecine.

« J'ai, dit la bête chevaline,
Une apostume sous le pied.
— Mon fils, dit le docteur, il n'est point de partie
Susceptible de tant de maux.
J'ai l'honneur de servir Nosseigneurs les Chevaux,
Et fais aussi la chirurgie. »
Mon galand ne songeait qu'à bien prendre son temps,
Afin de happer son malade.
L'autre qui s'en doutait lui lâche une ruade,
Qui vous lui met en marmelade
Les mandibules et les dents.
« C'est bien fait, dit le Loup en soi-même fort triste ;
Chacun à son métier doit toujours s'attacher.
Tu veux faire ici l'arboriste,
Et ne fus jamais que boucher. »

LE LABOUREUR ET SES ENFANTS

Travaillez, prenez de la peine :
C'est le fonds qui manque le moins.
Un riche Laboureur, sentant sa mort prochaine,
Fit venir ses Enfants, leur parla sans témoins.
« Gardez-vous, leur dit-il, de vendre l'héritage
Que nous ont laissé nos parents.
Un trésor est caché dedans.
Je ne sais pas l'endroit ; mais un peu de courage
Vous le fera trouver, vous en viendrez à bout.
Remuez votre champ dès qu'on aura fait l'oût.
Creusez, fouillez, bêchez ; ne laissez nulle place
Où la main ne passe et repasse. »

Le père mort, les fils vous retournent le champ
Deçà, delà, partout ; si bien qu'au bout de l'an
Il en rapporta davantage.
D'argent, point de caché. Mais le père fut sage
De leur montrer avant sa mort
Que le travail est un trésor.

LA MONTAGNE QUI ACCOUCHE

Une Montagne en mal d'enfant
Jetait une clameur si haute,
Que chacun au bruit accourant
Crut qu'elle accoucherait, sans faute,
D'une cité plus grosse que Paris :
Elle accoucha d'une Souris.
Quand je songe à cette fable
Dont le récit est menteur
Et le sens est véritable,
Je me figure un auteur
Qui dit : « Je chanterai la guerre
Que firent les Titans au maître du tonnerre. »
C'est promettre beaucoup : mais qu'en sort-il souvent ?
Du vent.

La Fortune et le jeune Enfant

Sur le bord d'un puits très profond
Dormait étendu de son long
Un Enfant alors dans ses classes.
Tout est aux écoliers couchette et matelas.
Un honnête homme en pareil cas
Aurait fait un saut de vingt brasses.
Près de là tout heureusement
La Fortune passa, l'éveilla doucement,
Lui disant : « Mon mignon, je vous sauve la vie.
Soyez une autre fois plus sage, je vous prie.
Si vous fussiez tombé, l'on s'en fût pris à moi ;
Cependant c'était votre faute.
Je vous demande, en bonne foi,
Si cette imprudence si haute
Provient de mon caprice. » Elle part à ces mots.

Pour moi, j'approuve son propos.
Il n'arrive rien dans le monde
Qu'il ne faille qu'elle en réponde.
Nous la faisons de tous échos.
Elle est prise à garant de toutes aventures.
Est-on sot, étourdi, prend-on mal ses mesures ;
On pense en être quitte en accusant son sort :
Bref la Fortune a toujours tort.

LES MÉDECINS

Le médecin Tant-pis allait voir un malade
Que visitait aussi son confrère Tant-mieux ;
Ce dernier espérait, quoique son camarade
Soutînt que le gisant irait voir ses aïeux.
Tous deux s'étant trouvés différents pour la cure,
Leur malade paya le tribut à nature,
Après qu'en ses conseils Tant-pis eut été cru.
Ils triomphaient encor sur cette maladie.
L'un disait : « Il est mort, je l'avais bien prévu. »
— S'il m'eût cru, disait l'autre, il serait plein de vie. »

LA POULE AUX ŒUFS D'OR

L'avarice perd tout en voulant tout gagner.
Je ne veux, pour le témoigner,
Que celui dont la Poule, à ce que dit la fable,
Pondait tous les jours un œuf d'or.
Il crut que dans son corps elle avait un trésor.
Il la tua, l'ouvrit, et la trouva semblable
À celles dont les œufs ne lui rapportaient rien,
S'étant lui-même ôté le plus beau de son bien.

Belle leçon pour les gens chiches :
Pendant ces derniers temps, combien en a-t-on vus
Qui du soir au matin sont pauvres devenus
Pour vouloir trop tôt être riches ?

L'ÂNE PORTANT DES RELIQUES

Un Baudet, chargé de reliques,
S'imagina qu'on l'adorait.
Dans ce penser il se carrait,
Recevant comme siens l'encens et les cantiques.
Quelqu'un vit l'erreur, et lui dit :
« Maître Baudet, ôtez-vous de l'esprit
Une vanité si folle.
Ce n'est pas vous, c'est l'idole
À qui cet honneur se rend,
Et que la gloire en est due. »
D'un magistrat ignorant
C'est la robe qu'on salue.

LE CERF ET LA VIGNE

Un Cerf, à la faveur d'une vigne fort haute
Et telle qu'on en voit en de certains climats,
S'étant mis à couvert et sauvé du trépas,
Les veneurs pour ce coup croyaient leurs chiens en faute.
Ils les rappellent donc. Le Cerf hors de danger
Broute sa bienfaitrice, ingratitude extrême !
On l'entend, on retourne, on le fait déloger,
Il vient mourir en ce lieu même.
« J'ai mérité, dit-il, ce juste châtiment :
Profitez-en, ingrats. » Il tombe en ce moment.
La meute en fait curée. Il lui fut inutile
De pleurer aux veneurs à sa mort arrivés.
Vraie image de ceux qui profanent l'asile
Qui les a conservés.

Le Serpent et la Lime

On conte qu'un Serpent voisin d'un Horloger
(C'était pour l'Horloger un mauvais voisinage),
Entra dans sa boutique, et cherchant à manger
N'y rencontra pour tout potage
Qu'une Lime d'acier qu'il se mit à ronger.
Cette Lime lui dit, sans se mettre en colère :
« Pauvre ignorant ! et que prétends-tu faire ?
Tu te prends à plus dur que toi.
Petit Serpent à tête folle,
Plutôt que d'emporter de moi
Seulement le quart d'une obole,
Tu te romprais toutes les dents.
Je ne crains que celles du temps. »

Ceci s'adresse à vous, esprits du dernier ordre,
Qui n'étant bons à rien cherchez sur tout à mordre.
Vous vous tourmentez vainement.
Croyez-vous que vos dents impriment leurs outrages
Sur tant de beaux ouvrages ?
Ils sont pour vous d'airain, d'acier, de diamant.

LE LIÈVRE ET LA PERDRIX

Il ne se faut jamais moquer des misérables :
Car qui peut s'assurer d'être toujours heureux ?
Le sage Ésope dans ses fables
Nous en donne un exemple ou deux.
Celui qu'en ces vers je propose,
Et les siens, ce sont même chose.

Le Lièvre et la Perdrix, concitoyens d'un champ,
Vivaient dans un état, ce semble, assez tranquille,
Quand une meute s'approchant
Oblige le premier à chercher un asile.
Il s'enfuit dans son fort, met les chiens en défaut,
Sans même en excepter Briffaut.
Enfin il se trahit lui-même.
Par les esprits sortants de son corps échauffé.
Miraut sur leur odeur ayant philosophé
Conclut que c'est son Lièvre, et d'une ardeur extrême
Il le pousse, et Rustaut, qui n'a jamais menti,
Dit que le Lièvre est reparti.
Le pauvre malheureux vient mourir à son gîte.
La Perdrix le raille, et lui dit :
« Tu te vantais d'être si vite :
Qu'as-tu fait de tes pieds ? » Au moment qu'elle rit,
Son tour vient ; on la trouve. Elle croit que ses ailes
La sauront garantir à toute extrémité ;
Mais la pauvrette avait compté
Sans l'autour aux serres cruelles.

L'AIGLE ET LE HIBOU

L'Aigle et le Chat-huant leurs querelles cessèrent,
Et firent tant qu'ils s'embrassèrent.
L'un jura foi de roi, l'autre foi de hibou,
Qu'ils ne se goberaient leurs petits peu ni prou.
« Connaissez-vous les miens ? dit l'oiseau de Minerve.
— Non, dit l'Aigle. — Tant pis, reprit le triste Oiseau.
Je crains en ce cas pour leur peau :
C'est hasard si je les conserve.
Comme vous êtes roi, vous ne considérez
Qui ni quoi : rois et dieux mettent, quoi qu'on leur die,
Tout en même catégorie.
Adieu mes nourrissons si vous les rencontrez.
— Peignez-les-moi, dit l'Aigle, ou bien me les montrez.
Je n'y toucherai de ma vie. »
Le Hibou repartit : « Mes petits sont mignons,
Beaux, bien faits, et jolis sur tous leurs compagnons.
Vous les reconnaîtrez sans peine à cette marque.
N'allez pas l'oublier ; retenez-la si bien
Que chez moi la maudite Parque
N'entre point par votre moyen. »
Il avint qu'au Hibou Dieu donna géniture,
De façon qu'un beau soir qu'il était en pâture,
Notre Aigle aperçut d'aventure,
Dans les coins d'une roche dure,
Ou dans les trous d'une masure
(Je ne sais pas lequel des deux),
De petits monstres fort hideux,
Rechignés, un air triste, une voix de Mégère.
« Ces enfants ne sont pas, dit l'Aigle, à notre ami.

Croquons-les. » Le galand n'en fit pas à demi.
Ses repas ne sont point repas à la légère.
Le Hibou, de retour, ne trouve que les pieds
De ses chers nourrissons, hélas ! pour toute chose.
Il se plaint, et les Dieux sont par lui suppliés
De punir le brigand qui de son deuil est cause.
Quelqu'un lui dit alors : « N'en accuse que toi
          Ou plutôt la commune loi
          Qui veut qu'on trouve son semblable
          Beau, bien fait, et sur tous aimable.
Tu fis de tes enfants à l'Aigle ce portrait ;
          En avaient-ils le moindre trait ? »

LE LION S'EN ALLANT EN GUERRE

Le Lion dans sa tête avait une entreprise.
Il tint conseil de guerre, envoya ses prévôts,
Fit avertir les animaux :
Tous furent du dessein, chacun selon sa guise.
L'Éléphant devait sur son dos
Porter l'attirail nécessaire
Et combattre à son ordinaire,
L'Ours s'apprêter pour les assauts ;
Le Renard ménager de secrètes pratiques,
Et le Singe amuser l'ennemi par ses tours.
« Renvoyez, dit quelqu'un, les Ânes qui sont lourds,
Et les Lièvres sujets à des terreurs paniques.
— Point du tout, dit le Roi, je les veux employer.
Notre troupe sans eux ne serait pas complète.
L'Âne effraiera les gens, nous servant de trompette,
Et le Lièvre pourra nous servir de courrier. »

Le monarque prudent et sage
De ses moindres sujets sait tirer quelque usage,
Et connaît les divers talents :
Il n'est rien d'inutile aux personnes de sens.

L'OURS ET LES DEUX COMPAGNONS

Deux Compagnons pressés d'argent
À leur voisin fourreur vendirent
La peau d'un Ours encor vivant,
Mais qu'ils tueraient bientôt, du moins à ce qu'ils dirent.
C'était le roi des Ours au compte de ces gens.
Le marchand à sa peau devait faire fortune.
Elle garantirait des froids les plus cuisants,
On en pourrait fourrer plutôt deux robes qu'une.
Dindenaut prisait moins ses moutons qu'eux leur Ours :
Leur, à leur compte, et non à celui de la bête.
S'offrant de la livrer au plus tard dans deux jours,
Ils conviennent de prix, et se mettent en quête,
Trouvent l'Ours qui s'avance, et vient vers eux au trot.
Voilà mes gens frappés comme d'un coup de foudre.
Le marché ne tint pas ; il fallut le résoudre :
D'intérêts contre l'Ours, on n'en dit pas un mot.
L'un des deux Compagnons grimpe au faîte d'un arbre ;
L'autre, plus froid que n'est un marbre,
Se couche sur le nez, fait le mort, tient son vent,
Ayant quelque part ouï dire
Que l'ours s'acharne peu souvent
Sur un corps qui ne vit, ne meut, ni ne respire.
Seigneur Ours, comme un sot, donna dans ce panneau.
Il voit ce corps gisant, le croit privé de vie,
Et de peur de supercherie
Le tourne, le retourne, approche son museau,
Flaire aux passages de l'haleine.
« C'est, dit-il, un cadavre ; ôtons-nous, car il sent. »
À ces mots, l'Ours s'en va dans la forêt prochaine.

L'un de nos deux marchands de son arbre descend,
Court à son compagnon, lui dit que c'est merveille
Qu'il n'ait eu seulement que la peur pour tout mal.
« Eh bien, ajouta-t-il, la peau de l'animal ?
Mais que t'a-t-il dit à l'oreille ?
Car il s'approchait de bien près,
Te retournant avec sa serre.
— Il m'a dit qu'il ne faut jamais
Vendre la peau de l'ours qu'on ne l'ait mis par terre. »

L'Âne vêtu de la peau du Lion

De la peau du Lion l'Âne s'étant vêtu
Était craint partout à la ronde,
Et bien qu'animal sans vertu,
Il faisait trembler tout le monde.
Un petit bout d'oreille échappé par malheur
Découvrit la fourbe et l'erreur.
Martin fit alors son office.
Ceux qui ne savaient pas la ruse et la malice
S'étonnaient de voir que Martin
Chassât les lions au moulin.

Force gens font du bruit en France,
Par qui cet apologue est rendu familier.
Un équipage cavalier
Fait les trois quarts de leur vaillance.

Livre sixième

Le Pâtre et le Lion

Les fables ne sont pas ce qu'elles semblent être.
Le plus simple animal nous y tient lieu de maître.
Une morale nue apporte de l'ennui ;
Le conte fait passer le précepte avec lui.
En ces sortes de feinte il faut instruire et plaire,
Et conter pour conter me semble peu d'affaire.
C'est par cette raison qu'égayant leur esprit,
Nombre de gens fameux en ce genre ont écrit.
Tous ont fui l'ornement et le trop d'étendue.
On ne voit point chez eux de parole perdue.
Phèdre était si succinct qu'aucuns l'en ont blâmé.
Ésope en moins de mots s'est encore exprimé.
Mais sur tous certain Grec renchérit et se pique
D'une élégance laconique.
Il renferme toujours son conte en quatre vers ;
Bien ou mal, je le laisse à juger aux experts.
Voyons-le avec Ésope en un sujet semblable.
L'un amène un Chasseur, l'autre un Pâtre, en sa fable.
J'ai suivi leur projet quant à l'événement,
Y cousant en chemin quelque trait seulement.
Voici comme à peu près Ésope le raconte.
Un Pâtre à ses brebis trouvant quelque méconte,
Voulut à toute force attraper le larron.
Il s'en va près d'un antre, et tend à l'environ
Des lacs à prendre loups, soupçonnant cette engeance.
Avant que partir de ces lieux,
« Si tu fais, disait-il, ô monarque des Dieux,
Que le drôle à ces lacs se prenne en ma présence

Et que je goûte ce plaisir,
Parmi vingt veaux je veux choisir
Le plus gras, et t'en faire offrande. »
À ces mots sort de l'antre un Lion grand et fort.
Le Pâtre se tapit, et dit à demi mort :
« Que l'homme ne sait guère, hélas ! ce qu'il demande !
Pour trouver le larron qui détruit mon troupeau,
Et le voir en ces lacs pris avant que je parte,
Ô monarque des Dieux, je t'ai promis un veau :
Je te promets un bœuf si tu fais qu'il s'écarte. »

C'est ainsi que l'a dit le principal auteur :
Passons à son imitateur.

Le Lion et le Chasseur

Un fanfaron amateur de la chasse,
Venant de perdre un chien de bonne race,
Qu'il soupçonnait dans le corps d'un Lion,
Vit un berger. « Enseigne-moi, de grâce,
De mon voleur, lui dit-il, la maison,
Que de ce pas je me fasse raison. »
Le Berger dit : « C'est vers cette montagne.
En lui payant de tribut un mouton
Par chaque mois, j'erre dans la campagne
Comme il me plaît, et je suis en repos. »
Dans le moment qu'ils tenaient ces propos,
Le Lion sort, et vient d'un pas agile.
Le fanfaron aussitôt d'esquiver.
« Ô Jupiter, montre-moi quelque asile,
S'écria-t-il, qui me puisse sauver. »

La vraie épreuve de courage
N'est que dans le danger que l'on touche du doigt.
Tel le cherchait, dit-il, qui changeant de langage
S'enfuit aussitôt qu'il le voit.

PHÉBUS ET BORÉE

Borée et le Soleil virent un voyageur
Qui s'était muni par bonheur
Contre le mauvais temps. On entrait dans l'automne,
Quand la précaution aux voyageurs est bonne :
Il pleut ; le Soleil luit ; et l'écharpe d'Iris
Rend ceux qui sortent avertis
Qu'en ces mois le manteau leur est fort nécessaire ;
Les Latins les nommaient douteux pour cette affaire.
Notre homme s'était donc à la pluie attendu :
Bon manteau bien doublé ; bonne étoffe bien forte.
« Celui-ci, dit le Vent, prétend avoir pourvu
À tous les accidents ; mais il n'a pas prévu
Que je saurai souffler de sorte
Qu'il n'est bouton qui tienne : il faudra, si je veux,
Que le manteau s'en aille au diable.
L'ébattement pourrait nous en être agréable :
Vous plaît-il de l'avoir ? — Eh bien, gageons nous deux,
Dit Phébus, sans tant de paroles,
À qui plus tôt aura dégarni les épaules
Du Cavalier que nous voyons.
Commencez. Je vous laisse obscurcir mes rayons. »
Il n'en fallut pas plus. Notre souffleur à gage
Se gorge de vapeurs, s'enfle comme un ballon,
Fait un vacarme de démon,
Siffle, souffle, tempête, et brise en son passage
Maint toit qui n'en peut mais, fait périr maint bateau :
Le tout au sujet d'un manteau.
Le Cavalier eut soin d'empêcher que l'orage
Ne se pût engouffrer dedans.

Cela le préserva. Le Vent perdit son temps :
Plus il se tourmentait, plus l'autre tenait ferme ;
Il eut beau faire agir le collet et les plis.
Sitôt qu'il fut au bout du terme
Qu'à la gageure on avait mis,
Le Soleil dissipe la nue,
Récrée, et puis pénètre enfin le Cavalier,
Sous son balandras fait qu'il sue,
Le contraint de s'en dépouiller :
Encor n'usa-t-il pas de toute sa puissance.
Plus fait douceur que violence.

JUPITER ET LE MÉTAYER

Jupiter eut jadis une ferme à donner,
Mercure en fit l'annonce ; et gens se présentèrent,
Firent des offres, écoutèrent :
Ce ne fut pas sans bien tourner.
L'un alléguait que l'héritage
Était frayant et rude, et l'autre un autre si.
Pendant qu'ils marchandaient ainsi,
Un d'eux, le plus hardi, mais non pas le plus sage,
Promit d'en rendre tant, pourvu que Jupiter
Le laissât disposer de l'air,
Lui donnât saison à sa guise,
Qu'il eût du chaud, du froid, du beau temps, de la bise,
Enfin du sec et du mouillé,
Aussitôt qu'il aurait bâillé.
Jupiter y consent. Contrat passé ; notre homme
Tranche du roi des airs, pleut, vente et fait en somme

Un climat pour lui seul : ses plus proches voisins
Ne s'en sentaient non plus que les Américains.
Ce fut leur avantage ; ils eurent bonne année,
Pleine moisson, pleine vinée.
Monsieur le Receveur fut très mal partagé.
L'an suivant voilà tout changé.
Il ajuste d'une autre sorte
La température des cieux.
Son champ ne s'en trouve pas mieux,
Celui de ses voisins fructifie et rapporte.
Que fait-il ? Il recourt au monarque des Dieux :
Il confesse son imprudence.
Jupiter en usa comme un maître fort doux.

Concluons que la Providence
Sait ce qu'il nous faut, mieux que nous.

Le Cochet, le Chat, et le Souriceau

Un Souriceau tout jeune, et qui n'avait rien vu,
Fut presque pris au dépourvu.
Voici comme il conta l'aventure à sa mère :
« J'avais franchi les monts qui bornent cet État,
Et trottais comme un jeune rat
Qui cherche à se donner carrière,
Lorsque deux animaux m'ont arrêté les yeux :
L'un doux, bénin et gracieux,
Et l'autre turbulent, et plein d'inquiétude.
Il a la voix perçante et rude,
Sur la tête un morceau de chair,
Une sorte de bras dont il s'élève en l'air
Comme pour prendre sa volée,
La queue en panache étalée. »
Or c'était un Cochet dont notre Souriceau
Fit à sa mère le tableau,
Comme d'un animal venu de l'Amérique.
« Il se battait, dit-il, les flancs avec ses bras,
Faisant tel bruit et tel fracas,
Que moi, qui grâce aux Dieux, de courage me pique,
En ai pris la fuite de peur,
Le maudissant de très bon cœur.
Sans lui j'aurais fait connaissance
Avec cet animal qui m'a semblé si doux.
Il est velouté comme nous,
Marqueté, longue queue, une humble contenance,
Un modeste regard, et pourtant l'œil luisant :
Je le crois fort sympathisant

Avec Messieurs les Rats ; car il a des oreilles
En figure aux nôtres pareilles.
Je l'allais aborder, quand d'un son plein d'éclat
L'autre m'a fait prendre la fuite.
— Mon fils, dit la Souris, ce doucet est un Chat,
Qui sous son minois hypocrite
Contre toute ta parenté
D'un malin vouloir est porté.
L'autre animal tout au contraire
Bien éloigné de nous mal faire,
Servira quelque jour peut-être à nos repas.
Quant au Chat, c'est sur nous qu'il fonde sa cuisine.
Garde-toi, tant que tu vivras,
De juger des gens sur la mine. »

LE RENARD, LE SINGE, ET LES ANIMAUX

Les Animaux, au décès d'un Lion,
En son vivant prince de la contrée,
Pour faire un roi s'assemblèrent, dit-on.
De son étui la couronne est tirée :
Dans une chartre un dragon la gardait.
Il se trouva que sur tous essayée
À pas un d'eux elle ne convenait.
Plusieurs avaient la tête trop menue,
Aucuns trop grosse, aucuns même cornue.
Le Singe aussi fit l'épreuve en riant,
Et par plaisir la tiare essayant,
Il fit autour force grimaceries,
Tours de souplesse, et mille singeries,

Passa dedans ainsi qu'en un cerceau.
Aux Animaux cela sembla si beau
Qu'il fut élu : chacun lui fit hommage.
Le Renard seul regretta son suffrage,
Sans toutefois montrer son sentiment.
Quand il eut fait son petit compliment,
Il dit au roi : « Je sais, Sire, une cache,
Et ne crois pas qu'autre que moi la sache.
Or tout trésor, par droit de royauté,
Appartient, Sire, à votre Majesté. »
Le nouveau roi bâille après la finance,
Lui-même y court pour n'être pas trompé.
C'était un piège : il y fut attrapé.
Le Renard dit, au nom de l'assistance :
« Prétendrais-tu nous gouverner encor,
Ne sachant pas te conduire toi-même ? »
Il fut démis ; et l'on tomba d'accord
Qu'à peu de gens convient le diadème.

LE MULET SE VANTANT DE SA GÉNÉALOGIE

Le Mulet d'un prélat se piquait de noblesse,
Et ne parlait incessamment
Que de sa mère la Jument,
Dont il contait mainte prouesse :
Elle avait fait ceci, puis avait été là.
Son fils prétendait pour cela
Qu'on le dût mettre dans l'Histoire.
Il eût cru s'abaisser servant un médecin.
Étant devenu vieux, on le mit au moulin.

Son père l'Âne alors lui revint en mémoire.
Quand le malheur ne serait bon
Qu'à mettre un sot à la raison,
Toujours serait-ce à juste cause
Qu'on le dit bon à quelque chose.

LE VIEILLARD ET L'ÂNE

Un Vieillard sur son Âne aperçut en passant
Un pré plein d'herbe et fleurissant.
Il y lâche sa bête, et le Grison se rue
Au travers de l'herbe menue,
Se vautrant, grattant, et frottant,
Gambadant, chantant et broutant,
Et faisant mainte place nette.
L'ennemi vient sur l'entrefaite :
« Fuyons, dit alors le Vieillard.
— Pourquoi ? répondit le paillard.
Me fera-t-on porter double bât, double charge ?
— Non pas, dit le Vieillard, qui prit d'abord le large.
— Et que m'importe donc, dit l'Âne, à qui je sois ?
Sauvez-vous, et me laissez paître :
Notre ennemi, c'est notre maître :
Je vous le dis en bon françois. »

LE CERF SE VOYANT DANS L'EAU

Dans le cristal d'une fontaine
Un Cerf se mirant autrefois
Louait la beauté de son bois,
Et ne pouvait qu'avecque peine
Souffrir ses jambes de fuseaux,
Dont il voyait l'objet se perdre dans les eaux.
« Quelle proportion de mes pieds à ma tête ! »
Disait-il en voyant leur ombre avec douleur :
« Des taillis les plus hauts mon front atteint le faîte ;
Mes pieds ne me font point d'honneur. »
Tout en parlant de la sorte,
Un limier le fait partir ;
Il tâche à se garantir ;
Dans les forêts il s'emporte.
Son bois, dommageable ornement,
L'arrêtant à chaque moment,
Nuit à l'office que lui rendent
Ses pieds, de qui ses jours dépendent.
Il se dédit alors, et maudit les présents
Que le Ciel lui fait tous les ans.

Nous faisons cas du beau, nous méprisons l'utile ;
Et le beau souvent nous détruit.
Ce Cerf blâme ses pieds qui le rendent agile ;
Il estime un bois qui lui nuit.

LE LIÈVRE ET LA TORTUE

Rien ne sert de courir ; il faut partir à point.
Le Lièvre et la Tortue en sont un témoignage.
« Gageons, dit celle-ci, que vous n'atteindrez point
Sitôt que moi ce but. — Sitôt ? Êtes-vous sage ?
Repartit l'animal léger.
Ma commère, il vous faut purger
Avec quatre grains d'ellébore.
— Sage ou non, je parie encore. »
Ainsi fut fait : et de tous deux
On mit près du but les enjeux :
Savoir quoi, ce n'est pas l'affaire,
Ni de quel juge l'on convint.
Notre Lièvre n'avait que quatre pas à faire ;
J'entends de ceux qu'il fait lorsque prêt d'être atteint
Il s'éloigne des chiens, les renvoie aux calendes,
Et leur fait arpenter les landes.
Ayant, dis-je, du temps de reste pour brouter,
Pour dormir, et pour écouter
D'où vient le vent, il laisse la Tortue
Aller son train de sénateur.
Elle part, elle s'évertue ;
Elle se hâte avec lenteur.
Lui cependant méprise une telle victoire,
Tient la gageure à peu de gloire,
Croit qu'il y va de son honneur
De partir tard. Il broute, il se repose,
Il s'amuse à toute autre chose
Qu'à la gageure. À la fin quand il vit

Que l'autre touchait presque au bout de la carrière,
Il partit comme un trait ; mais les élans qu'il fit
Furent vains : la Tortue arriva la première.
« Eh bien ! lui cria-t-elle, avais-je pas raison ?
De quoi vous sert votre vitesse ?
Moi, l'emporter ! et que serait-ce
Si vous portiez une maison ? »

L'Âne et ses Maîtres

L'Âne d'un Jardinier se plaignait au Destin
De ce qu'on le faisait lever devant l'aurore.
« Les coqs, lui disait-il, ont beau chanter matin ;
Je suis plus matineux encore.
Et pourquoi ? Pour porter des herbes au marché.
Belle nécessité d'interrompre mon somme ! »
Le Sort, de sa plainte touché,
Lui donne un autre maître ; et l'animal de somme
Passe du Jardinier aux mains d'un Corroyeur.
La pesanteur des peaux, et leur mauvaise odeur
Eurent bientôt choqué l'impertinente bête.
« J'ai regret, disait-il, à mon premier seigneur.
Encor quand il tournait la tête,
J'attrapais, s'il m'en souvient bien,
Quelque morceau de chou qui ne me coûtait rien.
Mais ici point d'aubaine ; ou, si j'en ai quelqu'une,
C'est de coups. » Il obtint changement de fortune,
Et sur l'état d'un Charbonnier
Il fut couché tout le dernier.
Autre plainte. « Quoi donc ! dit le Sort en colère,

Ce baudet-ci m'occupe autant
Que cent monarques pourraient faire.
Croit-il être le seul qui ne soit pas content ?
N'ai-je en l'esprit que son affaire ? »
Le Sort avait raison ; tous gens sont ainsi faits :
Notre condition jamais ne nous contente :
La pire est toujours la présente.
Nous fatiguons le Ciel à force de placets.
Qu'à chacun Jupiter accorde sa requête,
Nous lui romprons encor la tête.

LE SOLEIL ET LES GRENOUILLES

Aux noces d'un tyran tout le peuple en liesse
Noyait son souci dans les pots.
Ésope seul trouvait que les gens étaient sots
De témoigner tant d'allégresse.
Le Soleil, disait-il, eut dessein autrefois
De songer à l'hyménée.
Aussitôt on ouït d'une commune voix
Se plaindre de leur destinée
Les citoyennes des étangs.
« Que ferons-nous, s'il lui vient des enfants ?
Dirent-elles au Sort, un seul Soleil à peine
Se peut souffrir. Une demi-douzaine
Mettra la mer à sec et tous ses habitants.
Adieu joncs et marais : notre race est détruite.
Bientôt on la verra réduite
À l'eau du Styx. » Pour un pauvre animal,
Grenouilles, à mon sens, ne raisonnaient pas mal.

LE VILLAGEOIS ET LE SERPENT

Ésope conte qu'un Manant,
Charitable autant que peu sage,
Un jour d'hiver se promenant
À l'entour de son héritage,
Aperçut un Serpent sur la neige étendu,
Transi, gelé, perclus, immobile rendu,
N'ayant pas à vivre un quart d'heure.
Le villageois le prend, l'emporte en sa demeure,
Et sans considérer quel sera le loyer
D'une action de ce mérite,
Il l'étend le long du foyer,
Le réchauffe, le ressuscite.
L'animal engourdi sent à peine le chaud,
Que l'âme lui revient avecque la colère.
Il lève un peu la tête, et puis siffle aussitôt,
Puis fait un long repli, puis tâche à faire un saut
Contre son bienfaiteur, son sauveur et son père.
« Ingrat, dit le Manant, voilà donc mon salaire ?
Tu mourras. » À ces mots, plein de juste courroux,
Il vous prend sa cognée, il vous tranche la bête,
Il fait trois serpents de deux coups,
Un tronçon, la queue, et la tête.
L'insecte sautillant cherche à se réunir,
Mais il ne put y parvenir.
Il est bon d'être charitable ;
Mais envers qui ? c'est là le point.
Quant aux ingrats, il n'en est point
Qui ne meure enfin misérable.

LE LION MALADE ET LE RENARD

De par le roi des animaux,
Qui dans son antre était malade,
Fut fait savoir à ses vassaux
Que chaque espèce en ambassade
Envoyât gens le visiter,
Sous promesse de bien traiter
Les députés, eux et leur suite,
Foi de Lion très bien écrite.
Bon passeport contre la dent,
Contre la griffe tout autant.
L'édit du prince s'exécute :
De chaque espèce on lui députe.
Les Renards gardant la maison,
Un d'eux en dit cette raison :
« Les pas empreints sur la poussière
Par ceux qui s'en vont faire au malade leur cour,
Tous, sans exception, regardent sa tanière ;
Pas un ne marque de retour.
Cela nous met en méfiance.
Que Sa Majesté nous dispense :
Grand merci de son passeport.
Je le crois bon ; mais dans cet antre
Je vois fort bien comme l'on entre,
Et ne vois pas comme on en sort. »

L'Oiseleur, l'Autour et l'Alouette

Les injustices des pervers
Servent souvent d'excuse aux nôtres.
Telle est la loi de l'univers :
Si tu veux qu'on t'épargne, épargne aussi les autres.

Un Manant au miroir prenait des oisillons.
Le fantôme brillant attire une Alouette.
Aussitôt un Autour planant sur les sillons
Descend des airs, fond, et se jette
Sur celle qui chantait, quoique près du tombeau.
Elle avait évité la perfide machine,
Lorsque, se rencontrant sous la main de l'oiseau,
Elle sent son ongle maline.
Pendant qu'à la plumer l'Autour est occupé,
Lui-même sous les rets demeure enveloppé.
« Oiseleur, laisse-moi, dit-il en son langage ;
Je ne t'ai jamais fait de mal. »
L'oiseleur repartit : « Ce petit animal
T'en avait-il fait davantage ? »

LE CHEVAL ET L'ÂNE

En ce monde il se faut l'un l'autre secourir.
Si ton voisin vient à mourir,
C'est sur toi que le fardeau tombe.

Un Âne accompagnait un Cheval peu courtois,
Celui-ci ne portant que son simple harnois,
Et le pauvre Baudet si chargé qu'il succombe.
Il pria le Cheval de l'aider quelque peu :
Autrement il mourrait devant qu'être à la ville.
« La prière, dit-il, n'en est pas incivile :
Moitié de ce fardeau ne vous sera que jeu. »
Le Cheval refusa, fit une pétarade :
Tant qu'il vit sous le faix mourir son camarade,
Et reconnut qu'il avait tort.
Du Baudet, en cette aventure,
On lui fit porter la voiture,
Et la peau par-dessus encor.

LE CHIEN QUI LÂCHE SA PROIE POUR L'OMBRE

Chacun se trompe ici-bas.
On voit courir après l'ombre
Tant de fous, qu'on n'en sait pas
La plupart du temps le nombre.
Au Chien dont parle Ésope il faut les renvoyer.
Ce Chien, voyant sa proie en l'eau représentée,
La quitta pour l'image, et pensa se noyer ;
La rivière devint tout d'un coup agitée.
À toute peine il regagna les bords,
Et n'eut ni l'ombre ni le corps.

LE CHARTIER EMBOURBÉ

Le Phaéton d'une voiture à foin
Vit son char embourbé. Le pauvre homme était loin
De tout humain secours. C'était à la campagne
Près d'un certain canton de la basse Bretagne
Appelé Quimpercorentin.
On sait assez que le Destin
Adresse là les gens quand il veut qu'on enrage.
Dieu nous préserve du voyage !
Pour venir au Chartier embourbé dans ces lieux,
Le voilà qui déteste et jure de son mieux,
Pestant en sa fureur extrême
Tantôt contre les trous, puis contre ses chevaux,
Contre son char, contre lui-même.
Il invoque à la fin le dieu dont les travaux
Sont si célèbres dans le monde :

« Hercule, lui dit-il, aide-moi ; si ton dos
A porté la machine ronde,
Ton bras peut me tirer d'ici. »
Sa prière étant faite, il entend dans la nue
Une voix qui lui parle ainsi :
« Hercule veut qu'on se remue,
Puis il aide les gens. Regarde d'où provient
L'achoppement qui te retient.
Ôte d'autour de chaque roue
Ce malheureux mortier, cette maudite boue
Qui jusqu'à l'essieu les enduit.
Prends ton pic et me romps ce caillou qui te nuit.
Comble-moi cette ornière. As-tu fait ? — Oui, dit
[l'homme.
— Or bien je vas t'aider, dit la voix : prends ton fouet.
— Je l'ai pris. Qu'est ceci ? mon char marche à souhait.
Hercule en soit loué. » Lors la voix : « Tu vois comme
Tes chevaux aisément se sont tirés de là.
Aide-toi, le Ciel t'aidera. »

LE CHARLATAN

Le monde n'a jamais manqué de charlatans.
Cette science de tout temps
Fut en professeurs très fertile.
Tantôt l'un en théâtre affronte l'Achéron,
Et l'autre affiche par la ville
Qu'il est un Passe-Cicéron.
Un des derniers se vantait d'être
En éloquence si grand maître,
Qu'il rendrait disert un badaud,

Un manant, un rustre, un lourdaud ;
« Oui, Messieurs, un lourdaud ; un animal, un âne :
Que l'on amène un âne, un âne renforcé,
Je le rendrai maître passé ;
Et veux qu'il porte la soutane. »
Le prince sut la chose ; il manda le Rhéteur.
« J'ai, dit-il, dans mon écurie
Un fort beau roussin d'Arcadie :
J'en voudrais faire un orateur.
— Sire, vous pouvez tout », reprit d'abord notre homme.
On lui donna certaine somme.
Il devait au bout de dix ans
Mettre son âne sur les bancs ;
Sinon, il consentait d'être en place publique
Guindé la hart au col, étranglé court et net,
Ayant au dos sa rhétorique,
Et les oreilles d'un baudet.
Quelqu'un des courtisans lui dit qu'à la potence
Il voulait l'aller voir, et que, pour un pendu,
Il aurait bonne grâce et beaucoup de prestance ;
Surtout qu'il se souvînt de faire à l'assistance
Un discours où son art fût au long étendu,
Un discours pathétique, et dont le formulaire
Servît à certains Cicérons
Vulgairement nommés larrons.
L'autre reprit : « Avant l'affaire,
Le Roi, l'Âne, ou moi, nous mourrons. »
Il avait raison. C'est folie
De compter sur dix ans de vie.
Soyons bien buvants, bien mangeants,
Nous devons à la mort de trois l'un en dix ans.

LA DISCORDE

La déesse Discorde ayant brouillé les Dieux,
Et fait un grand procès là-haut pour une pomme,
On la fit déloger des Cieux.
Chez l'animal qu'on appelle homme
On la reçut à bras ouverts,
Elle et Que-si-que-non, son frère,
Avecque Tien-et-mien son père.
Elle nous fit l'honneur en ce bas univers
De préférer notre hémisphère
À celui des mortels qui nous sont opposés ;
Gens grossiers, peu civilisés,
Et qui, se mariant sans prêtre et sans notaire,
De la Discorde n'ont que faire.
Pour la faire trouver aux lieux où le besoin
Demandait qu'elle fût présente,
La Renommée avait le soin
De l'avertir ; et l'autre diligente
Courait vite aux débats et prévenait la Paix,
Faisait d'une étincelle un feu long à s'éteindre.
La Renommée enfin commença de se plaindre
Que l'on ne lui trouvait jamais
De demeure fixe et certaine.
Bien souvent l'on perdait à la chercher sa peine.
Il fallait donc qu'elle eût un séjour affecté,
Un séjour d'où l'on pût en toutes les familles
L'envoyer à jour arrêté.
Comme il n'était alors aucun couvent de filles,
On y trouva difficulté.
L'auberge enfin de l'Hyménée
Lui fut pour maison assignée.

LA JEUNE VEUVE

La perte d'un époux ne va point sans soupirs.
On fait beaucoup de bruit, et puis on se console.
Sur les ailes du Temps la tristesse s'envole ;
Le Temps ramène les plaisirs.
Entre la veuve d'une année
Et la veuve d'une journée
La différence est grande : on ne croirait jamais
Que ce fût la même personne.
L'une fait fuir les gens, et l'autre a mille attraits.
Aux soupirs vrais ou faux celle-là s'abandonne ;
C'est toujours même note et pareil entretien :
On dit qu'on est inconsolable ;
On le dit, mais il n'en est rien,
Comme on verra par cette fable,
Ou plutôt par la vérité.

L'époux d'une jeune beauté
Partait pour l'autre monde. À ses côtés sa femme
Lui criait : « Attends-moi, je te suis ; et mon âme,
Aussi bien que la tienne, est prête à s'envoler. »
Le mari fait seul le voyage.
La belle avait un père, homme prudent et sage :
Il laissa le torrent couler.
À la fin, pour la consoler,
« Ma fille, lui dit-il, c'est trop verser de larmes :
Qu'a besoin le défunt que vous noyiez vos charmes ?
Puisqu'il est des vivants, ne songez plus aux morts.
Je ne dis pas que tout à l'heure
Une condition meilleure
Change en des noces ces transports ;

Mais, après certain temps, souffrez qu'on vous propose
Un époux beau, bien fait, jeune, et tout autre chose
Que le défunt. — Ah ! dit-elle aussitôt,
Un cloître est l'époux qu'il me faut. »
Le père lui laissa digérer sa disgrâce.
Un mois de la sorte se passe.
L'autre mois on l'emploie à changer tous les jours
Quelque chose à l'habit, au linge, à la coiffure.
Le deuil enfin sert de parure,
En attendant d'autres atours.
Toute la bande des Amours
Revient au colombier : les jeux, les ris, la danse,
Ont aussi leur tour à la fin.
On se plonge soir et matin
Dans la fontaine de Jouvence.
Le père ne craint plus ce défunt tant chéri ;
Mais comme il ne parlait de rien à notre belle :
« Où donc est le jeune mari
Que vous m'avez promis ? » dit-elle.

Livre septième

Les Animaux malades de la peste

Un mal qui répand la terreur,
Mal que le Ciel en sa fureur
Inventa pour punir les crimes de la terre,
La peste (puisqu'il faut l'appeler par son nom),
Capable d'enrichir en un jour l'Achéron,
Faisait aux animaux la guerre.
Ils ne mouraient pas tous, mais tous étaient frappés :
On n'en voyait point d'occupés
À chercher le soutien d'une mourante vie ;
Nul mets n'excitait leur envie ;
Ni loups ni renards n'épiaient
La douce et l'innocente proie.
Les tourterelles se fuyaient :
Plus d'amour, partant plus de joie.

Le Lion tint conseil, et dit : « Mes chers amis,
Je crois que le Ciel a permis
Pour nos péchés cette infortune ;
Que le plus coupable de nous
Se sacrifie aux traits du céleste courroux,
Peut-être il obtiendra la guérison commune.
L'histoire nous apprend qu'en de tels accidents
On fait de pareils dévouements :
Ne nous flattons donc point ; voyons sans indulgence
L'état de notre conscience.
Pour moi, satisfaisant mes appétits gloutons
J'ai dévoré force moutons.

Que m'avaient-ils fait ? Nulle offense :
Même il m'est arrivé quelquefois de manger
Le berger.
Je me dévouerai donc, s'il le faut ; mais je pense
Qu'il est bon que chacun s'accuse ainsi que moi :
Car on doit souhaiter selon toute justice
Que le plus coupable périsse.
— Sire, dit le Renard, vous êtes trop bon roi ;
Vos scrupules font voir trop de délicatesse.
Eh bien, manger moutons, canaille, sotte espèce,
Est-ce un péché ? Non, non. Vous leur fîtes, Seigneur,
En les croquant beaucoup d'honneur.
Et quant au berger l'on peut dire
Qu'il était digne de tous maux,
Étant de ces gens-là qui sur les animaux
Se font un chimérique empire. »
Ainsi dit le Renard, et flatteurs d'applaudir.
On n'osa trop approfondir
Du Tigre, ni de l'Ours, ni des autres puissances,
Les moins pardonnables offenses.
Tous les gens querelleurs, jusqu'aux simples mâtins,
Au dire de chacun, étaient de petits saints.
L'Âne vint à son tour et dit : « J'ai souvenance
Qu'en un pré de moines passant,
La faim, l'occasion, l'herbe tendre, et je pense
Quelque diable aussi me poussant,
Je tondis de ce pré la largeur de ma langue.
Je n'en avais nul droit, puisqu'il faut parler net. »
À ces mots on cria haro sur le baudet.
Un Loup quelque peu clerc prouva par sa harangue
Qu'il fallait dévouer ce maudit animal,

Ce pelé, ce galeux, d'où venait tout leur mal.
Sa peccadille fut jugée un cas pendable.
Manger l'herbe d'autrui ! quel crime abominable !
Rien que la mort n'était capable
D'expier son forfait : on le lui fit bien voir.
Selon que vous serez puissant ou misérable,
Les jugements de cour vous rendront blanc ou noir.

LE MAL MARIÉ

Que le bon soit toujours camarade du beau,
Dès demain je chercherai femme ;
Mais comme le divorce entre eux n'est pas nouveau,
Et que peu de beaux corps, hôtes d'une belle âme,
Assemblent l'un et l'autre point,
Ne trouvez pas mauvais que je ne cherche point.
J'ai vu beaucoup d'hymens, aucuns d'eux ne me tentent :
Cependant des humains presque les quatre parts
S'exposent hardiment au plus grand des hasards ;
Les quatre parts aussi des humains se repentent.
J'en vais alléguer un qui, s'étant repenti,
Ne put trouver d'autre parti,
Que de renvoyer son épouse,
Querelleuse, avare, et jalouse.
Rien ne la contentait, rien n'était comme il faut,
On se levait trop tard, on se couchait trop tôt,
Puis du blanc, puis du noir, puis encore autre chose ;
Les valets enrageaient, l'époux était à bout :
« Monsieur ne songe à rien, Monsieurdépense tout,
Monsieur court, Monsieur se repose. »

Elle en dit tant, que Monsieur à la fin
Lassé d'entendre un tel lutin,
Vous la renvoie à la campagne
Chez ses parents. La voilà donc compagne
De certaines Philis qui gardent les dindons
Avec les gardeurs de cochons.
Au bout de quelque temps, qu'on la crut adoucie,
Le mari la reprend. « Eh bien ! qu'avez-vous fait ?
Comment passiez-vous votre vie ?
L'innocence des champs est-elle votre fait ?
— Assez, dit-elle ; mais ma peine
Était de voir les gens plus paresseux qu'ici ;
Ils n'ont des troupeaux nul souci.
Je leur savais bien dire, et m'attirais la haine
De tous ces gens si peu soigneux.
— Eh, Madame, reprit son époux tout à l'heure,
Si votre esprit est si hargneux
Que le monde qui ne demeure
Qu'un moment avec vous, et ne revient qu'au soir,
Est déjà lassé de vous voir,
Que feront des valets qui toute la journée
Vous verront contre eux déchaînée ?
Et que pourra faire un époux
Que vous voulez qui soit jour et nuit avec vous ?
Retournez au village : adieu. Si de ma vie
Je vous rappelle et qu'il m'en prenne envie,
Puissé-je chez les morts avoir pour mes péchés
Deux femmes comme vous sans cesse à mes côtés. »

LE RAT QUI S'EST RETIRÉ DU MONDE

Les Levantins en leur légende
Disent qu'un certain Rat las des soins d'ici-bas,
Dans un fromage de Hollande
Se retira loin du tracas.
La solitude était profonde,
S'étendant partout à la ronde.
Notre ermite nouveau subsistait là-dedans.
Il fit tant de pieds et de dents
Qu'en peu de jours il eut au fond de l'ermitage
Le vivre et le couvert : que faut-il davantage ?
Il devint gros et gras ; Dieu prodigue ses biens
À ceux qui font vœu d'être siens.
Un jour, au dévot personnage
Des députés du peuple rat
S'en vinrent demander quelque aumône légère :
Ils allaient en terre étrangère
Chercher quelque secours contre le peuple chat ;
Ratopolis était bloquée :
On les avait contraints de partir sans argent,
Attendu l'état indigent
De la république attaquée.
Ils demandaient fort peu, certains que le secours
Serait prêt dans quatre ou cinq jours.
« Mes amis, dit le Solitaire,
Les choses d'ici-bas ne me regardent plus :
En quoi peut un pauvre reclus
Vous assister ? que peut-il faire,
Que de prier le Ciel qu'il vous aide en ceci ?
J'espère qu'il aura de vous quelque souci. »
Ayant parlé de cette sorte,

Le nouveau saint ferma sa porte.
Qui désignai-je, à votre avis,
Par ce Rat si peu secourable ?
Un moine ? Non, mais un dervis :
Je suppose qu'un moine est toujours charitable.

LE HÉRON

Un jour, sur ses longs pieds, allait, je ne sais où
Le Héron au long bec emmanché d'un long cou.
Il côtoyait une rivière.
L'onde était transparente ainsi qu'aux plus beaux jours ;
Ma commère la carpe y faisait mille tours
Avec le brochet son compère.
Le Héron en eût fait aisément son profit :
Tous approchaient du bord, l'oiseau n'avait qu'à prendre ;
Mais il crut mieux faire d'attendre
Qu'il eût un peu plus d'appétit.
Il vivait de régime, et mangeait à ses heures.
Après quelques moments l'appétit vint : l'oiseau
S'approchant du bord vit sur l'eau
Des tanches qui sortaient du fond de ces demeures.
Le mets ne lui plut pas ; il s'attendait à mieux
Et montrait un goût dédaigneux
Comme le rat du bon Horace.
« Moi des tanches ? dit-il, moi Héron que je fasse
Une si pauvre chère ? Et pour qui me prend-on ? »
La tanche rebutée il trouva du goujon.
« Du goujon ! c'est bien là le dîner d'un Héron !

J'ouvrirais pour si peu le bec ! aux Dieux ne plaise ! »
Il l'ouvrit pour bien moins : tout alla de façon
Qu'il ne vit plus aucun poisson.
La faim le prit, il fut tout heureux et tout aise
De rencontrer un limaçon.
Ne soyons pas si difficiles :
Les plus accommodants, ce sont les plus habiles :
On hasarde de perdre en voulant trop gagner.
Gardez-vous de rien dédaigner,
Surtout quand vous avez à peu près votre compte.
Bien des gens y sont pris. Ce n'est pas aux hérons
Que je parle. Écoutez, humains, un autre conte.
Vous verrez que chez vous j'ai puisé ces leçons.

LA FILLE

Certaine Fille un peu trop fière
Prétendait trouver un mari
Jeune, bien fait et beau, d'agréable manière,
Point froid et point jaloux : notez ces deux points-ci.
Cette Fille voulait aussi
Qu'il eût du bien, de la naissance,
De l'esprit, enfin tout. Mais qui peut tout avoir ?
Le destin se montra soigneux de la pourvoir :
Il vint des partis d'importance.
La belle les trouva trop chétifs de moitié.
« Quoi moi ? quoi ces gens-là ? l'on radote, je pense.
À moi les proposer ! hélas, ils font pitié.
Voyez un peu la belle espèce ! »
L'un n'avait en l'esprit nulle délicatesse ;

L'autre avait le nez fait de cette façon-là ;
C'était ceci, c'était cela,
C'était tout ; car les précieuses
Font dessus tout les dédaigneuses.
Après les bons partis, les médiocres gens
Vinrent se mettre sur les rangs.
Elle de se moquer. « Ah ! vraiment je suis bonne
De leur ouvrir la porte ! Ils pensent que je suis
Fort en peine de ma personne.
Grâce à Dieu, je passe les nuits
Sans chagrin, quoique en solitude. »
La belle se sut gré de tous ces sentiments.
L'âge la fit déchoir : adieu tous les amants.
Un an se passe et deux avec inquiétude.
Le chagrin vient ensuite : elle sent chaque jour
Déloger quelques Ris, quelques Jeux, puis l'Amour ;
Puis ses traits choquer et déplaire ;
Puis cent sortes de fards. Ses soins ne purent faire
Qu'elle échappât au temps cet insigne larron :
Les ruines d'une maison
Se peuvent réparer ; que n'est cet avantage
Pour les ruines du visage !
Sa préciosité changea lors de langage.
Son miroir lui disait : « Prenez vite un mari. »
Je ne sais quel désir le lui disait aussi ;
Le désir peut loger chez une précieuse.
Celle-ci fit un choix qu'on n'aurait jamais cru,
Se trouvant à la fin tout aise et tout heureuse
De rencontrer un malotru.

LES SOUHAITS

Il est au Mogol des follets
Qui font office de valets,
Tiennent la maison propre, ont soin de l'équipage,
Et quelquefois du jardinage.
Si vous touchez à leur ouvrage,
Vous gâtez tout. Un d'eux près du Gange autrefois
Cultivait le jardin d'un assez bon bourgeois.
Il travaillait sans bruit, avait beaucoup d'adresse,
Aimait le maître et la maîtresse,
Et le jardin surtout. Dieu sait si les Zéphirs,
Peuple ami du Démon, l'assistaient dans sa tâche !
Le follet de sa part travaillant sans relâche
Comblait ses hôtes de plaisirs.
Pour plus de marques de son zèle,
Chez ces gens pour toujours il se fût arrêté,
Nonobstant la légèreté
À ses pareils si naturelle ;
Mais ses confrères les esprits
Firent tant que le chef de cette république,
Par caprice ou par politique,
Le changea bientôt de logis.
Ordre lui vient d'aller au fond de la Norvège
Prendre le soin d'une maison
En tout temps couverte de neige ;
Et d'Indou qu'il était on vous le fait Lapon.
Avant que de partir l'esprit dit à ses hôtes :
« On m'oblige de vous quitter :
Je ne sais pas pour quelles fautes ;
Mais enfin il le faut, je ne puis arrêter

Qu'un temps fort court, un mois, peut-être une semaine,
Employez-la ; formez trois souhaits, car je puis
Rendre trois souhaits accomplis,
Trois sans plus. » Souhaiter, ce n'est pas une peine
Étrange et nouvelle aux humains.
Ceux-ci pour premier vœu demandent l'abondance ;
Et l'Abondance, à pleines mains,
Verse en leurs coffres la finance,
En leurs greniers le blé, dans leurs caves les vins ;
Tout en crève. Comment ranger cette chevance ?
Quels registres, quels soins, quel temps il leur fallut !
Tous deux sont empêchés si jamais on le fut.
Les voleurs contre eux complotèrent ;
Les grands seigneurs leur empruntèrent ;
Le Prince les taxa. Voilà les pauvres gens
Malheureux par trop de fortune.
« Ôtez-nous de ces biens l'affluence importune,
Dirent-ils l'un et l'autre ; heureux les indigents !
La pauvreté vaut mieux qu'une telle richesse.
Retirez-vous, trésors, fuyez ; et toi Déesse,
Mère du bon esprit, compagne du repos,
Ô Médiocrité, reviens vite. » À ces mots
La Médiocrité revient ; on lui fait place,
Avec elle ils rentrent en grâce,
Au bout de deux souhaits étant aussi chanceux
Qu'ils étaient, et que sont tous ceux
Qui souhaitent toujours et perdent en chimères
Le temps qu'ils feraient mieux de mettre à leurs affaires.
Le follet en rit avec eux.
Pour profiter de sa largesse,
Quand il voulut partir et qu'il fut sur le point,

Ils demandèrent la sagesse :
C'est un trésor qui n'embarrasse point.

La Cour du Lion

Sa Majesté Lionne un jour voulut connaître
De quelles nations le Ciel l'avait fait maître.
Il manda donc par députés
Ses vassaux de toute nature,
Envoyant de tous les côtés
Une circulaire écriture,
Avec son sceau. L'écrit portait
Qu'un mois durant le Roi tiendrait
Cour plénière, dont l'ouverture
Devait être un fort grand festin,
Suivi des tours de Fagotin.
Par ce trait de magnificence
Le Prince à ses sujets étalait sa puissance.
En son Louvre il les invita.
Quel Louvre ! un vrai charnier, dont l'odeur se porta
D'abord au nez des gens. L'Ours boucha sa narine :
Il se fût bien passé de faire cette mine,
Sa grimace déplut. Le Monarque irrité
L'envoya chez Pluton faire le dégoûté.
Le Singe approuva fort cette sévérité,
Et flatteur excessif il loua la colère
Et la griffe du Prince, et l'antre, et cette odeur :
Il n'était ambre, il n'était fleur,
Qui ne fût ail au prix. Sa sotte flatterie

Eut un mauvais succès, et fut encore punie.
Ce Monseigneur du Lion-là
Fut parent de Caligula.
Le Renard étant proche : « Or çà, lui dit le Sire,
Que sens-tu ? dis-le-moi : parle sans déguiser. »
L'autre aussitôt de s'excuser,
Alléguant un grand rhume : il ne pouvait que dire
Sans odorat ; bref, il s'en tire.
Ceci vous sert d'enseignement :
Ne soyez à la cour, si vous voulez y plaire,
Ni fade adulateur, ni parleur trop sincère,
Et tâchez quelquefois de répondre en Normand.

LES VAUTOURS ET LES PIGEONS

Mars autrefois mit tout l'air en émute.
Certain sujet fit naître la dispute
Chez les oiseaux ; non ceux que le Printemps
Mène à sa cour, et qui, sous la feuillée,
Par leur exemple et leurs sons éclatants
Font que Vénus est en nous réveillée ;
Ni ceux encor que la mère d'Amour
Met à son char : mais le peuple vautour,
Au bec retors, à la tranchante serre,
Pour un chien mort se fit, dit-on, la guerre.
Il plut du sang : je n'exagère point.
Si je voulais conter de point en point
Tout le détail, je manquerais d'haleine.
Maint chef périt, maint héros expira ;
Et sur son roc Prométhée espéra

De voir bientôt une fin à sa peine.
C'était plaisir d'observer leurs efforts ;
C'était pitié de voir tomber les morts.
Valeur, adresse, et ruses, et surprises,
Tout s'employa. Les deux troupes, éprises
D'ardent courroux, n'épargnaient nuls moyens
De peupler l'air que respirent les ombres :
Tout élément remplit de citoyens
Le vaste enclos qu'ont les royaumes sombres.
Cette fureur mit la compassion
Dans les esprits d'une autre nation
Au col changeant, au cœur tendre et fidèle.
Elle employa sa médiation
Pour accorder une telle querelle :
Ambassadeurs par le peuple pigeon
Furent choisis, et si bien travaillèrent,
Que les Vautours plus ne se chamaillèrent.
Ils firent trêve, et la paix s'ensuivit.
Hélas ! ce fut aux dépens de la race
À qui la leur aurait dû rendre grâce.
La gent maudite aussitôt poursuivit
Tous les pigeons, en fit ample carnage,
En dépeupla les bourgades, les champs.
Peu de prudence eurent les pauvres gens,
D'accommoder un peuple si sauvage.
Tenez toujours divisés les méchants :
La sûreté du reste de la terre
Dépend de là. Semez entre eux la guerre,
Ou vous n'aurez avec eux nulle paix.
Ceci soit dit en passant : je me tais.

LE COCHE ET LA MOUCHE

Dans un chemin montant, sablonneux, malaisé,
Et de tous les côtés au soleil exposé,
Six forts chevaux tiraient un Coche.
Femmes, moine, vieillards, tout était descendu.
L'attelage suait, soufflait, était rendu.
Une Mouche survient, et des chevaux s'approche,
Prétend les animer par son bourdonnement ;
Pique l'un, pique l'autre, et pense à tout moment
Qu'elle fait aller la machine,
S'assied sur le timon, sur le nez du cocher.
Aussitôt que le char chemine,
Et qu'elle voit les gens marcher,
Elle s'en attribue uniquement la gloire,
Va, vient, fait l'empressée ; il semble que ce soit
Un sergent de bataille allant en chaque endroit
Faire avancer ses gens et hâter la victoire.
La Mouche en ce commun besoin
Se plaint qu'elle agit seule, et qu'elle a tout le soin ;
Qu'aucun n'aide aux chevaux à se tirer d'affaire.
Le moine disait son bréviaire ;
Il prenait bien son temps ! une femme chantait ;
C'était bien de chansons qu'alors il s'agissait !
Dame Mouche s'en va chanter à leurs oreilles,
Et fait cent sottises pareilles.
Après bien du travail le Coche arrive au haut.
« Respirons maintenant, dit la Mouche aussitôt :
J'ai tant fait que nos gens sont enfin dans la plaine.
Çà, Messieurs les Chevaux, payez-moi de ma peine. »
Ainsi certaines gens, faisant les empressés,

S'introduisent dans les affaires :
Ils font partout les nécessaires,
Et, partout importuns, devraient être chassés.

La Laitière et le Pot au lait

Perrette sur sa tête ayant un Pot au lait
Bien posé sur un coussinet,
Prétendait arriver sans encombre à la ville.
Légère et court vêtue, elle allait à grands pas,
Ayant mis ce jour-là, pour être plus agile,
Cotillon simple, et souliers plats.
Notre laitière ainsi troussée
Comptait déjà dans sa pensée
Tout le prix de son lait, en employait l'argent,
Achetait un cent d'œufs, faisait triple couvée ;
La chose allait à bien par son soin diligent.
« Il m'est, disait-elle, facile,
D'élever des poulets autour de ma maison :
Le renard sera bien habile,
S'il ne m'en laisse assez pour avoir un cochon.
Le porc à s'engraisser coûtera peu de son ;
Il était quand je l'eus de grosseur raisonnable :
J'aurai le revendant de l'argent bel et bon.
Et qui m'empêchera de mettre en notre étable,
Vu le prix dont il est, une vache et son veau,
Que je verrai sauter au milieu du troupeau ? »
Perrette là-dessus saute aussi, transportée.
Le lait tombe ; adieu veau, vache, cochon, couvée ;
La dame de ces biens, quittant d'un œil marri

Sa fortune ainsi répandue,
Va s'excuser à son mari
En grand danger d'être battue.
Le récit en farce en fut fait ;
On l'appela *le Pot au lait.*
Quel esprit ne bat la campagne ?
Qui ne fait châteaux en Espagne ?
Picrochole, Pyrrhus, la Laitière, enfin tous,
Autant les sages que les fous ?
Chacun songe en veillant, il n'est rien de plus doux ;
Une flatteuse erreur emporte alors nos âmes :
Tout le bien du monde est à nous,
Tous les honneurs, toutes les femmes.
Quand je suis seul, je fais au plus brave un défi ;
Je m'écarte, je vais détrôner le Sophi ;
On m'élit roi, mon peuple m'aime ;
Les diadèmes vont sur ma tête pleuvant :
Quelque accident fait-il que je rentre en moi-même ;
Je suis Gros-Jean comme devant.

LE CURÉ ET LE MORT

Un mort s'en allait tristement
S'emparer de son dernier gîte ;
Un Curé s'en allait gaiement
Enterrer ce mort au plus vite.
Notre défunt était en carrosse porté,
Bien et dûment empaqueté,
Et vêtu d'une robe, hélas ! qu'on nomme bière,
Robe d'hiver, robe d'été,
Que les morts ne dépouillent guère.
Le Pasteur était à côté,
Et récitait à l'ordinaire
Maintes dévotes oraisons,
Et des psaumes et des leçons,
Et des versets et des répons :
« Monsieur le Mort, laissez-nous faire,
On vous en donnera de toutes les façons ;
Il ne s'agit que du salaire. »
Messire Jean Chouart couvait des yeux son mort,
Comme si l'on eût dû lui ravir ce trésor,
Et des regards semblait lui dire :
« Monsieur le Mort, j'aurai de vous
Tant en argent, et tant en cire,
Et tant en autres menus coûts. »
Il fondait là-dessus l'achat d'une feuillette
Du meilleur vin des environs ;
Certaine nièce assez propette
Et sa chambrière Pâquette
Devaient voir des cotillons.
Sur cette agréable pensée

Un heurt survient, adieu le char.
Voilà Messire Jean Chouart
Qui du choc de son mort a la tête cassée :
Le paroissien en plomb entraîne son pasteur ;
Notre Curé suit son seigneur ;
Tous deux s'en vont de compagnie.
Proprement toute notre vie
Est le curé Chouart, qui sur son mort comptait,
Et la fable du Pot au lait.

L'HOMME QUI COURT APRÈS LA FORTUNE ET L'HOMME QUI L'ATTEND DANS SON LIT

Qui ne court après la Fortune ?
Je voudrais être en lieu d'où je pusse aisément
Contempler la foule importune
De ceux qui cherchent vainement
Cette fille du Sort de royaume en royaume,
Fidèles courtisans d'un volage fantôme.
Quand ils sont près du bon moment,
L'inconstante aussitôt à leurs désirs échappe :
Pauvres gens, je les plains, car on a pour les fous
Plus de pitié que de courroux.
« Cet homme, disent-ils, était planteur de choux,
Et le voilà devenu pape :
Ne le valons-nous pas ? » Vous valez cent fois mieux ;
Mais que vous sert votre mérite ?
La Fortune a-t-elle des yeux ?
Et puis la papauté vaut-elle ce qu'on quitte,
Le repos, le repos, trésor si précieux

Qu'on en faisait jadis le partage des Dieux ?
Rarement la Fortune à ses hôtes le laisse.
Ne cherchez point cette Déesse,
Elle vous cherchera ; son sexe en use ainsi.
Certain couple d'amis en un bourg établi,
Possédait quelque bien : l'un soupirait sans cesse
Pour la Fortune ; il dit à l'autre un jour :
« Si nous quittions notre séjour ?
Vous savez que nul n'est prophète
En son pays : cherchons notre aventure ailleurs.
— Cherchez, dit l'autre ami, pour moi je ne souhaite
Ni climats ni destins meilleurs.
Contentez-vous ; suivez votre humeur inquiète ;
Vous reviendrez bientôt. Je fais vœu cependant
De dormir en vous attendant. »
L'ambitieux, ou, si l'on veut, l'avare,
S'en va par voie et par chemin.
Il arriva le lendemain
En un lieu que devait la Déesse bizarre
Fréquenter sur tout autre ; et ce lieu c'est la cour.
Là donc pour quelque temps il fixe son séjour,
Se trouvant au coucher, au lever, à ces heures
Que l'on sait être les meilleures ;
Bref, se trouvant à tout, et n'arrivant à rien.
« Qu'est ceci ? se dit-il, cherchons ailleurs du bien.
La Fortune pourtant habite ces demeures.
Je la vois tous les jours entrer chez celui-ci,
Chez celui-là ; d'où vient qu'aussi
Je ne puis héberger cette capricieuse ?

On me l'avait bien dit, que des gens de ce lieu
L'on n'aime pas toujours l'humeur ambitieuse.
Adieu, Messieurs de cour ; Messieurs de cour, adieu,
Suivez jusques au bout une ombre qui vous flatte.
La Fortune a, dit-on, des temples à Surate ;
Allons là. » Ce fut un de dire et s'embarquer.
Âmes de bronze, humains, celui-là fut sans doute
Armé de diamant, qui tenta cette route,
Et le premier osa l'abîme défier.
Celui-ci pendant son voyage
Tourna les yeux vers son village
Plus d'une fois, essuyant les dangers
Des pirates, des vents, du calme et des rochers,
Ministres de la Mort. Avec beaucoup de peines
On s'en va la chercher en des rives lointaines,
La trouvant assez tôt sans quitter la maison.
L'homme arrive au Mogol ; on lui dit qu'au Japon
La Fortune pour lors distribuait ses grâces.
Il y court. Les mers étaient lasses
De le porter ; et tout le fruit
Qu'il tira de ses longs voyages,
Ce fut cette leçon que donnent les sauvages :
« Demeure en ton pays, par la nature instruit. »
Le Japon ne fut pas plus heureux à cet homme
Que le Mogol l'avait été ;
Ce qui lui fit conclure en somme,
Qu'il avait à grand tort son village quitté.
Il renonce aux courses ingrates,
Revient en son pays, voit de loin ses pénates,

Pleure de joie, et dit : « Heureux, qui vit chez soi,
De régler ses désirs faisant tout son emploi.
Il ne sait que par ouïr dire
Ce que c'est que la cour, la mer, et ton empire,
Fortune, qui nous fais passer devant les yeux
Des dignités, des biens, que jusqu'au bout du monde
On suit, sans que l'effet aux promesses réponde.
Désormais je ne bouge, et ferai cent fois mieux. »
En raisonnant de cette sorte,
Et contre la Fortune ayant pris ce conseil,
Il la trouve assise à la porte
De son ami plongé dans un profond sommeil.

LES DEUX COQS

Deux Coqs vivaient en paix : une Poule survint,
Et voilà la guerre allumée.
Amour, tu perdis Troie ; et c'est de toi que vint
Cette querelle envenimée,
Où du sang des Dieux même on vit le Xanthe teint.
Longtemps entre nos Coqs le combat se maintint :
Le bruit s'en répandit par tout le voisinage.
La gent qui porte crête au spectacle accourut :
Plus d'une Hélène au beau plumage
Fut le prix du vainqueur. Le vaincu disparut :
Il alla se cacher au fond de sa retraite,
Pleura sa gloire et ses amours,
Ses amours qu'un rival tout fier de sa défaite
Possédait à ses yeux. Il voyait tous les jours

Cet objet rallumer sa haine et son courage.
Il aiguisait son bec, battait l'air et ses flancs,
Et s'exerçant contre les vents
S'armait d'une jalouse rage.
Il n'en eut pas besoin. Son vainqueur sur les toits
S'alla percher, et chanter sa victoire.
Un Vautour entendit sa voix :
Adieu les amours et la gloire.
Tout cet orgueil périt sous l'ongle du Vautour.
Enfin par un fatal retour
Son rival autour de la Poule
S'en revint faire le coquet :
Je laisse à penser quel caquet,
Car il eut des femmes en foule.
La Fortune se plaît à faire de ces coups ;
Tout vainqueur insolent à sa perte travaille.
Défions-nous du Sort, et prenons garde à nous
Après le gain d'une bataille.

L'INGRATITUDE ET L'INJUSTICE DES HOMMES ENVERS LA FORTUNE

Un trafiquant sur mer par bonheur s'enrichit.
Il triompha des vents pendant plus d'un voyage,
Gouffre, banc, ni rocher, n'exigea de péage
D'aucun de ses ballots ; le Sort l'en affranchit.
Sur tous ses compagnons Atropos et Neptune
Recueillirent leur droit tandis que la Fortune
Prenait soin d'amener son marchand à bon port.
Facteurs, associés, chacun lui fut fidèle.

Il vendit son tabac, son sucre, sa canèle.
Ce qu'il voulut, sa porcelaine encor :
Le luxe et la folie enflèrent son trésor ;
Bref il plut dans son escarcelle.
On ne parlait chez lui que par doubles ducats.
Et mon homme d'avoir chiens, chevaux et carrosses.
Ses jours de jeûne étaient des noces.
Un sien ami, voyant ces somptueux repas,
Lui dit : « Et d'où vient donc un si bon ordinaire ?
— Et d'où me viendrait-il que de mon savoir-faire ?
Je n'en dois rien qu'à moi, qu'à mes soins, qu'au talent
De risquer à propos, et bien placer l'argent. »
Le profit lui semblant une fort douce chose,
Il risqua de nouveau le gain qu'il avait fait :
Mais rien, pour cette fois, ne lui vint à souhait.
Son imprudence en fut la cause :
Un vaisseau mal frété périt au premier vent ;
Un autre mal pourvu des armes nécessaires
Fut enlevé par les corsaires ;
Un troisième au port arrivant,
Rien n'eut cours ni débit. Le luxe et la folie
N'étaient plus tels qu'auparavant.
Enfin ses facteurs le trompant,
Et lui-même ayant fait grand fracas, chère lie,
Mis beaucoup en plaisirs, en bâtiments beaucoup,
Il devint pauvre tout d'un coup.
Son ami le voyant en mauvais équipage,
Lui dit : « D'où vient cela ? — De la Fortune, hélas !
— Consolez-vous, dit l'autre ; et s'il ne lui plaît pas
Que vous soyez heureux, tout au moins soyez sage. »

Je ne sais s'il crut ce conseil ;
Mais je sais que chacun impute, en cas pareil,
Son bonheur à son industrie,
Et si de quelque échec notre faute est suivie,
Nous disons injures au Sort.
Chose n'est ici plus commune :
Le bien nous le faisons ; le mal c'est la Fortune :
On a toujours raison, le Destin toujours tort.

LES DEVINERESSES

C'est souvent du hasard que naît l'opinion ;
Et c'est l'opinion qui fait toujours la vogue.
Je pourrais fonder ce prologue
Sur gens de tous états : tout est prévention,
Cabale, entêtement, point ou peu de justice.
C'est un torrent ; qu'y faire ? Il faut qu'il ait son cours.
Cela fut et sera toujours.
Une femme à Paris faisait la pythonisse :
On l'allait consulter sur chaque événement ;
Perdait-on un chiffon, avait-on un amant,
Un mari vivant trop, au gré de son épouse,
Une mère fâcheuse, une femme jalouse ;
Chez la Devineuse on courait,
Pour se faire annoncer ce que l'on désirait.
Son fait consistait en adresse.
Quelques termes de l'art, beaucoup de hardiesse,
Du hasard quelquefois, tout cela concourait,
Tout cela bien souvent faisait crier miracle.
Enfin, quoique ignorante à vingt et trois carats,

Elle passait pour un oracle.
L'oracle était logé dedans un galetas.
Là cette femme emplit sa bourse,
Et sans avoir d'autre ressource,
Gagne de quoi donner un rang à son mari :
Elle achète un office, une maison aussi.
Voilà le galetas rempli
D'une nouvelle hôtesse, à qui toute la ville,
Femmes, filles, valets, gros Messieurs, tout enfin,
Allait comme autrefois demander son destin :
Le galetas devint l'antre de la Sibylle.
L'autre femelle avait achalandé ce lieu.
Cette dernière femme eut beau faire, eut beau dire,
« Moi devine ! on se moque; Eh Messieurs, sais-je lire ?
Je n'ai jamais appris que ma croix de par Dieu. »
Point de raison ; fallut deviner et prédire,
Mettre à part force bons ducats,
Et gagner malgré soi plus que deux avocats.
Le meuble et l'équipage aidaient fort à la chose :
Quatre sièges boiteux, un manche de balai,
Tout sentait son sabbat et sa métamorphose :
Quand cette femme aurait dit vrai
Dans une chambre tapissée,
On s'en serait moqué ; la vogue était passée
Au galetas. Il avait le crédit :
L'autre femme se morfondit.
L'enseigne fait la chalandise.
J'ai vu dans le Palais une robe mal mise
Gagner gros : les gens l'avaient prise
Pour maître tel, qui traînait après soi
Force écoutants. Demandez-moi pourquoi.

Le Chat, la Belette et le petit Lapin

Du palais d'un jeune Lapin
Dame Belette un beau matin
S'empara ; c'est une rusée.
Le maître étant absent, ce lui fut chose aisée.
Elle porta chez lui ses pénates, un jour
Qu'il était allé faire à l'Aurore sa cour,
Parmi le thym et la rosée.
Après qu'il eut brouté, trotté, fait tous ses tours,
Janot Lapin retourne aux souterrains séjours.
La Belette avait mis le nez à la fenêtre.
« Ô Dieux hospitaliers, que vois-je ici paraître ? »
Dit l'animal chassé du paternel logis :
« Holà, Madame la Belette,
Que l'on déloge sans trompette,
Ou je vais avertir tous les rats du pays. »
La dame au nez pointu répondit que la terre
Était au premier occupant.
C'était un beau sujet de guerre
Qu'un logis où lui-même il n'entrait qu'en rampant.
« Et quand ce serait un royaume
Je voudrais bien savoir, dit-elle, quelle loi
En a pour toujours fait l'octroi
À Jean, fils ou neveu de Pierre ou de Guillaume,
Plutôt qu'à Paul, plutôt qu'à moi. »
Jean Lapin allégua la coutume et l'usage.
« Ce sont, dit-il, leurs lois qui m'ont de ce logis
Rendu maître et seigneur, et qui, de père en fils,
L'ont de Pierre à Simon, puis à moi Jean, transmis.
Le premier occupant est-ce une loi plus sage ?

— Or bien sans crier davantage,
Rapportons-nous, dit-elle, à Raminagrobis. »
C'était un chat vivant comme un dévot ermite,
Un chat faisant la chattemite,
Un saint homme de chat, bien fourré, gros et gras,
Arbitre expert sur tous les cas.
Jean Lapin pour juge l'agrée.
Les voilà tous deux arrivés
Devant sa majesté fourrée.
Grippeminaud leur dit : « Mes enfants, approchez,
Approchez, je suis sourd, les ans en sont la cause. »
L'un et l'autre approcha ne craignant nulle chose.
Aussitôt qu'à portée il vit les contestants,
Grippeminaud le bon apôtre
Jetant des deux côtés la griffe en même temps,
Mit les plaideurs d'accord en croquant l'un et l'autre.
Ceci ressemble fort aux débats qu'ont parfois
Les petits souverains se rapportants aux rois.

LA TÊTE ET LA QUEUE DU SERPENT

Le serpent a deux parties
Du genre humain ennemies,
Tête et Queue ; et toutes deux
Ont acquis un nom fameux
Auprès des Parques cruelles :
Si bien qu'autrefois entre elles
Il survint de grands débats
Pour le pas.
La Tête avait toujours marché devant la Queue.
La Queue au Ciel se plaignit,
Et lui dit :
« Je fais mainte et mainte lieue,
Comme il plaît à celle-ci.
Croit-elle que toujours j'en veuille user ainsi ?
Je suis son humble servante.
On m'a faite, Dieu merci,
Sa sœur et non sa suivante.
Toutes deux de même sang,
Traitez-nous de même sorte :
Aussi bien qu'elle je porte
Un poison prompt et puissant.
Enfin voilà ma requête :
C'est à vous de commander,
Qu'on me laisse précéder
À mon tour ma sœur la Tête.
Je la conduirai si bien,
Qu'on ne se plaindra de rien. »
Le Ciel eut pour ses vœux une bonté cruelle.
Souvent sa complaisance a de méchants effets.

Il devrait être sourd aux aveugles souhaits.
Il ne le fut pas lors : et la guide nouvelle,
Qui ne voyait au grand jour
Pas plus clair que dans un four,
Donnait tantôt contre un marbre,
Contre un passant, contre un arbre.
Droit aux ondes du Styx elle mena sa sœur.

Malheureux les États tombés dans son erreur.

UN ANIMAL DANS LA LUNE

Pendant qu'un philosophe assure,
Que toujours par leurs sens les hommes sont dupés,
Un autre philosophe jure
Qu'ils ne nous ont jamais trompés.
Tous les deux ont raison, et la philosophie
Dit vrai, quand elle dit que les sens tromperont
Tant que sur leur rapport les hommes jugeront ;
Mais aussi si l'on rectifie
L'image de l'objet sur son éloignement,
Sur le milieu qui l'environne,
Sur l'organe et sur l'instrument,
Les sens ne tromperont personne.
La Nature ordonna ces choses sagement :
J'en dirai quelque jour les raisons amplement.
J'aperçois le soleil ; quelle en est la figure ?
Ici-bas ce grand corps n'a que trois pieds de tour :
Mais si je le voyais là-haut dans son séjour,
Que serait-ce à mes yeux que l'œil de la nature ?
Sa distance me fait juger de sa grandeur ;

Sur l'angle et les côtés ma main la détermine.
L'ignorant le croit plat, j'épaissis sa rondeur ;
Je le rends immobile, et la terre chemine
Bref je démens mes yeux en toute sa machine.
Ce sens ne me nuit point par son illusion.
Mon âme en toute occasion
Développe le vrai caché sous l'apparence.
Je ne suis point d'intelligence
Avecque mes regards peut-être un peu trop prompts,
Ni mon oreille lente à m'apporter les sons.
Quand l'eau courbe un bâton, ma raison le redresse :
La raison décide en maîtresse.
Mes yeux, moyennant ce secours,
Ne me trompent jamais, en me mentant toujours.
Si je crois leur rapport, erreur assez commune,
Une tête de femme est au corps de la lune.
Y peut-elle être ? Non. D'où vient donc cet objet ?
Quelques lieux inégaux font de loin cet effet.
La lune nulle part n'a sa surface unie :
Montueuse en des lieux, en d'autres aplanie,
L'ombre avec la lumière y peut tracer souvent,
Un homme, un bœuf, un éléphant.
Naguère l'Angleterre y vit chose pareille.
La lunette placée, un animal nouveau
Parut dans cet astre si beau,
Et chacun de crier merveille :
Il était arrivé là-haut un changement
Qui présageait sans doute un grand événement.
Savait-on si la guerre entre tant de puissances
N'en était point l'effet ? Le Monarque accourut :
Il favorise en roi ces hautes connaissances.

Le monstre dans la lune à son tour lui parut.
C'était une souris cachée entre les verres :
Dans la lunette était la source de ces guerres.
On en rit. Peuple heureux, quand pourront les François
Se donner, comme vous, entiers à ces emplois
Mars nous fait recueillir d'amples moissons de gloire :
C'est à nos ennemis de craindre les combats,
À nous de les chercher, certains que la Victoire,
Amante de Louis, suivra partout ses pas.
Ses lauriers nous rendront célèbres dans l'Histoire.
Même les Filles de Mémoire
Ne nous ont point quittés : nous goûtons des plaisirs :
La paix fait nos souhaits et non point nos soupirs.
Charles en sait jouir : il saurait dans la guerre
Signaler sa valeur, et mener l'Angleterre
À ces jeux qu'en repos elle voit aujourd'hui.
Cependant s'il pouvait apaiser la querelle,
Que d'encens ! Est-il rien de plus digne de lui ?
La carrière d'Auguste a-t-elle été moins belle
Que les fameux exploits du premier des Césars ?
Ô peuple trop heureux, quand la paix viendra-t-elle
Nous rendre comme vous tout entiers aux beaux-arts ?

Livre huitième

La Mort et le Mourant

La Mort ne surprend point le sage ;
Il est toujours prêt à partir,
S'étant su lui-même avertir
Du temps où l'on se doit résoudre à ce passage.
Ce temps, hélas ! embrasse tous les temps :
Qu'on le partage en jours, en heures, en moments,
Il n'en est point qu'il ne comprenne
Dans le fatal tribut ; tous sont de son domaine ;
Et le premier instant où les enfants des rois
Ouvrent les yeux à la lumière,
Est celui qui vient quelquefois
Fermer pour toujours leur paupière.
Défendez-vous par la grandeur,
Alléguez la beauté, la vertu, la jeunesse,
La Mort ravit tout sans pudeur.
Un jour le monde entier accroîtra sa richesse.
Il n'est rien de moins ignoré,
Et puisqu'il faut que je le die,
Rien où l'on soit moins préparé.

Un Mourant qui comptait plus de cent ans de vie,
Se plaignait à la Mort que précipitamment
Elle le contraignait de partir tout à l'heure,
Sans qu'il eût fait son testament,
Sans l'avertir au moins. « Est-il juste qu'on meure
Au pied levé ? dit-il : attendez quelque peu.
Ma femme ne veut pas que je parte sans elle ;
Il me reste à pourvoir un arrière-neveu ;

Souffrez qu'à mon logis j'ajoute encore une aile.
Que vous êtes pressante, ô Déesse cruelle !
—Vieillard, lui dit la Mort, je ne t'ai point surpris.
Tu te plains sans raison de mon impatience.
Eh ! n'as-tu pas cent ans ? trouve-moi dans Paris
Deux mortels aussi vieux, trouve-m'en dix en France.
Je devais, ce dis-tu, te donner quelque avis
Qui te disposât à la chose :
J'aurais trouvé ton testament tout fait,
Ton petit-fils pourvu, ton bâtiment parfait ;
Ne te donna-t-on pas des avis quand la cause
Du marcher et du mouvement,
Quand les esprits, le sentiment,
Quand tout faillit en toi ? Plus de goût, plus d'ouïe ;
Toute chose pour toi semble être évanouie ;
Pour toi l'astre du jour prend des soins superflus :
Tu regrettes des biens qui ne te touchent plus.
Je t'ai fait voir tes camarades,
Ou morts, ou mourants, ou malades.
Qu'est-ce que tout cela, qu'un avertissement ?
Allons, vieillard, et sans réplique.
Il n'importe à la république
Que tu fasses ton testament. »

La Mort avait raison. Je voudrais qu'à cet âge
On sortît de la vie ainsi que d'un banquet,
Remerciant son hôte, et qu'on fît son paquet ;
Car de combien peut-on retarder le voyage ?
Tu murmures, vieillard ; vois ces jeunes mourir,
Vois-les marcher, vois-les courir
À des morts, il est vrai, glorieuses et belles,
Mais sûres cependant, et quelquefois cruelles.

J'ai beau te le crier ; mon zèle est indiscret :
Le plus semblable aux morts meurt le plus à regret.

LE SAVETIER ET LE FINANCIER

Un Savetier chantait du matin jusqu'au soir :
C'était merveilles de le voir,
Merveilles de l'ouïr ; il faisait des passages,
Plus content qu'aucun des sept sages.
Son voisin au contraire, étant tout cousu d'or,
Chantait peu, dormait moins encor.
C'était un homme de finance.
Si sur le point du jour parfois il sommeillait,
Le Savetier alors en chantant l'éveillait,
Et le Financier se plaignait,
Que les soins de la Providence
N'eussent pas au marché fait vendre le dormir,
Comme le manger et le boire.
En son hôtel il fait venir
Le chanteur, et lui dit : « Or çà, sire Grégoire,
Que gagnez-vous par an ? — Par an ? Ma foi, Monsieur,
Dit avec un ton de rieur
Le gaillard Savetier, ce n'est point ma manière
De compter de la sorte ; et je n'entasse guère
Un jour sur l'autre : il suffit qu'à la fin
J'attrape le bout de l'année :
Chaque jour amène son pain.
— Eh bien que gagnez-vous, dites-moi, par journée ?
— Tantôt plus, tantôt moins : le mal est que toujours ;
(Et sans cela nos gains seraient assez honnêtes),

Le mal est que dans l'an s'entremêlent des jours
Qu'il faut chommer ; on nous ruine en fêtes.
L'une fait tort à l'autre ; et Monsieur le curé
De quelque nouveau saint charge toujours son prône. »
Le Financier riant de sa naïveté
Lui dit : « Je vous veux mettre aujourd'hui sur le trône.
Prenez ces cent écus : gardez-les avec soin,
Pour vous en servir au besoin. »
Le Savetier crut voir tout l'argent que la terre
Avait depuis plus de cent ans
Produit pour l'usage des gens.
Il retourne chez lui : dans sa cave il enserre
L'argent et sa joie à la fois.
Plus de chant ; il perdit la voix
Du moment qu'il gagna ce qui cause nos peines.
Le sommeil quitta son logis,
Il eut pour hôtes les soucis,
Les soupçons, les alarmes vaines.
Tout le jour il avait l'œil au guet ; et la nuit,
Si quelque chat faisait du bruit,
Le chat prenait l'argent. À la fin le pauvre homme
S'en courut chez celui qu'il ne réveillait plus :
« Rendez-moi, lui dit-il, mes chansons et mon somme,
Et reprenez vos cent écus. »

LE LION, LE LOUP ET LE RENARD

Un Lion décrépit, goutteux, n'en pouvant plus,
Voulait que l'on trouvât remède à la vieillesse :
Alléguer l'impossible aux rois, c'est un abus.
Celui-ci parmi chaque espèce
Manda des médecins ; il en est de tous arts.
Médecins au Lion viennent de toutes parts ;
De tous côtés lui vient des donneurs de recettes.
Dans les visites qui sont faites,
Le Renard se dispense, et se tient clos et coi.
Le Loup en fait sa cour, daube au coucher du Roi
Son camarade absent. Le Prince tout à l'heure
Veut qu'on aille enfumer Renard dans sa demeure,
Qu'on le fasse venir. Il vient, est présenté ;
Et, sachant que le Loup lui faisait cette affaire :
« Je crains, Sire, dit-il, qu'un rapport peu sincère,
Ne m'ait à mépris imputé
D'avoir différé cet hommage ;
Mais j'étais en pèlerinage ;
Et m'acquittais d'un vœu fait pour votre santé.
Même j'ai vu dans mon voyage
Gens experts et savants ; leur ai dit la langueur
Dont votre Majesté craint à bon droit la suite.
Vous ne manquez que de chaleur ;
Le long âge en vous l'a détruite :
D'un loup écorché vif appliquez-vous la peau
Toute chaude et toute fumante ;
Le secret sans doute en est beau
Pour la nature défaillante.

Messire Loup vous servira,
S'il vous plaît, de robe de chambre. »
Le Roi goûte cet avis-là :
On écorche, on taille, on démembre
Messire Loup. Le Monarque en soupa,
Et de sa peau s'enveloppa.

Messieurs les courtisans, cessez de vous détruire :
Faites si vous pouvez votre cour sans vous nuire.
Le mal se rend chez vous au quadruple du bien.
Les daubeurs ont leur tour d'une ou d'autre manière :
Vous êtes dans une carrière
Où l'on ne se pardonne rien.

LE POUVOIR DES FABLES

À M. DE BARILLON

La qualité d'ambassadeur
Peut-elle s'abaisser à des contes vulgaires ?
Vous puis-je offrir mes vers et leurs grâces légères ?
S'ils osent quelquefois prendre un air de grandeur,
Seront-ils point traités par vous de téméraires ?
Vous avez bien d'autres affaires
À démêler que les débats
Du Lapin et de la Belette.
Lisez-les, ne les lisez pas ;
Mais empêchez qu'on ne nous mette
Toute l'Europe sur les bras.
Que de mille endroits de la terre
Il nous vienne des ennemis,
J'y consens ; mais que l'Angleterre

Veuille que nos deux rois se lassent d'être amis,
J'ai peine à digérer la chose.
N'est-il point encor temps que Louis se repose ?
Quel autre Hercule enfin ne se trouverait las
De combattre cette hydre ? et faut-il qu'elle oppose
Une nouvelle tête aux efforts de son bras ?
Si votre esprit plein de souplesse,
Par éloquence, et par adresse,
Peut adoucir les cœurs, et détourner ce coup,
Je vous sacrifierai cent moutons ; c'est beaucoup
Pour un habitant du Parnasse.
Cependant faites-moi la grâce
De prendre en don ce peu d'encens :
Prenez en gré mes vœux ardents,
Et le récit en vers qu'ici je vous dédie.
Son sujet vous convient ; je n'en dirai pas plus :
Sur les éloges que l'envie
Doit avouer qui vous sont dus,
Vous ne voulez pas qu'on appuie.

Dans Athène autrefois, peuple vain et léger,
Un Orateur, voyant sa patrie en danger,
Courut à la tribune ; et d'un art tyrannique,
Voulant forcer les cœurs dans une république,
Il parla fortement sur le commun salut.
On ne l'écoutait pas. L'Orateur recourut
À ces figures violentes
Qui savent exciter les âmes les plus lentes.
Il fit parler les morts, tonna, dit ce qu'il put.
Le vent emporta tout ; personne ne s'émut.
L'animal aux têtes frivoles

Étant fait à ces traits, ne daignait l'écouter.
Tous regardaient ailleurs : il en vit s'arrêter
À des combats d'enfants, et point à ses paroles.
Que fit le harangueur ? Il prit un autre tour.
« Cérès, commença-t-il, faisait voyage un jour
Avec l'Anguille et l'Hirondelle :
Un fleuve les arrête ; et l'Anguille en nageant,
Comme l'Hirondelle en volant,
Le traversa bientôt. » L'assemblée à l'instant
Cria tout d'une voix : « Et Cérès, que fit-elle ?
— Ce qu'elle fit ? un prompt courroux
L'anima d'abord contre vous.
Quoi, de contes d'enfants son peuple s'embarrasse !
Et du péril qui le menace
Lui seul entre les Grecs il néglige l'effet !
Que ne demandez-vous ce que Philippe fait ? »
À ce reproche l'assemblée,
Par l'apologue réveillée,
Se donne entière à l'Orateur :
Un trait de fable en eut l'honneur.

Nous sommes tous d'Athène en ce point ; et moi-même,
Au moment que je fais cette moralité,
Si *Peau d'âne* m'était conté,
J'y prendrais un plaisir extrême.
Le monde est vieux, dit-on, je le crois ; cependant
Il le faut amuser encor comme un enfant.

L'HOMME ET LA PUCE

Par des vœux importuns nous fatiguons les Dieux,
Souvent pour des sujets même indignes des hommes.
Il semble que le Ciel sur tous tant que nous sommes
Soit obligé d'avoir incessamment les yeux,
Et que le plus petit de la race mortelle,
À chaque pas qu'il fait, à chaque bagatelle,
Doive intriguer l'Olympe et tous ses citoyens,
Comme s'il s'agissait des Grecs et des Troyens.

Un Sot par une Puce eut l'épaule mordue.
Dans les plis de ses draps elle alla se loger,
« Hercule, se dit-il, tu devais bien purger
La terre de cette hydre au printemps revenue.
Que fais-tu, Jupiter, que du haut de la nue
Tu n'en perdes la race afin de me venger ? »
Pour tuer une puce il voulait obliger
Ces Dieux à lui prêter leur foudre et leur massue.

LES FEMMES ET LE SECRET

Rien ne pèse tant qu'un secret :
Le porter loin est difficile aux dames ;
Et je sais même sur ce fait
Bon nombre d'hommes qui sont femmes.

Pour éprouver la sienne un mari s'écria
La nuit étant près d'elle : « Ô dieux ! qu'est-ce cela ?
Je n'en puis plus ! on me déchire !
Quoi ! j'accouche d'un œuf ! — D'un œuf ? — Oui, le voilà
Frais et nouveau pondu. Gardez bien de le dire :
On m'appellerait poule. Enfin n'en parlez pas. »
La femme neuve sur ce cas,
Ainsi que sur mainte autre affaire,
Crut la chose, et promit ses grands dieux de se taire.
Mais ce serment s'évanouit
Avec les ombres de la nuit.
L'épouse indiscrète et peu fine,
Sort du lit quand le jour fut à peine levé ;
Et de courir chez sa voisine :
« Ma commère, dit-elle, un cas est arrivé :
N'en dites rien surtout, car vous me feriez battre :
Mon mari vient de pondre un œuf gros comme quatre.
Au nom de Dieu, gardez-vous bien
D'aller publier ce mystère.
—Vous moquez-vous ? dit l'autre : Ah ! vous ne savez guère
Quelle je suis. Allez, ne craignez rien. »
La femme du pondeur s'en retourne chez elle.
L'autre grille déjà de conter la nouvelle :
Elle va la répandre en plus de dix endroits.
Au lieu d'un œuf elle en dit trois.

Ce n'est pas encor tout, car une autre commère
En dit quatre, et raconte à l'oreille le fait,
Précaution peu nécessaire,
Car ce n'était plus un secret.
Comme le nombre d'œufs, grâce à la renommée,
De bouche en bouche allait croissant,
Avant la fin de la journée
Ils se montaient à plus d'un cent.

LE CHIEN QUI PORTE À SON COU LE DÎNÉ DE SON MAÎTRE

Nous n'avons pas les yeux à l'épreuve des belles,
Ni les mains à celle de l'or :
Peu de gens gardent un trésor
Avec des soins assez fidèles.

Certain Chien, qui portait la pitance au logis,
S'était fait un collier du dîné de son maître.
Il était tempérant plus qu'il n'eût voulu l'être
Quand il voyait un mets exquis :
Mais enfin il l'était et tous tant que nous sommes
Nous nous laissons tenter à l'approche des biens.
Chose étrange ! on apprend la tempérance aux chiens,
Et l'on ne peut l'apprendre aux hommes.
Ce Chien-ci donc étant de la sorte atourné,
Un mâtin passe, et veut lui prendre le dîné.
Il n'en eut pas toute la joie
Qu'il espérait d'abord : le Chien mit bas la proie,
Pour la défendre mieux n'en étant plus chargé.

Grand combat. D'autres chiens arrivent ;
Ils étaient de ceux-là qui vivent
Sur le public, et craignent peu les coups.
Notre Chien se voyant trop faible contre eux tous,
Et que la chair courait un danger manifeste,
Voulut avoir sa part ; et lui sage, il leur dit :
« Point de courroux, Messieurs, mon lopin me suffit :
Faites votre profit du reste. »
À ces mots le premier il vous happe un morceau.
Et chacun de tirer, le mâtin, la canaille,
À qui mieux mieux : ils firent tous ripaille ;
Chacun d'eux eut part au gâteau.

Je crois voir en ceci l'image d'une ville,
Où l'on met les deniers à la merci des gens.
Échevins, prévôt des marchands,
Tout fait sa main : le plus habile
Donne aux autres l'exemple ; et c'est un passe-temps
De leur voir nettoyer un monceau de pistoles.
Si quelque scrupuleux par des raisons frivoles
Veut défendre l'argent, et dit le moindre mot,
On lui fait voir qu'il est un sot.
Il n'a pas de peine à se rendre :
C'est bientôt le premier à prendre.

LE RIEUR ET LES POISSONS

On cherche les rieurs ; et moi je les évite.
Cet art veut sur tout autre un suprême mérite.
Dieu ne créa que pour les sots
Les méchants diseurs de bons mots.
J'en vais peut-être en une fable
Introduire un ; peut-être aussi
Que quelqu'un trouvera que j'aurai réussi.

Un Rieur était à la table
D'un Financier ; et n'avait en son coin
Que de petits Poissons : tous les gros étaient loin.
Il prend donc les menus, puis leur parle à l'oreille,
Et puis il feint à la pareille,
D'écouter leur réponse. On demeura surpris :
Cela suspendit les esprits.
Le Rieur alors d'un ton sage
Dit qu'il craignait qu'un sien ami
Pour les grandes Indes parti,
N'eût depuis un an fait naufrage.
Il s'en informait donc à ce menu fretin :
Mais tous lui répondaient qu'ils n'étaient pas d'un âge
À savoir au vrai son destin ;
Les gros en sauraient davantage.
« N'en puis-je donc, Messieurs, un gros interroger ? »
De dire si la compagnie
Prit goût à la plaisanterie,
J'en doute ; mais enfin, il les sut engager
À lui servir d'un monstre assez vieux pour lui dire
Tous les noms des chercheurs de mondes inconnus
Qui n'en étaient pas revenus,

Et que depuis cent ans sous l'abîme avaient vus
Les anciens du vaste empire.

LE RAT ET L'HUÎTRE

Un Rat hôte d'un champ, rat de peu de cervelle,
Des lares paternels un jour se trouva soû.
Il laisse là le champ, le grain, et la javelle,
Va courir le pays, abandonne son trou.
Sitôt qu'il fut hors de la case,
« Que le monde, dit-il, est grand et spacieux !
Voilà les Apennins, et voici le Caucase. »
La moindre taupinée était mont à ses yeux.
Au bout de quelques jours le voyageur arrive
En un certain canton où Thétys sur la rive
Avait laissé mainte huître ; et notre Rat d'abord
Crut voir en les voyant des vaisseaux de haut bord.
« Certes, dit-il, mon père était un pauvre sire !
Il n'osait voyager, craintif au dernier point.
Pour moi, j'ai déjà vu le maritime empire :
J'ai passé les déserts, mais nous n'y bûmes point. »
D'un certain magister le Rat tenait ces choses,
Et les disait à travers champs ;
N'étant pas de ces rats qui les livres rongeants
Se font savants jusques aux dents.
Parmi tant d'huîtres toutes closes,
Une s'était ouverte, et bâillant au soleil,
Par un doux zéphir réjouie,
Humait l'air, respirait, était épanouie,
Blanche, grasse, et d'un goût, à la voir, nonpareil.

D'aussi loin que le Rat voit cette Huître qui bâille :
« Qu'aperçois-je ? dit-il, c'est quelque victuaille ;
Et, si je ne me trompe à la couleur du mets,
Je dois faire aujourd'hui bonne chère, ou jamais. »
Là-dessus Maître Rat plein de belle espérance
Approche de l'écaille, allonge un peu le cou,
Se sent pris comme aux lacs, car l'Huître tout d'un
[coup
Se referme. Et voilà ce que fait l'ignorance.

Cette fable contient plus d'un enseignement.
Nous y voyons premièrement
Que ceux qui n'ont du monde aucune expérience
Sont aux moindres objets frappés d'étonnement ;
Et puis nous y pouvons apprendre,
Que tel est pris qui croyait prendre.

L'OURS ET L'AMATEUR DES JARDINS

Certain Ours montagnard, Ours à demi léché,
Confiné par le Sort dans un bois solitaire,
Nouveau Bellérophon vivait seul et caché
Il fût devenu fou ; la raison d'ordinaire
N'habite pas longtemps chez les gens séquestrés.
Il est bon de parler, et meilleur de se taire ;
Mais tous deux sont mauvais alors qu'ils sont outrés.
Nul animal n'avait affaire
Dans les lieux que l'Ours habitait ;
Si bien que tout ours qu'il était
Il vint à s'ennuyer de cette triste vie.
Pendant qu'il se livrait à la mélancolie,
Non loin de là certain vieillard
S'ennuyait aussi de sa part.
Il aimait les jardins, était Prêtre de Flore,
Il l'était de Pomone encore :
Ces deux emplois sont beaux ; mais je voudrais parmi
Quelque doux et discret ami.
Les jardins parlent peu, si ce n'est dans mon livre ;
De façon que, lassé de vivre
Avec des gens muets, notre homme un beau matin
Va chercher compagnie, et se met en campagne.
L'Ours porté d'un même dessein
Venait de quitter sa montagne :
Tous deux, par un cas surprenant,
Se rencontrent en un tournant.
L'homme eut peur : mais comment esquiver ? et que faire ?
Se tirer en Gascon d'une semblable affaire

Est le mieux : il sut donc dissimuler sa peur.
L'Ours très mauvais complimenteur,
Lui dit : « Viens-t'en me voir. » L'autre reprit : « Seigneur,
Vous voyez mon logis ; si vous me vouliez faire
Tant d'honneur que d'y prendre un champêtre repas,
J'ai des fruits, j'ai du lait : ce n'est peut-être pas
De Nosseigneurs les Ours le manger ordinaire ;
Mais j'offre ce que j'ai. » L'Ours accepte ; et d'aller.
Les voilà bons amis avant que d'arriver.
Arrivés, les voilà se trouvant bien ensemble ;
Et bien qu'on soit à ce qu'il semble
Beaucoup mieux seul qu'avec des sots,
Comme l'Ours en un jour ne disait pas deux mots,
L'Homme pouvait sans bruit vaquer à son ouvrage.
L'Ours allait à la chasse, apportait du gibier,
Faisait son principal métier
D'être bon émoucheur, écartait du visage
De son ami dormant ce parasite ailé
Que nous avons mouche appelé.
Un jour que le Vieillard dormait d'un profond somme,
Sur le bout de son nez une allant se placer
Mit l'Ours au désespoir ; il eut beau la chasser :
« Je t'attraperai bien, dit-il. Et voici comme. »
Aussitôt fait que dit : le fidèle émoucheur
Vous empoigne un pavé, le lance avec roideur,
Casse la tête à l'homme en écrasant la mouche,
Et non moins bon archer que mauvais raisonneur,
Roide mort étendu sur la place il le couche.
Rien n'est si dangereux q'un ignorant ami ;
Mieux vaudrait un sage ennemi.

LES DEUX AMIS

Deux vrais Amis vivaient au Monomotapa :
L'un ne possédait rien qui n'appartînt à l'autre.
Les amis de ce pays-là
Valent bien, dit-on, ceux du nôtre.
Une nuit que chacun s'occupait au sommeil,
Et mettait à profit l'absence du soleil,
Un de nos deux Amis sort du lit en alarme.
Il court chez son intime, éveille les valets :
Morphée avait touché le seuil de ce palais.
L'Ami couché s'étonne, il prend sa bourse, il s'arme,
Vient trouver l'autre, et dit : « Il vous arrive peu
De courir quand on dort ; vous me paraissiez homme
À mieux user du temps destiné pour le somme :
N'auriez-vous point perdu tout votre argent au jeu ?
En voici. S'il vous est venu quelque querelle,
J'ai mon épée, allons. Vous ennuyez-vous point
De coucher toujours seul ? Une esclave assez belle
Était à mes côtés : voulez-vous qu'on l'appelle ?
— Non, dit l'Ami, ce n'est ni l'un ni l'autre point :
Je vous rends grâce de ce zèle.
Vous m'êtes en dormant un peu triste apparu ;
J'ai craint qu'il ne fût vrai, je suis vite accouru.
Ce maudit songe en est la cause. »

Qui d'eux aimait le mieux ? que t'en semble, lecteur ?
Cette difficulté vaut bien qu'on la propose.
Qu'un ami véritable est une douce chose.
Il cherche vos besoins au fond de votre cœur ;
Il vous épargne la pudeur
De les lui découvrir vous-même.

Un songe, un rien, tout lui fait peur
Quand il s'agit de ce qu'il aime.

LE COCHON, LA CHÈVRE ET LE MOUTON

Une Chèvre, un Mouton, avec un Cochon gras,
Montés sur même char s'en allaient à la foire.
Leur divertissement ne les y portait pas ;
On s'en allait les vendre, à ce que dit l'histoire.
Le Charton n'avait pas dessein
De les mener voir Tabarin.
Dom Pourceau criait en chemin
Comme s'il avait eu cent bouchers à ses trousses.
C'était une clameur à rendre les gens sourds :
Les autres animaux, créatures plus douces,
Bonnes gens, s'étonnaient qu'il criât au secours ;
Ils ne voyaient nul mal à craindre.
Le Charton dit au Porc : « Qu'as-tu tant à te plaindre ?
Tu nous étourdis tous, que ne te tiens-tu coi ?
Ces deux personnes-ci, plus honnêtes que toi,
Devraient t'apprendre à vivre, ou du moins à te taire.
Regarde ce Mouton : a-t-il dit un seul mot ?
Il est sage. — Il est un sot,
Repartit le Cochon : s'il savait son affaire,
Il crierait comme moi, du haut de son gosier,
Et cette autre personne honnête
Crierait tout du haut de sa tête.
Ils pensent qu'on les veut seulement décharger,
La Chèvre de son lait, le Mouton de sa laine.
Je ne sais pas s'ils ont raison ;

Mais quant à moi, qui ne suis bon
Qu'à manger, ma mort est certaine.
Adieu mon toit et ma maison. »

Dom Pourceau raisonnait en subtil personnage.
Mais que lui servait-il ? Quand le mal est certain,
La plainte ni la peur ne changent le destin ;
Et le moins prévoyant est toujours le plus sage.

TIRCIS ET AMARANTE

POUR MADEMOISELLE DE SILLERY

J'avais Ésope quitté
Pour être tout à Boccace :
Mais une divinité
Veut revoir sur le Parnasse
Des fables de ma façon.
Or d'aller lui dire « Non »
Sans quelque valable excuse,
Ce n'est pas comme on en use
Avec des divinités,
Surtout quand ce sont de celles
Que la qualité de belles
Fait reines des volontés.
Car afin que l'on le sache,
C'est Sillery qui s'attache
À vouloir que, de nouveau,
Sire Loup, Sire Corbeau
Chez moi se parlent en rime.
Qui dit Sillery, dit tout ;
Peu de gens en leur estime

Lui refusent le haut bout ;
Comment le pourrait-on faire ?
Pour venir à notre affaire,
Mes contes à son avis
Sont obscurs ; les beaux esprits
N'entendent pas toute chose.
Faisons donc quelques récits
Qu'elle déchiffre sans glose.
Amenons des bergers et puis nous rimerons
Ce que disent entre eux les Loups et les Moutons.
Tircis disait un jour à la jeune Amarante :
« Ah ! si vous connaissiez comme moi certain mal
Qui nous plaît et qui nous enchante !
Il n'est bien sous le ciel qui vous parût égal :
Souffrez qu'on vous le communique ;
Croyez-moi ; n'ayez point de peur :
Voudrais-je vous tromper, vous pour qui je me pique
Des plus doux sentiments que puisse avoir un cœur ? »
Amarante aussitôt réplique :
« Comment l'appelez-vous, ce mal ? quel est son nom ?
— L'amour. — Ce mot est beau : dites-moi quelque marque
À quoi je le pourrai connaître : que sent-on ?
— Des peines près de qui le plaisir des monarques
Est ennuyeux et fade : on s'oublie, on se plaît
Toute seule en une forêt.
Se mire-t-on près un rivage ?
Ce n'est pas soi qu'on voit, on ne voit qu'une image
Qui sans cesse revient et qui suit en tous lieux :
Pour tout le reste on est sans yeux.
Il est un berger du village
Dont l'abord, dont la voix, dont le nom fait rougir :

On soupire à son souvenir ;
On ne sait pas pourquoi, cependant on soupire ;
On a peur de le voir encor qu'on le désire. »
Amarante dit à l'instant :
« Oh ! oh ! c'est là ce mal que vous me prêchez tant ?
Il ne m'est pas nouveau : je pense le connaître. »
Tircis à son but croyait être,
Quand la belle ajouta : « Voilà tout justement
Ce que je sens pour Clidamant. »
L'autre pensa mourir de dépit et de honte.

Il est force gens comme lui
Qui prétendent n'agir que pour leur propre compte,
Et qui font le marché d'autrui.

LES OBSÈQUES DE LA LIONNE

La femme du Lion mourut :
Aussitôt chacun accourut
Pour s'acquitter envers le Prince
De certains compliments de consolation,
Qui sont surcroît d'affliction.
Il fit avertir sa province
Que les obsèques se feraient
Un tel jour, en tel lieu ; ses prévôts y seraient
Pour régler la cérémonie,
Et pour placer la compagnie.
Jugez si chacun s'y trouva.
Le Prince aux cris s'abandonna,
Et tout son antre en résonna.
Les Lions n'ont point d'autre temple.

On entendit à son exemple
Rugir en leurs patois Messieurs les courtisans.
Je définis la cour un pays où les gens
Tristes, gais, prêts à tout, à tout indifférents,
Sont ce qu'il plaît au Prince, ou s'ils ne peuvent l'être,
Tâchent au moins de le parêtre,
Peuple caméléon, peuple singe du maître,
On dirait qu'un esprit anime mille corps ;
C'est bien là que les gens sont de simples ressorts.
Pour revenir à notre affaire
Le Cerf ne pleura point. Comment eût-il pu faire ?
Cette mort le vengeait : la Reine avait jadis
Étranglé sa femme et son fils.
Bref il ne pleura point. Un flatteur l'alla dire,
Et soutint qu'il l'avait vu rire.
La colère du Roi, comme dit Salomon,
Est terrible, et surtout celle du roi Lion ;
Mais ce Cerf n'avait pas accoutumé de lire.
Le Monarque lui dit : « Chétif hôte des bois
Tu ris ! tu ne suis pas ces gémissantes voix !
Nous n'appliquerons point sur tes membres profanes
Nos sacrés ongles.Venez Loups,
Vengez la Reine, immolez tous
Ce traître à ses augustes mânes. »
Le Cerf reprit alors : « Sire, le temps de pleurs
Est passé ; la douleur est ici superflue.
Votre digne moitié, couchée entre des fleurs,
Tout près d'ici m'est apparue ;
Et je l'ai d'abord reconnue.
"Ami, m'a-t-elle dit, garde que ce convoi,

Quand je vais chez les Dieux, ne t'oblige à des larmes.
Aux Champs Élysiens j'ai goûté mille charmes,
Conversant avec ceux qui sont saints comme moi.
Laisse agir quelque temps le désespoir du Roi.
J'y prends plaisir." » À peine on eut ouï la chose,
Qu'on se mit à crier : « Miracle, apothéose ! »
Le Cerf eut un présent, bien loin d'être puni.

Amusez les rois par des songes,
Flattez-les, payez-les d'agréables mensonges,
Quelque indignation dont leur cœur soit rempli,
Ils goberont l'appât, vous serez leur ami.

LE RAT ET L'ÉLÉPHANT

Se croire un personnage est fort commun en France :
On y fait l'homme d'importance,
Et l'on n'est souvent qu'un bourgeois :
C'est proprement le mal françois.
La sotte vanité nous est particulière.
Les Espagnols sont vains, mais d'une autre manière.
Leur orgueil me semble en un mot
Beaucoup plus fou, mais pas si sot.
Donnons quelque image du nôtre
Qui sans doute en vaut bien un autre.

Un Rat des plus petits voyait un Éléphant
Des plus gros, et raillait le marcher un peu lent
De la bête de haut parage,
Qui marchait à gros équipage.
Sur l'animal à triple étage

Une sultane de renom,
Son chien, son chat et sa guenon,
Son perroquet, sa vieille, et toute sa maison,
S'en allait en pèlerinage.
Le Rat s'étonnait que les gens
Fussent touchés de voir cette pesante masse :
« Comme si d'occuper ou plus ou moins de place
Nous rendait, disait-il, plus ou moins importants.
Mais qu'admirez-vous tant en lui vous autres hommes ?
Serait-ce ce grand corps qui fait peur aux enfants ?
Nous ne nous prisons pas, tout petits que nous sommes,
D'un grain moins que les Éléphants. »
Il en aurait dit davantage ;
Mais le chat, sortant de sa cage,
Lui fit voir en moins d'un instant
Qu'un rat n'est pas un éléphant.

L'HOROSCOPE

On rencontre sa destinée
Souvent par des chemins qu'on prend pour l'éviter.

Un Père eut pour toute lignée
Un Fils qu'il aima trop, jusques à consulter
Sur le sort de sa géniture
Les diseurs de bonne aventure.
Un de ces gens lui dit que des lions surtout
Il éloignât l'Enfant jusques à certain âge ;
Jusqu'à vingt ans, point davantage.
Le Père pour venir à bout
D'une précaution sur qui roulait la vie
De celui qu'il aimait, défendit que jamais
On lui laissât passer le seuil de son palais.
Il pouvait sans sortir contenter son envie,
Avec ses compagnons tout le jour badiner,
Sauter, courir, se promener.
Quand il fut en l'âge où la chasse
Plaît le plus aux jeunes esprits,
Cet exercice avec mépris
Lui fut dépeint ; mais, quoi qu'on fasse,
Propos, conseil, enseignement,
Rien ne change un tempérament.
Le jeune homme, inquiet, ardent, plein de courage,
À peine se sentit des bouillons d'un tel âge,
Qu'il soupira pour ce plaisir.
Plus l'obstacle était grand, plus fort fut le désir.
Il savait le sujet des fatales défenses ;
Et comme ce logis, plein de magnificences,
Abondait partout en tableaux,

Et que la laine et les pinceaux
Traçaient de tous côtés chasses et paysages,
En cet endroit des animaux,
En cet autre des personnages,
Le jeune homme s'émut, voyant peint un Lion.
« Ah ! monstre, cria-t-il, c'est toi qui me fais vivre
Dans l'ombre et dans les fers. » À ces mots, il se livre
Aux transports violents de l'indignation,
Porte le poing sur l'innocente bête.
Sous la tapisserie un clou se rencontra.
Ce clou le blesse ; il pénétra
Jusqu'aux ressorts de l'âme ; et cette chère tête
Pour qui l'art d'Esculape en vain fit ce qu'il put,
Dut sa perte à ces soins qu'on prit pour son salut.
Même précaution nuisit au poète Eschyle.
Quelque devin le menaça, dit-on,
De la chute d'une maison.
Aussitôt il quitta la ville,
Mit son lit en plein champ, loin des toits, sous les cieux.
Un aigle, qui portait en l'air une tortue,
Passa par là, vit l'homme, et sur sa tête nue,
Qui parut un morceau de rocher à ses yeux,
Étant de cheveux dépourvue,
Laissa tomber sa proie, afin de la casser :
Le pauvre Eschyle ainsi sut ses jours avancer.

De ces exemples il résulte
Que cet art, s'il est vrai, fait tomber dans les maux
Que craint celui qui le consulte ;
Mais je l'en justifie, et maintiens qu'il est faux.
Je ne crois point que la nature

Se soit lié les mains, et nous les lie encor
Jusqu'au point de marquer dans les cieux notre sort.
Il dépend d'une conjoncture
De lieux, de personnes, de temps ;
Non des conjonctions de tous ces charlatans.
Ce berger et ce roi sont sous même planète :
L'un d'eux porte le sceptre et l'autre la houlette.
Jupiter le voulait ainsi.
Qu'est-ce que Jupiter ? un corps sans connaissance.
D'où vient donc que son influence
Agit différemment sur ces deux hommes-ci ?
Puis comment pénétrer jusques à notre monde ?
Comment percer des airs la campagne profonde ?
Percer Mars, le Soleil, et des vides sans fin ?
Un atome la peut détourner en chemin :
Où l'iront retrouver les faiseurs d'horoscope ?
L'état où nous voyons l'Europe

Mérite que du moins quelqu'un d'eux l'ait prévu ;
Que ne l'a-t-il donc dit ? Mais nul d'eux ne l'a su.
L'immense éloignement, le point, et sa vitesse,
Celle aussi de nos passions,
Permettent-ils à leur faiblesse
De suivre pas à pas toutes nos actions ?
Notre sort en dépend : sa course entre-suivie
Ne va, non plus que nous, jamais d'un même pas ;
Et ces gens veulent au compas
Tracer les cours de notre vie !
Il ne se faut point arrêter
Aux deux faits ambigus que je viens de conter.
Ce Fils par trop chéri, ni le bonhomme Eschyle,

N'y font rien. Tout aveugle et menteur qu'est cet art,
Il peut frapper au but une fois entre mille ;
Ce sont des effets du hasard.

L'Âne et le Chien

Il se faut entr'aider, c'est la loi de Nature.
L'Âne un jour pourtant s'en moqua :
Et ne sais comme il y manqua,
Car il est bonne créature.
Il allait par pays accompagné du Chien,
Gravement, sans songer à rien,
Tous deux suivis d'un commun maître.
Ce maître s'endormit. L'Âne se mit à paître :
Il était alors dans un pré,
Dont l'herbe était fort à son gré.
Point de chardons pourtant ; il s'en passa pour l'heure :
Il ne faut pas toujours être si délicat ;
Et faute de servir ce plat
Rarement un festin demeure.
Notre Baudet s'en sut enfin
Passer pour cette fois. Le Chien, mourant de faim,
Lui dit : « Cher compagnon, baisse-toi, je te prie ;
Je prendrai mon dîné dans le panier au pain. »
Point de réponse, mot ; le Roussin d'Arcadie
Craignit qu'en perdant un moment,
Il ne perdît un coup de dent.
Il fit longtemps la sourde oreille :
Enfin il répondit : « Ami, je te conseille

D'attendre que ton maître ait fini son sommeil ;
Car il te donnera sans faute à son réveil,
Ta portion accoutumée.
Il ne saurait tarder beaucoup. »
Sur ces entrefaites un Loup
Sort du bois, et s'en vient ; autre bête affamée.
L'Âne appelle aussitôt le Chien à son secours.
Le Chien ne bouge, et dit : « Ami, je te conseille
De fuir, en attendant que ton maître s'éveille ;
Il ne saurait tarder ; détale vite, et cours.
Que si ce Loup t'atteint, casse-lui la mâchoire.
On t'a ferré de neuf ; et si tu me veux croire,
Tu l'étendras tout plat. » Pendant ce beau discours
Seigneur Loup étrangla le Baudet sans remède.

Je conclus qu'il faut qu'on s'entr'aide.

LE BASSA ET LE MARCHAND

Un Marchand grec en certaine contrée
Faisait trafic. Un Bassa l'appuyait ;
De quoi le Grec en Bassa le payait,
Non en Marchand : tant c'est chère denrée
Qu'un protecteur. Celui-ci coûtait tant,
Que notre Grec s'allait partout plaignant.
Trois autres Turcs d'un rang moindre en puissance
Lui vont offrir leur support en commun.
Eux trois voulaient moins de reconnaissance
Qu'à ce Marchand il n'en coûtait pour un.
Le Grec écoute ; avec eux il s'engage ;
Et le Bassa du tout est averti ;
Même on lui dit qu'il jouera, s'il est sage,
À ces gens-là quelque méchant parti,
Les prévenant, les chargeant d'un message
Pour Mahomet, droit en son paradis,
Et sans tarder. Sinon ces gens unis
Le préviendront, bien certain qu'à la ronde
Il a des gens tout prêts pour le venger.
Quelque poison l'enverra protéger
Les trafiquants qui sont en l'autre monde.
Sur cet avis le Turc se comporta
Comme Alexandre ; et plein de confiance,
Chez le Marchand tout droit il s'en alla ;
Se mit à table. On vit tant d'assurance
En ses discours et dans tout son maintien,
Qu'on ne crut point qu'il se doutât de rien.
« Ami, dit-il, je sais que tu me quittes ;
Même l'on veut que j'en craigne les suites ;

Mais je te crois un trop homme de bien :
Tu n'as point l'air d'un donneur de breuvage.
Je n'en dis pas là-dessus davantage.
Quant à ces gens qui pensent t'appuyer,
Écoute-moi. Sans tant de dialogue,
Et de raisons qui pourraient t'ennuyer,
Je ne te veux conter qu'un apologue.

Il était un Berger, son Chien, et son troupeau.
Quelqu'un lui demanda ce qu'il prétendait faire
D'un Dogue de qui l'ordinaire
Était un pain entier. Il fallait bien et beau
Donner cet animal au seigneur du village.
Lui Berger pour plus de ménage
Aurait deux ou trois mâtineaux,
Qui lui dépensant moins veilleraient aux troupeaux
Bien mieux que cette bête seule.
Il mangeait plus que trois ; mais on ne disait pas
Qu'il avait aussi triple gueule
Quand les loups livraient des combats.
Le Berger s'en défait : il prend trois chiens de taille
À lui dépenser moins, mais à fuir la bataille.
Le troupeau s'en sentit, et tu te sentiras
Du choix de semblable canaille.
Si tu fais bien, tu reviendras à moi. »
Le Grec le crut. Ceci montre aux provinces
Que, tout compté mieux vaut en bonne foi
S'abandonner à quelque puissant roi,
Que s'appuyer de plusieurs petits princes.

L'Avantage de la Science

Entre deux Bourgeois d'une ville
S'émut jadis un différend :
L'un était pauvre, mais habile,
L'autre riche, mais ignorant.
Celui-ci sur son concurrent
Voulait emporter l'avantage,
Prétendait que tout homme sage
Était tenu de l'honorer.
C'était tout homme sot : car pourquoi révérer
Des biens dépourvus de mérite ?
La raison m'en semble petite.
« Mon ami, disait-il souvent
Au savant,
Vous vous croyez considérable ;
Mais, dites-moi, tenez-vous table ?
Que sert à vos pareils de lire incessamment ?
Ils sont toujours logés à la troisième chambre,
Vêtus au mois de juin comme au mois de décembre,
Ayant pour tout laquais leur ombre seulement.
La République a bien affaire
De gens qui ne dépensent rien !
Je ne sais d'homme nécessaire
Que celui dont le luxe épand beaucoup de bien.
Nous en usons, Dieu sait ! notre plaisir occupe
L'artisan, le vendeur, celui qui fait la jupe,
Et celle qui la porte, et vous, qui dédiez
À Messieurs les gens de finance
De méchants livres bien payés. »
Ces mots remplis d'impertinence

Eurent le sort qu'ils méritaient.
L'homme lettré se tut, il avait trop à dire.
La guerre le vengea bien mieux qu'une satire.
Mars détruisit le lieu que nos gens habitaient.
L'un et l'autre quitta sa ville.
L'ignorant resta sans asile ;
Il reçut partout des mépris ;
L'autre reçut partout quelque faveur nouvelle :
Cela décida leur querelle.

Laissez dire les sots ; le savoir a son prix.

JUPITER ET LES TONNERRES

Jupiter voyant nos fautes,
Dit un jour du haut des airs :
« Remplissons de nouveaux hôtes
Les cantons de l'univers
Habités par cette race
Qui m'importune et me lasse.
Va-t'en, Mercure, aux Enfers :
Amène-moi la Furie
La plus cruelle des trois.
Race que j'ai trop chérie,
Tu périras cette fois. »
Jupiter ne tarda guère
À modérer son transport.
Ô vous Rois qu'il voulut faire
Arbitres de notre sort,
Laissez entre la colère
Et l'orage qui la suit

L'intervalle d'une nuit.
Le Dieu, dont l'aile est légère
Et la langue a des douceurs,
Alla voir les noires Sœurs.
À Tisiphone et Mégère
Il préféra, ce dit-on,
L'impitoyable Alecton.
Ce choix la rendit si fière,
Qu'elle jura par Pluton
Que toute l'engeance humaine
Serait bientôt du domaine
Des déités de là-bas.
Jupiter n'approuva pas
Le serment de l'Euménide.
Il la renvoie, et pourtant
Il lance un foudre à l'instant
Sur certain peuple perfide.
Le Tonnerre ayant pour guide
Le père même de ceux
Qu'il menaçait de ses feux,
Se contenta de leur crainte ;
Il n'embrasa que l'enceinte
D'un désert inhabité :
Tout père frappe à côté.
Qu'arriva-t-il ? Notre engeance
Prit pied sur cette indulgence.
Tout l'Olympe s'en plaignit :
Et l'assembleur de nuages
Jura le Styx, et promit
De former d'autres orages :
Ils seraient sûrs. On sourit ;

On lui dit qu'il était père,
Et qu'il laissât pour le mieux
À quelqu'un des autres dieux
D'autres tonnerres à faire.
Vulcan entreprit l'affaire.
Ce dieu remplit ses fourneaux
De deux sortes de carreaux.
L'un jamais ne se fourvoie,
Et c'est celui que toujours
L'Olympe en corps nous envoie.
L'autre s'écarte en son cours ;
Ce n'est qu'aux monts qu'il en coûte ;
Bien souvent même il se perd,
Et ce dernier en sa route
Nous vient du seul Jupiter.

LE FAUCON ET LE CHAPON

Une traîtresse voix bien souvent vous appelle ;
Ne vous pressez donc nullement :
Ce n'était pas un sot, non, non, et croyez-m'en,
Que le chien de Jean de Nivelle.
Un citoyen du Mans, chapon de son métier,
Était sommé de comparaître
Par-devant les lares du maître,
Au pied d'un tribunal que nous nommons foyer.
Tous les gens lui criaient pour déguiser la chose,
« Petit, petit, petit » ; mais, loin de s'y fier,
Le Normand et demi laissait les gens crier :
« Serviteur, disait-il, votre appât est grossier ;
On ne m'y tient pas, et pour cause. »
Cependant un Faucon sur sa perche voyait
Notre Manceau qui s'enfuyait :
Les chapons ont en nous fort peu de confiance,
Soit instinct, soit expérience.
Celui-ci, qui ne fut qu'avec peine attrapé,
Devait le lendemain être d'un grand soupé,
Fort à l'aise, en un plat, honneur dont la volaille
Se serait passée aisément.
L'Oiseau chasseur lui dit : « Ton peu d'entendement
Me rend tout étonné. Vous n'êtes que racaille,
Gens grossiers, sans esprit, à qui l'on n'apprend rien.
Pour moi, je sais chasser, et revenir au maître.
Le vois-tu pas à la fenêtre ?
Il t'attend : es-tu sourd ? — Je n'entends que trop bien,
Repartit le Chapon ; mais que me veut-il dire,
Et ce beau cuisinier armé d'un grand couteau ?
Reviendrais-tu pour cet appeau ?

Laisse-moi fuir, cesse de rire
De l'indocilité qui me fait envoler,
Lorsque d'un ton si doux on s'en vient m'appeler.
Si tu voyais mettre à la broche
Tous les jours autant de faucons
Que j'y vois mettre de chapons,
Tu ne me ferais pas un semblable reproche. »

LE CHAT ET LE RAT

Quatre animaux divers, le Chat Grippe-fromage,
Triste-oiseau le Hibou, Ronge-maille le Rat,
Dame Belette au long corsage,
Toutes gens d'esprit scélérat,
Hantaient le tronc pourri d'un pin vieux et sauvage.
Tant y furent, qu'un soir à l'entour de ce pin
L'homme tendit ses rets. Le Chat de grand matin
Sort pour aller chercher sa proie.
Les derniers traits de l'ombre empêchent qu'il ne voie
Le filet ; il y tombe, en danger de mourir ;
Et mon Chat de crier, et le Rat d'accourir,
L'un plein de désespoir, et l'autre plein de joie.
Il voyait dans les lacs son mortel ennemi.
Le pauvre Chat dit : « Cher ami,
Les marques de ta bienveillance
Sont communes en mon endroit :
Viens m'aider à sortir du piège où l'ignorance
M'a fait tomber. C'est à bon droit
Que, seul entre les tiens par amour singulière,

Je t'ai toujours choyé, t'aimant comme mes yeux.
Je n'en ai point regret, et j'en rends grâce aux Dieux.
J'allais leur faire ma prière ;
Comme tout dévot Chat en use les matins ;
Ce réseau me retient : ma vie est en tes mains ;
Viens dissoudre ces nœuds. — Et quelle récompense
En aurai-je ? reprit le Rat.
— Je jure éternelle alliance
Avec toi, repartit le Chat.
Dispose de ma griffe, et sois en assurance :
Envers et contre tous je te protégerai,
Et la Belette mangerai
Avec l'époux de la Chouette.
Ils t'en veulent tous deux. » Le Rat dit : « Idiot !
Moi ton libérateur ? Je ne suis pas si sot. »
Puis il s'en va vers sa retraite.
La Belette était près du trou.
Le Rat grimpe plus haut ; il y voit le Hibou :
Dangers de toutes parts ; le plus pressant l'emporte.
Ronge-maille retourne au Chat, et fait en sorte
Qu'il détache un chaînon, puis un autre, et puis tant
Qu'il dégage enfin l'hypocrite.
L'homme paraît en cet instant.
Les nouveaux alliés prennent tous deux la fuite.
À quelque temps de là, notre Chat vit de loin
Son Rat qui se tenait à l'erte et sur ses gardes.
« Ah ! mon frère, dit-il, viens m'embrasser ; ton soin
Me fait injure ; tu regardes
Comme ennemi ton allié.
Penses-tu que j'aie oublié
Qu'après Dieu je te dois la vie ?

— Et moi, reprit le Rat, penses-tu que j'oublie
Ton naturel ? Aucun traité
Peut-il forcer un Chat à la reconnaissance ?
S'assure-t-on sur l'alliance
Qu'a faite la nécessité ? »

Le Torrent et la Rivière

Avec grand bruit et grand fracas
Un Torrent tombait des montagnes :
Tout fuyait devant lui ; l'horreur suivait ses pas ;
Il faisait trembler les campagnes.
Nul voyageur n'osait passer
Une barrière si puissante :
Un seul vit des voleurs, et se sentant presser,
Il mit entre eux et lui cette onde menaçante.
Ce n'était que menace, et bruit, sans profondeur ;
Notre homme enfin n'eut que la peur.
Ce succès lui donnant courage,
Et les mêmes voleurs le poursuivant toujours,
Il rencontra sur son passage
Une Rivière dont le cours
Image d'un sommeil doux, paisible et tranquille
Lui fit croire d'abord ce trajet fort facile :
Point de bords escarpés, un sable pur et net.
Il entre, et son cheval le met
À couvert des voleurs, mais non de l'onde noire :
Tous deux au Styx allèrent boire ;
Tous deux, à nager malheureux,
Allèrent traverser au séjour ténébreux,

Bien d'autres fleuves que les nôtres.

Les gens sans bruit sont dangereux :
Il n'en est pas ainsi des autres.

L'ÉDUCATION

Laridon et César, frères dont l'origine
Venait de chiens fameux, beaux, bien faits et hardis,
À deux maîtres divers échus au temps jadis,
Hantaient, l'un les forêts, et l'autre la cuisine.
Ils avaient eu d'abord chacun un autre nom ;
Mais la diverse nourriture
Fortifiant en l'un cette heureuse nature,
En l'autre l'altérant, un certain marmiton
Nomma celui-ci Laridon.
Son frère, ayant couru mainte haute aventure,
Mis maint cerf aux abois, maint sanglier abattu,
Fut le premier César que la gent chienne ait eu.
On eut soin d'empêcher qu'une indigne maîtresse
Ne fît en ses enfants dégénérer son sang :
Laridon négligé témoignait sa tendresse
À l'objet le premier passant.
Il peupla tout de son engeance :
Tournebroches par lui rendus communs en France
Y font un corps à part, gens fuyants les hasards,
Peuple antipode des Césars.
On ne suit pas toujours ses aïeux ni son père :
Le peu de soin, le temps, tout fait qu'on dégénère ;
Faute de cultiver la nature et ses dons,
Ô combien de Césars deviendront Laridons !

LES DEUX CHIENS ET L'ÂNE MORT

Les vertus devraient être sœurs,
Ainsi que les vices sont frères.
Dès que l'un de ceux-ci s'empare de nos cœurs,
Tous viennent à la file, il ne s'en manque guères :
J'entends de ceux qui n'étant pas contraires
Peuvent loger sous même toit.
À l'égard des vertus, rarement on les voit
Toutes en un sujet éminemment placées
Se tenir par la main sans être dispersées.
L'un est vaillant, mais prompt ; l'autre est prudent, mais froid.
Parmi les animaux le chien se pique d'être
Soigneux et fidèle à son maître ;
Mais il est sot, il est gourmand :
Témoin ces deux mâtins qui dans l'éloignement
Virent un Âne mort qui flottait sur les ondes.
Le vent de plus en plus l'éloignait de nos Chiens.
« Ami, dit l'un, tes yeux sont meilleurs que les miens.
Porte un peu tes regards sur ces plaines profondes.
J'y crois voir quelque chose. Est-ce un bœuf, un cheval ?
— Hé ! qu'importe quel animal ? »
Dit l'un de ces mâtins ; « voilà toujours curée.
Le point est de l'avoir ; car le trajet est grand ;
Et de plus il nous faut nager contre le vent.
Buvons toute cette eau ; notre gorge altérée
En viendra bien à bout : ce corps demeurera
Bientôt à sec, et ce sera
Provision pour la semaine. »
Voilà mes Chiens à boire ; ils perdirent l'haleine,
Et puis la vie ; ils firent tant

Qu'on les vit crever à l'instant.
L'homme est ainsi bâti : quand un sujet l'enflamme,
L'impossibilité disparaît à son âme.
Combien fait-il de vœux, combien perd-il de pas ?
S'outrant pour acquérir des biens ou de la gloire ?
« Si j'arrondissais mes États !
Si je pouvais remplir mes coffres de ducats !
Si j'apprenais l'hébreu, les sciences, l'histoire ! »
Tout cela, c'est la mer à boire ;
Mais rien à l'homme ne suffit :
Pour fournir aux projets que forme un seul esprit
Il faudrait quatre corps ; encor, loin d'y suffire,
À mi-chemin je crois que tous demeureraient :
Quatre Mathusalems bout à bout ne pourraient
Mettre à fin ce qu'un seul désire.

DÉMOCRITE ET LES ABDÉRITAINS

Que j'ai toujours haï les pensers du vulgaire !
Qu'il me semble profane, injuste, et téméraire ;
Mettant de faux milieux entre la chose et lui,
Et mesurant par soi ce qu'il voit en autrui !
Le maître d'Épicure en fit l'apprentissage.
Son pays le crut fou. Petits esprits ! mais quoi ?
Aucun n'est prophète chez soi.
Ces gens étaient les fous ; Démocrite, le sage.
L'erreur alla si loin qu'Abdère députa
Vers Hippocrate, et l'invita,
Par lettres et par ambassade,
À venir rétablir la raison du malade.
« Notre concitoyen, disaient-ils en pleurant,
Perd l'esprit : la lecture a gâté Démocrite.
Nous l'estimerions plus s'il était ignorant.
Aucun nombre, dit-il, les mondes ne limite :
Peut-être même ils sont remplis
De Démocrites infinis.
Non content de ce songe, il y joint les atomes,
Enfants d'un cerveau creux, invisibles fantômes ;
Et, mesurant les cieux sans bouger d'ici-bas,
Il connaît l'univers et ne se connaît pas.
Un temps fut qu'il savait accorder les débats :
Maintenant il parle à lui-même.
Venez, divin mortel ; sa folie est extrême. »
Hippocrate n'eut pas trop de foi pour ces gens :
Cependant il partit. Et voyez, je vous prie,
Quelles rencontres dans la vie
Le Sort cause ; Hippocrate arriva dans le temps

Que celui qu'on disait n'avoir raison ni sens
Cherchait dans l'homme et dans la bête
Quel siège a la raison, soit le cœur, soit la tête.
Sous un ombrage épais, assis près d'un ruisseau,
Les labyrinthes d'un cerveau
L'occupaient. Il avait à ses pieds maint volume,
Et ne vit presque pas son ami s'avancer,
Attaché selon sa coutume.
Leur compliment fut court, ainsi qu'on peut penser.
Le sage est ménager du temps et des paroles.
Ayant donc mis à part les entretiens frivoles,
Et beaucoup raisonné sur l'homme et sur l'esprit,
Ils tombèrent sur la morale.
Il n'est pas besoin que j'étale
Tout ce que l'un et l'autre dit.
Le récit précédent suffit
Pour montrer que le peuple est juge récusable.
En quel sens est donc véritable
Ce que j'ai lu dans certain lieu,
Que sa voix est la voix de Dieu ?

LE LOUP ET LE CHASSEUR

Fureur d'accumuler, monstre de qui les yeux
Regardent comme un point tous les bienfaits des Dieux,
Te combattrai-je en vain sans cesse en cet ouvrage ?
Quel temps demandes-tu pour suivre mes leçons ?
L'homme, sourd à ma voix comme à celle du sage,
Ne dira-t-il jamais : « C'est assez, jouissons ? »
Hâte-toi, mon ami, tu n'as pas tant à vivre.
Je te rebats ce mot, car il vaut tout un livre :
Jouis. — Je le ferai. — Mais quand donc ? — Dès demain.
— Eh ! mon ami, la mort te peut prendre en chemin.
Jouis dès aujourd'hui : redoute un sort semblable
À celui du Chasseur et du Loup de ma fable.

Le premier de son arc avait mis bas un daim.
Un faon de biche passe, et le voilà soudain
Compagnon du défunt ; tous deux gisent sur l'herbe.
La proie était honnête ; un daim avec un faon,
Tout modeste Chasseur en eût été content.
Cependant un sanglier, monstre énorme et superbe,
Tente encor notre archer, friand de tels morceaux.
Autre habitant du Styx : la Parque et ses ciseaux
Avec peine y mordaient ; la déesse infernale
Reprit à plusieurs fois l'heure au monstre fatale.
De la force du coup pourtant il s'abattit.
C'était assez de biens ; mais quoi ? rien ne remplit
Les vastes appétits d'un faiseur de conquêtes.
Dans le temps que le porc revient à soi, l'archer
Voit le long d'un sillon une perdrix marcher,
Surcroît chétif aux autres têtes.
De son arc toutefois il bande les ressorts.

Le sanglier, rappelant les restes de sa vie,
Vient à lui, le découd, meurt vengé sur son corps ;
Et la perdrix le remercie.

Cette part du récit s'adresse au convoiteux :
L'avare aura pour lui le reste de l'exemple.

Un Loup vit, en passant, ce spectacle piteux.
« Ô fortune, dit-il, je te promets un temple.
Quatre corps étendus ! que de biens ! mais pourtant
Il faut les ménager, ces rencontres sont rares. »
(Ainsi s'excusent les avares.)
« J'en aurai, dit le Loup, pour un mois, pour autant.
Un, deux, trois, quatre corps, ce sont quatre semaines,
Si je sais compter, toutes pleines.
Commençons dans deux jours ; et mangeons cependant
La corde de cet arc ; il faut que l'on l'ait faite
De vrai boyau ; l'odeur me le témoigne assez. »
En disant ces mots, il se jette
Sur l'arc qui se détend, et fait de la sagette
Un nouveau mort, mon Loup a les boyaux percés.

Je reviens à mon texte. Il faut que l'on jouisse ;
Témoin ces deux gloutons punis d'un sort commun ;
La convoitise perdit l'un ;
L'autre périt par l'avarice.

Livre neuvième

Le Dépositaire infidèle

Grâce aux Filles de Mémoire,
J'ai chanté des animaux ;
Peut-être d'autres héros
M'auraient acquis moins de gloire.
Le Loup en langue des Dieux
Parle au Chien dans mes ouvrages ;
Les bêtes à qui mieux mieux
Y font divers personnages ;
Les uns fous, les autres sages,
De telle sorte pourtant
Que les fous vont l'emportant ;
La mesure en est plus pleine.
Je mets aussi sur la scène
Des trompeurs, des scélérats,
Des tyrans et des ingrats,
Mainte imprudente pécore,
Force sots, force flatteurs ;
Je pourrais y joindre encore
Des légions de menteurs :
« Tout homme ment », dit le Sage.
S'il n'y mettait seulement
Que les gens du bas étage,
On pourrait aucunement
Souffrir ce défaut aux hommes ;
Mais que tous tant que nous sommes
Nous mentions, grand et petit,
Si quelque autre l'avait dit,
Je soutiendrais le contraire ;

Et même qui mentirait
Comme Ésope et comme Homère,
Un vrai menteur ne serait.
Le doux charme de maint songe
Par leur bel art inventé,
Sous les habits du mensonge
Nous offre la vérité.
L'un et l'autre a fait un livre
Que je tiens digne de vivre
Sans fin, et plus, s'il se peut :
Comme eux ne ment pas qui veut.
Mais mentir comme sut faire
Un certain Dépositaire,
Payé par son propre mot,
Est d'un méchant et d'un sot.
Voici le fait. Un Trafiquant de Perse,

Chez son Voisin, s'en allant en commerce,
Mit en dépôt un cent de fer un jour.
« Mon fer, dit-il, quand il fut de retour.
—Votre fer ? Il n'est plus. J'ai regret de vous dire
Qu'un rat l'a mangé tout entier.
J'en ai grondé mes gens : mais qu'y faire ? un grenier
A toujours quelque trou. » Le Trafiquant admire
Un tel prodige, et feint de le croire pourtant.
Au bout de quelques jours, il détourne l'enfant
Du perfide Voisin ; puis à souper convie
Le Père qui s'excuse, et lui dit en pleurant :
« Dispensez-moi, je vous supplie :
Tous plaisirs pour moi sont perdus.
J'aimais un fils plus que ma vie ;
Je n'ai que lui ; que dis-je ? hélas ! je ne l'ai plus.

On me l'a dérobé. Plaignez mon infortune. »
Le Marchand repartit : « Hier au soir sur la brune
Un chat-huant s'en vint votre fils enlever.
Vers un vieux bâtiment je le lui vis porter. »
Le père dit : « Comment voulez-vous que je croie
Qu'un hibou pût jamais emporter cette proie ?
Mon fils en un besoin eût pris le chat-huant.
— Je ne vous dirai point, reprit l'autre, comment ;
Mais enfin je l'ai vu, vu de mes yeux, vous dis-je,
Et ne vois rien qui vous oblige
D'en douter un moment après ce que je dis.
Faut-il que vous trouviez étrange
Que les chats-huants d'un pays
Où le quintal de fer par un seul rat se mange,
Enlèvent un garçon pesant un demi-cent ? »
L'autre vit où tendait cette feinte aventure :
Il rendit le fer au Marchand,
Qui lui rendit sa géniture.

Même dispute avint entre deux voyageurs.
L'un d'eux était de ces conteurs
Qui n'ont jamais rien vu qu'avec un microscope.
Tout est géant chez eux. Écoutez-les, l'Europe,
Comme l'Afrique aura des monstres à foison.
Celui-ci se croyait l'hyperbole permise.
« J'ai vu, dit-il, un chou plus grand qu'une maison.
— Et moi, dit l'autre, un pot aussi grand qu'une église. »
Le premier se moquant, l'autre reprit : « Tout doux ;
On le fit pour cuire vos choux. »

L'homme au pot fut plaisant ; l'homme au fer fut habile.
Quand l'absurde est outré, l'on lui fait trop d'honneur

De vouloir par raison combattre son erreur ;
Enchérir est plus court, sans s'échauffer la bile.

LES DEUX PIGEONS

Deux Pigeons s'aimaient d'amour tendre.
L'un d'eux s'ennuyant au logis
Fut assez fou pour entreprendre
Un voyage en lointain pays.
L'autre lui dit : « Qu'allez-vous faire ?
Voulez-vous quitter votre frère ?
L'absence est le plus grand des maux :
Non pas pour vous, cruel. Au moins, que les travaux,
Les dangers, les soins du voyage,
Changent un peu votre courage.
Encor si la saison s'avançait davantage !
Attendez les zéphyrs. Qui vous presse ? Un corbeau
Tout à l'heure annonçait malheur à quelque oiseau.
Je ne songerai plus que rencontre funeste,
Que faucons, que réseaux. "Hélas, dirai-je, il pleut :
Mon frère a-t-il tout ce qu'il veut,
Bon soupé, bon gîte, et le reste ?" »
Ce discours ébranla le cœur
De notre imprudent voyageur ;
Mais le désir de voir et l'humeur inquiète
L'emportèrent enfin. Il dit : « Ne pleurez point :
Trois jours au plus rendront mon âme satisfaite ;
Je reviendrai dans peu conter de point en point
Mes aventures à mon frère.
Je le désennuierai : quiconque ne voit guère

N'a guère à dire aussi. Mon voyage dépeint
Vous sera d'un plaisir extrême.
Je dirai : "J'étais là ; telle chose m'avint ;
Vous y croirez être vous-même." »
À ces mots en pleurant ils se dirent adieu.
Le voyageur s'éloigne ; et voilà qu'un nuage
L'oblige de chercher retraite en quelque lieu.
Un seul arbre s'offrit, tel encor que l'orage
Maltraita le Pigeon en dépit du feuillage.
L'air devenu serein, il part tout morfondu,
Sèche du mieux qu'il peut son corps chargé de pluie,
Dans un champ à l'écart voit du blé répandu,
Voit un pigeon auprès ; cela lui donne envie :
Il y vole, il est pris : ce blé couvrait d'un lacs,
Les menteurs et traîtres appas.
Le lacs était usé ! si bien que de son aile,
De ses pieds, de son bec, l'oiseau le rompt enfin.
Quelque plume y périt ; et le pis du destin
Fut qu'un certain vautour à la serre cruelle
Vit notre malheureux, qui, traînant la ficelle
Et les morceaux du lacs qui l'avait attrapé,
Semblait un forçat échappé.
Le vautour s'en allait le lier, quand des nues
Fond à son tour un aigle aux ailes étendues.
Le Pigeon profita du conflit des voleurs,
S'envola, s'abattit auprès d'une masure,
Crut, pour ce coup, que ses malheurs
Finiraient par cette aventure ;
Mais un fripon d'enfant, cet âge est sans pitié,
Prit sa fronde et, du coup, tua plus d'à moitié

La volatile malheureuse,
Qui, maudissant sa curiosité,
Traînant l'aile et tirant le pié,
Demi-morte et demi-boiteuse,
Droit au logis s'en retourna.
Que bien, que mal, elle arriva
Sans autre aventure fâcheuse.
Voilà nos gens rejoints ; et je laisse à juger
De combien de plaisirs ils payèrent leurs peines.
Amants, heureux amants, voulez-vous voyager ?
Que ce soit aux rives prochaines ;
Soyez-vous l'un à l'autre un monde toujours beau,
Toujours divers, toujours nouveau ;
Tenez-vous lieu de tout, comptez pour rien le reste.
J'ai quelquefois aimé : je n'aurais pas alors
Contre le Louvre et ses trésors,
Contre le firmament et sa voûte céleste,
Changé les bois, changé les lieux
Honorés par les pas, éclairés par les yeux
De l'aimable et jeune bergère
Pour qui, sous le fils de Cythère,
Je servis, engagé par mes premiers serments.
Hélas ! quand reviendront de semblables moments ?
Faut-il que tant d'objets si doux et si charmants
Me laissent vivre au gré de mon âme inquiète ?
Ah ! si mon cœur osait encor se renflammer !
Ne sentirai-je plus de charme qui m'arrête ?
Ai-je passé le temps d'aimer ?

LE SINGE ET LE LÉOPARD

Le Singe avec le Léopard
Gagnaient de l'argent à la foire :
Ils affichaient chacun à part.
L'un d'eux disait : « Messieurs, mon mérite et ma gloire
Sont connus en bon lieu ; le Roi m'a voulu voir ;
Et, si je meurs, il veut avoir
Un manchon de ma peau ; tant elle est bigarrée,
Pleine de taches, marquetée,
Et vergetée, et mouchetée. »
La bigarrure plaît ; partant chacun le vit.
Mais ce fut bientôt fait, bientôt chacun sortit.
Le Singe de sa part disait : « Venez de grâce,
Venez, Messieurs. Je fais cent tours de passe-passe.
Cette diversité dont on vous parle tant,
Mon voisin Léopard l'a sur soi seulement ;
Moi, je l'ai dans l'esprit : votre serviteur Gille,
Cousin et gendre de Bertrand,
Singe du Pape en son vivant,
Tout fraîchement en cette ville
Arrive en trois bateaux exprès pour vous parler ;
Car il parle, on l'entend ; il sait danser, baller,
Faire des tours de toute sorte,
Passer en des cerceaux ; et le tout pour six blancs !
Non, Messieurs, pour un sou ; si vous n'êtes contents,
Nous rendrons à chacun son argent à la porte. »
Le Singe avait raison : ce n'est pas sur l'habit
Que la diversité me plaît, c'est dans l'esprit :
L'une fournit toujours des choses agréables ;
L'autre en moins d'un moment lasse les regardants.

Oh ! que de grands seigneurs, au Léopard semblables,
N'ont que l'habit pour tous talents !

LE GLAND ET LA CITROUILLE

Dieu fait bien ce qu'il fait. Sans en chercher la preuve
En tout cet univers, et l'aller parcourant,
Dans les citrouilles je la treuve.
Un Villageois considérant
Combien ce fruit est gros et sa tige menue :
« À quoi songeait-il, dit-il, l'auteur de tout cela ?
Il a bien mal placé cette citrouille-là !
Hé parbleu ! Je l'aurais pendue
À l'un des chênes que voilà.
C'eût été justement l'affaire ;
Tel fruit, tel arbre, pour bien faire.
C'est dommage, Garo, que tu n'es point entré
Au conseil de celui que prêche ton curé :
Tout en eût été mieux ; car pourquoi, par exemple,
Le Gland, qui n'est pas gros comme mon petit doigt,
Ne pend-il pas en cet endroit ?
Dieu s'est mépris : plus je contemple
Ces fruits ainsi placés, plus il semble à Garo
Que l'on a fait un quiproquo. »
Cette réflexion embarrassant notre homme :
« On ne dort point, dit-il, quand on a tant d'esprit. »
Sous un chêne aussitôt il va prendre son somme.
Un Gland tombe : le nez du dormeur en pâtit.
Il s'éveille ; et portant la main sur son visage,

Il trouve encor le Gland pris au poil du menton.
Son nez meurtri le force à changer de langage ;
« Oh, oh, dit-il, je saigne ! et que serait-ce donc
S'il fût tombé de l'arbre une masse plus lourde,
Et que ce Gland eût été gourde ?
Dieu ne l'a pas voulu : sans doute il eut raison ;
J'en vois bien à présent la cause. »
En louant Dieu de toute chose,
Garo retourne à la maison.

L'ÉCOLIER, LE PÉDANT ET LE MAÎTRE D'UN JARDIN

Certain Enfant qui sentait son collège,
Doublement sot et doublement fripon
Par le jeune âge, et par le privilège
Qu'ont les Pédants de gâter la raison,
Chez un voisin dérobait, ce dit-on,
Et fleurs et fruits. Ce voisin, en automne,
Des plus beaux dons que nous offre Pomone
Avait la fleur, les autres le rebut.
Chaque saison apportait son tribut :
Car au printemps il jouissait encore
Des plus beaux dons que nous présente Flore.
Un jour dans son jardin il vit notre Écolier
Qui, grimpant sans égard sur un arbre fruitier,
Gâtait jusqu'aux boutons, douce et frêle espérance,
Avant-coureurs des biens que promet l'abondance.
Même il ébranchait l'arbre, et fit tant à la fin
Que le possesseur du jardin

Envoya faire plainte au maître de la classe.
Celui-ci vint suivi d'un cortège d'enfants :
Voilà le verger plein de gens
Pires que le premier. Le Pédant, de sa grâce,
Accrut le mal en amenant
Cette jeunesse mal instruite :
Le tout, à ce qu'il dit, pour faire un châtiment
Qui pût servir d'exemple, et dont toute sa suite
Se souvînt à jamais comme d'une leçon.
Là-dessus il cita Virgile et Cicéron,
Avec force traits de science.
Son discours dura tant que la maudite engeance
Eut le temps de gâter en cent lieux le jardin.
Je hais les pièces d'éloquence
Hors de leur place, et qui n'ont point de fin,
Et ne sais bête au monde pire
Que l'Écolier, si ce n'est le Pédant.
Le meilleur de ces deux pour voisin, à vrai dire,
Ne me plairait aucunement.

Le Statuaire et la Statue de Jupiter

Un bloc de marbre était si beau
Qu'un Statuaire en fit l'emplette.
« Qu'en fera, dit-il, mon ciseau ?
Sera-t-il dieu, table ou cuvette ?

Il sera dieu : même je veux
Qu'il ait en sa main un tonnerre.
Tremblez, humains. Faites des vœux ;
Voilà le maître de la terre. »

L'artisan exprima si bien
Le caractère de l'idole,
Qu'on trouva qu'il ne manquait rien
À Jupiter que la parole.

Même l'on dit que l'ouvrier
Eut à peine achevé l'image,
Qu'on le vit frémir le premier,
Et redouter son propre ouvrage.

À la faiblesse du sculpteur
Le poète autrefois n'en dut guère,
Des dieux dont il fut l'inventeur
Craignant la haine et la colère.

Il était enfant en ceci :
Les enfants n'ont l'âme occupée
Que du continuel souci
Qu'on ne fâche point leur poupée.

Le cœur suit aisément l'esprit :
De cette source est descendue

L'erreur païenne, qui se vit
Chez tant de peuples répandue.

Ils embrassaient violemment
Les intérêts de leur chimère.
Pygmalion devint amant
De la Vénus dont il fut père.

Chacun tourne en réalités,
Autant qu'il peut, ses propres songes :
L'homme est de glace aux vérités ;
Il est de feu pour les mensonges.

LA SOURIS MÉTAMORPHOSÉE EN FILLE

Une Souris tomba du bec d'un chat-huant :
Je ne l'eusse pas ramassée ;
Mais un bramin le fit ; je le crois aisément :
Chaque pays a sa pensée.
La Souris était fort froissée :
De cette sorte de prochain
Nous nous soucions peu : mais le peuple bramin
Le traite en frère ; ils ont en tête
Que notre âme au sortir d'un roi,
Entre dans un ciron, ou dans telle autre bête
Qu'il plaît au Sort. C'est là l'un des points de leur loi.
Pythagore chez eux a puisé ce mystère.
Sur un tel fondement le bramin crut bien faire
De prier un sorcier qu'il logeât la Souris
Dans un corps qu'elle eût eu pour hôte au temps jadis.

Le sorcier en fit une Fille
De l'âge de quinze ans, et telle, et si gentille,
Que le fils de Priam pour elle aurait tenté
Plus encor qu'il ne fit pour la grecque beauté.
Le bramin fut surpris de chose si nouvelle.
Il dit à cet objet si doux :
« Vous n'avez qu'à choisir ; car chacun est jaloux
De l'honneur d'être votre époux.
— En ce cas je donne, dit-elle,
Ma voix au plus puissant de tous.
— Soleil, s'écria lors le bramin à genoux,
C'est toi qui seras notre gendre.
— Non, dit-il, ce nuage épais
Est plus puissant que moi, puisqu'il cache mes traits ;
Je vous conseille de le prendre.
— Eh bien, dit le bramin au nuage volant,
Es-tu né pour ma Fille ? — Hélas non ; car le vent
Me chasse à son plaisir de contrée en contrée ;
Je n'entreprendrai point sur les droits de Borée. »
Le bramin fâché s'écria :
« Ô vent donc, puisque vent y a,
Viens dans les bras de notre Belle ! »
Il accourait : un mont en chemin l'arrêta.
L'éteuf passant à celui-là,
Il le renvoie, et dit : « J'aurais une querelle
Avec le rat ; et l'offenser
Ce serait être fou, lui qui peut me percer. »
Au mot de rat, la Damoiselle
Ouvrit l'oreille ; il fut l'époux.
Un rat ! un rat ! c'est de ces coups
Qu'amour fait, témoin telle et telle.

Mais ceci soit dit entre nous.
On tient toujours du lieu dont on vient. Cette fable
Prouve assez bien ce point : mais à la voir de près,
Quelque peu de sophisme entre parmi ses traits :
Car quel époux n'est point au Soleil préférable
En s'y prenant ainsi ? Dirai-je qu'un géant
Est moins fort qu'une puce ? elle le mord pourtant.
Le rat devait aussi renvoyer, pour bien faire,
La Belle au chat, le chat au chien,
Le chien au loup. Par le moyen
De cet argument circulaire,
Pilpay jusqu'au Soleil eût enfin remonté ;
Le Soleil eût joui de la jeune beauté.
Revenons, s'il se peut, à la métempsycose :
Le sorcier du bramin fit sans doute une chose
Qui, loin de la prouver, fait voir sa fausseté.
Je prends droit là-dessus contre le bramin même :
Car il faut, selon son système,
Que l'homme, la souris, le ver, enfin chacun
Aille puiser son âme en un trésor commun :
Toutes sont donc de même trempe ;
Mais agissant diversement
Selon l'organe seulement
L'une s'élève, et l'autre rampe.
D'où vient donc que ce corps si bien organisé
Ne put obliger son hôtesse
De s'unir au Soleil ? Un rat eut sa tendresse.
Tout débattu, tout bien pesé,
Les âmes des souris et les âmes des belles
Sont très différentes entre elles.
Il en faut revenir toujours à son destin,

C'est-à-dire à la loi par le Ciel établie.
Parlez au diable, employez la magie,
Vous ne détournerez nul être de sa fin.

LE FOU QUI VEND LA SAGESSE

Jamais auprès des fous ne te mets à portée :
Je ne te puis donner un plus sage conseil.
Il n'est enseignement pareil
À celui-là de fuir une tête éventée.
On en voit souvent dans les cours :
Le prince y prend plaisir ; car ils donnent toujours
Quelque trait aux fripons, aux sots, aux ridicules.

Un Fol allait criant par tous les carrefours
Qu'il vendait la sagesse ; et les mortels crédules
De courir à l'achat : chacun fut diligent.
On essuyait force grimaces ;
Puis on avait pour son argent,
Avec un bon soufflet, un fil long de deux brasses.
La plupart s'en fâchaient ; mais que leur servait-il ?
C'étaient les plus moqués ; le mieux était de rire,
Ou de s'en aller, sans rien dire,
Avec son soufflet et son fil.
De chercher du sens à la chose,
On se fût fait siffler ainsi qu'un ignorant.
La raison est-elle garant
De ce que fait un fou ? Le hasard est la cause
De tout ce qui se passe en un cerveau blessé.
Du fil et du soufflet pourtant embarrassé,
Un des dupes un jour alla trouver un sage,

Qui, sans hésiter davantage,
Lui dit : « Ce sont ici hiéroglyphes tout purs.
Les gens bien conseillés, et qui voudront bien faire,
Entre eux et les gens fous mettront pour l'ordinaire
La longueur de ce fil ; sinon je les tiens sûrs
De quelque semblable caresse.
Vous n'êtes point trompé : ce fou vend la sagesse. »

L'Huître et les Plaideurs

Un jour deux Pèlerins sur le sable rencontrent
Une Huître que le flot y venait d'apporter :
Ils l'avalent des yeux, du doigt ils se la montrent ;
À l'égard de la dent il fallut contester.
L'un se baissait déjà pour amasser la proie ;
L'autre le pousse, et dit : « Il est bon de savoir
Qui de nous en aura la joie.
Celui qui le premier a pu l'apercevoir
En sera le gobeur ; l'autre le verra faire.
— Si par là on juge l'affaire,
Reprit son compagnon, j'ai l'œil bon, Dieu merci.
— Je ne l'ai pas mauvais aussi,
Dit l'autre, et je l'ai vue avant vous, sur ma vie.
— Eh bien ! vous l'avez vue, et moi je l'ai sentie. »
Pendant tout ce bel incident,
Perrin Dandin arrive : ils le prennent pour juge.
Perrin fort gravement ouvre l'Huître, et la gruge,
Nos deux Messieurs le regardant.
Ce repas fait, il dit d'un ton de président :
« Tenez, la cour vous donne à chacun une écaille

Sans dépens, et qu'en paix chacun chez soi s'en aille. »

Mettez ce qu'il en coûte à plaider aujourd'hui ;
Comptez ce qu'il en reste à beaucoup de familles ;
Vous verrez que Perrin tire l'argent à lui,
Et ne laisse aux plaideurs que le sac et les quilles.

LE LOUP ET LE CHIEN MAIGRE

Autrefois Carpillon fretin
Eut beau prêcher, il eut beau dire ;
On le mit dans la poêle à frire.
Je fis voir que lâcher ce qu'on a dans la main,
Sous espoir de grosse aventure,
Est imprudence toute pure.
Le Pêcheur eut raison ; Carpillon n'eut pas tort.
Chacun dit ce qu'il peut pour défendre sa vie.
Maintenant il faut que j'appuie
Ce que j'avançai lors de quelque trait encor.
Certain Loup, aussi sot que le pêcheur fut sage,
Trouvant un Chien hors du village,
S'en allait l'emporter. Le Chien représenta
Sa maigreur : « Jà ne plaise à Votre Seigneurie
De me prendre en cet état-là ;
Attendez, mon maître marie
Sa fille unique. Et vous jugez
Qu'étant de noce, il faut malgré moi que j'engraisse. »
Le Loup le croit, le Loup le laisse.
Le Loup, quelques jours écoulés,
Revient voir si son Chien n'est point meilleur à prendre.
Mais le drôle était au logis.

Il dit au Loup par un treillis :
« Ami, je vais sortir. Et, si tu veux attendre,
Le portier du logis et moi
Nous serons tout à l'heure à toi. »
Ce portier du logis était un chien énorme,
Expédiant les loups en forme.
Celui-ci s'en douta. « Serviteur au portier »,
Dit-il ; et de courir. Il était fort agile ;
Mais il n'était pas fort habile :
Ce Loup ne savait pas encor bien son métier.

RIEN DE TROP

Je ne vois point de créature
Se comporter modérément.
Il est certain tempérament
Que le maître de la nature
Veut que l'on garde en tout. Le fait-on ? Nullement
Soit en bien, soit en mal, cela n'arrive guère.
Le blé, riche présent de la blonde Cérès
Trop touffu bien souvent épuise les guérets ;
En superfluités s'épandant d'ordinaire,
Et poussant trop abondamment,
Il ôte à son fruit l'aliment.
L'arbre n'en fait pas moins ; tant le luxe sait plaire !
Pour corriger le blé, Dieu permit aux moutons
De retrancher l'excès des prodigues moissons.
Tout au travers ils se jetèrent,
Gâtèrent tout, et tout broutèrent,
Tant que le Ciel permit aux loups

D'en croquer quelques-uns : ils les croquèrent tous ;
S'ils ne le firent pas, du moins ils y tâchèrent.
Puis le Ciel permit aux humains
De punir ces derniers : les humains abusèrent
À leur tour des ordres divins.
De tous les animaux l'homme a le plus de pente
À se porter dedans l'excès.
Il faudrait faire le procès
Aux petits comme aux grands. Il n'est âme vivante
Qui ne pèche en ceci. « Rien de trop » est un point
Dont on parle sans cesse, et qu'on n'observe point.

LE CIERGE

C'est du séjour des Dieux que les Abeilles viennent.
Les premières, dit-on, s'en allèrent loger
Au mont Hymette, et se gorger
Des trésors qu'en ce lieu les zéphirs entretiennent.
Quand on eut des palais de ces filles du Ciel
Enlevé l'ambroisie en leurs chambres enclose,
Ou, pour dire en français la chose,
Après que les ruches sans miel
N'eurent plus que la cire, on fit mainte bougie ;
Maint cierge aussi fut façonné.
Un d'eux voyant la terre en brique au feu durcie
Vaincre l'effort des ans, il eut la même envie ;
Et, nouvel Empédocle aux flammes condamné,
Par sa propre et pure folie,
Il se lança dedans. Ce fut mal raisonné ;
Ce Cierge ne savait grain de philosophie.

Tout en tout est divers : ôtez-vous de l'esprit
Qu'aucun être ait été composé sur le vôtre.
L'Empédocle de cire au brasier se fondit :
Il n'était pas plus fou que l'autre.

JUPITER ET LE PASSAGER

Ô combien le péril enrichirait les Dieux,
Si nous nous souvenions des vœux qu'il nous fait faire !
Mais, le péril passé, l'on ne se souvient guère
De ce qu'on a promis aux Cieux :
On compte seulement ce qu'on doit à la terre.
« Jupiter, dit l'impie, est un bon créancier :
Il ne se sert jamais d'huissier. »
Eh ! qu'est-ce donc que le tonnerre ?
Comment appelez-vous ces avertissements ?

Un Passager, pendant l'orage,
Avait voué cent bœufs au vainqueur des Titans.
Il n'en avait pas un : vouer cent éléphants
N'aurait pas coûté davantage.
Il brûla quelques os quand il fut au rivage.
Au nez de Jupiter la fumée en monta.
« Sire Jupin, dit-il, prends mon vœu ; le voilà :
C'est un parfum de bœuf que ta grandeur respire.
La fumée est ta part : je ne te dois plus rien. »
Jupiter fit semblant de rire ;
Mais après quelques jours le Dieu l'attrapa bien,
Envoyant un songe lui dire
Qu'un tel trésor était en tel lieu. L'homme au vœu
Courut au trésor comme au feu :

Il trouva des voleurs, et n'ayant dans sa bourse
Qu'un écu pour toute ressource,
Il leur promit cent talents d'or,
Bien comptés, et d'un tel trésor :
On l'avait enterré dedans telle bourgade.
L'endroit parut suspect aux voleurs, de façon
Qu'à notre prometteur l'un dit : « Mon camarade,
Tu te moques de nous ; meurs, et va chez Pluton
Porter tes cent talents en don. »

LE CHAT ET LE RENARD

Le Chat et le Renard, comme beaux petits saints,
S'en allaient en pèlerinage.
C'étaient deux vrais tartufs, deux archipatelins,
Deux francs patte-pelus qui, des frais du voyage,
Croquant mainte volaille, escroquant maint fromage,
S'indemnisaient à qui mieux mieux.
Le chemin était long, et partant ennuyeux,
Pour l'accourcir ils disputèrent.
La dispute est d'un grand secours ;
Sans elle on dormirait toujours.
Nos pèlerins s'égosillèrent.
Ayant bien disputé, l'on parla du prochain.
Le Renard au Chat dit enfin :
« Tu prétends être fort habile :
En sais-tu tant que moi ? J'ai cent ruses au sac.
— Non, dit l'autre : je n'ai qu'un tour dans mon bissac,
Mais je soutiens qu'il en vaut mille. »

Eux de recommencer la dispute à l'envi,
Sur le que si, que non, tous deux étant ainsi,
Une meute apaisa la noise.
Le Chat dit au Renard : « Fouille en ton sac, ami :
Cherche en ta cervelle matoise
Un stratagème sûr. Pour moi, voici le mien. »
À ces mots sur un arbre il grimpa bel et bien.
L'autre fit cent tours inutiles,
Entra dans cent terriers, mit cent fois en défaut
Tous les confrères de Brifaut.
Partout il tenta des asiles,
Et ce fut partout sans succès :
La fumée y pourvut, ainsi que les bassets.
Au sortir d'un terrier, deux chiens aux pieds agiles
L'étranglèrent du premier bond.
Le trop d'expédients peut gâter une affaire ;
On perd du temps au choix, on tente, on veut tout faire.
N'en ayons qu'un, mais qu'il soit bon.

LE MARI, LA FEMME, ET LE VOLEUR

Un Mari fort amoureux,
Fort amoureux de sa Femme,
Bien qu'il fût jouissant, se croyait malheureux.
Jamais œillade de la dame,
Propos flatteur et gracieux,
Mot d'amitié, ni doux sourire,
Déifiant le pauvre sire,
N'avaient fait soupçonner qu'il fût vraiment chéri.
Je le crois, c'était un mari.
Il ne tint point à l'hyménée
Que content de sa destinée
Il n'en remerciât les Dieux ;
Mais quoi ? Si l'amour n'assaisonne
Les plaisirs que l'hymen nous donne,
Je ne vois pas qu'on en soit mieux.
Notre Épouse étant donc de la sorte bâtie,
Et n'ayant caressé son mari de sa vie,
Il en faisait sa plainte une nuit. Un voleur
Interrompit la doléance.
La pauvre femme eut si grand'peur
Qu'elle chercha quelque assurance
Entre les bras de son époux.
« Ami Voleur, dit-il, sans toi ce bien si doux
Me serait inconnu. Prends donc en récompense
Tout ce qui peut chez nous être à ta bienséance ;
Prends le logis aussi. » Les voleurs ne sont pas
Gens honteux, ni fort délicats :
Celui-ci fit sa main.

J'infère de ce conte

Que la plus forte passion
C'est la peur : elle fait vaincre l'aversion,
Et l'amour quelquefois ; quelquefois il la dompte ;
J'en ai pour preuve cet amant
Qui brûla sa maison pour embrasser sa dame,
L'emportant à travers la flamme.
J'aime assez cet emportement ;
Le conte m'en a plu toujours infiniment :
Il est bien d'une âme espagnole,
Et plus grande encore que folle.

Le Trésor et les deux Hommes

Un Homme n'ayant plus ni crédit, ni ressource,
Et logeant le diable en sa bourse,
C'est-à-dire n'y logeant rien,
S'imagina qu'il ferait bien
De se pendre, et finir lui-même sa misère,
Puisque aussi bien sans lui la faim le viendrait faire,
Genre de mort qui ne duit pas
À gens peu curieux de goûter le trépas.
Dans cette intention, une vieille masure
Fut la scène où devait se passer l'aventure.
Il y porte une corde, et veut avec un clou
Au haut d'un certain mur attacher le licou.
La muraille, vieille et peu forte,
S'ébranle aux premiers coups, tombe avec un trésor.
Notre désespéré le ramasse, et l'emporte,
Laisse là le licou, s'en retourne avec l'or,
Sans compter : ronde ou non, la somme plut au sire.

Tandis que le galant à grands pas se retire,
L'Homme au trésor arrive, et trouve son argent
Absent.
« Quoi, dit-il, sans mourir je perdrai cette somme ?
Je ne me pendrai pas ? Et vraiment si ferai,
Ou de corde je manquerai. »
Le lacs était tout prêt ; il n'y manquait qu'un homme :
Celui-ci se l'attache, et se pend bien et beau.
Ce qui le consola peut-être
Fut qu'un autre eût pour lui fait les frais du cordeau.
Aussi bien que l'argent le licou trouva maître.

L'avare rarement finit ses jours sans pleurs :
Il a le moins de part au trésor qu'il enserre,
Thésaurisant pour les voleurs,
Pour ses parents, ou pour la terre.
Mais que dire du troc que la Fortune fit ?
Ce sont là de ses traits ; elle s'en divertit.
Plus le tour est bizarre, et plus elle est contente.
Cette déesse inconstante
Se mit alors en l'esprit
De voir un homme se pendre ;
Et celui qui se pendit
S'y devait le moins attendre.

Le Singe et le Chat

Bertrand avec Raton, l'un singe et l'autre chat,
Commensaux d'un logis, avaient un commun maître.
D'animaux malfaisants c'était un très bon plat ;
Ils n'y craignaient tous deux aucun, quel qu'il pût être.
Trouvait-on quelque chose au logis de gâté,
L'on ne s'en prenait point aux gens du voisinage.
Bertrand dérobait tout ; Raton de son côté
Était moins attentif aux souris qu'au fromage.
Un jour au coin du feu nos deux maîtres fripons
        Regardaient rôtir des marrons.
Les escroquer était une très bonne affaire :
Nos galands y voyaient double profit à faire,
Leur bien premièrement, et puis le mal d'autrui.
Bertrand dit à Raton : « Frère, il faut aujourd'hui
        Que tu fasses un coup de maître.
Tire-moi ces marrons. Si Dieu m'avait fait naître
        Propre à tirer marrons du feu,
        Certes marrons verraient beau jeu. »
Aussitôt fait que dit : Raton avec sa patte,
        D'une manière délicate,
Écarte un peu la cendre, et retire les doigts,
        Puis les reporte à plusieurs fois ;
Tire un marron, puis deux, et puis trois en escroque.
        Et cependant Bertrand les croque.
Une servante vient : adieu mes gens. Raton
        N'était pas content, ce dit-on.
Aussi ne le sont pas la plupart de ces princes
        Qui, flattés d'un pareil emploi,
        Vont s'échauder en des provinces
        Pour le profit de quelque roi.

Le Milan et le Rossignol

Après que le Milan, manifeste voleur,
Eut répandu l'alarme en tout le voisinage
Et fait crier sur lui les enfants du village,
Un Rossignol tomba dans ses mains, par malheur.
Le héraut du printemps lui demande la vie :
« Aussi bien que manger en qui n'a que le son ?
Écoutez plutôt ma chanson ;
Je vous raconterai Térée et son envie.
— Qui, Térée ? est-ce un mets propre pour les milans ?
— Non pas ; c'était un roi dont les feux violents
Me firent ressentir leur ardeur criminelle.
Je m'en vais vous en dire une chanson si belle
Qu'elle vous ravira : mon chant plaît à chacun. »
Le Milan alors lui réplique :
« Vraiment, nous voici bien : lorsque je suis à jeun,
Tu me viens parler de musique.
— J'en parle bien aux rois. — Quand un roi te prendra,
Tu peux lui conter ces merveilles.
Pour un milan, il s'en rira :
Ventre affamé n'a point d'oreilles. »

Le Berger et son troupeau

« Quoi ? toujours il me manquera
Quelqu'un de ce peuple imbécile !
Toujours le loup m'en gobera !
J'aurai beau les compter : ils étaient plus de mille,
Et m'ont laissé ravir notre pauvre Robin ;
Robin mouton qui par la ville

Me suivait pour un peu de pain,
Et qui m'aurait suivi jusques au bout du monde.
Hélas ! de ma musette il entendait le son ;
Il me sentait venir de cent pas à la ronde.
Ah ! le pauvre Robin mouton ! »
Quand Guillot eut fini cette oraison funèbre
Et rendu de Robin la mémoire célèbre,
Il harangua tout le troupeau,
Les chefs, la multitude, et jusqu'au moindre agneau,
Les conjurant de tenir ferme :
Cela seul suffirait pour écarter les loups.
Foi de peuple d'honneur, ils lui promirent tous
De ne bouger non plus qu'un terme.
« Nous voulons, dirent-ils, étouffer le glouton
Qui nous a pris Robin mouton. »
Chacun en répond sur sa tête.
Guillot les crut, et leur fit fête.
Cependant, devant qu'il fût nuit,
Il arriva nouvel encombre,
Un Loup parut ; tout le troupeau s'enfuit :
Ce n'était pas un Loup, ce n'en était que l'ombre.

Haranguez de méchants soldats,
Ils promettront de faire rage ;
Mais au moindre danger adieu tout leur courage :
Votre exemple et vos cris ne les retiendront pas.

LES DEUX RATS, LE RENARD, ET L'ŒUF

Deux Rats cherchaient leur vie ; ils trouvèrent un œuf.
Le dîné suffisait à gens de cette espèce :
Il n'était pas besoin qu'ils trouvassent un bœuf.
Pleins d'appétit, et d'allégresse,
Ils allaient de leur œuf manger chacun sa part,
Quand un quidam parut. C'était Maître Renard ;
Rencontre incommode et fâcheuse.
Car comment sauver l'œuf ? Le bien empaqueter,
Puis des pieds de devant ensemble le porter,
Ou le rouler, ou le traîner,
C'était chose impossible autant que hasardeuse.
Nécessité l'ingénieuse
Leur fournit une invention.
Comme ils pouvaient gagner leur habitation,
L'écornifleur étant à demi-quart de lieue,
L'un se mit sur le dos, prit l'œuf entre ses bras,
Puis, malgré quelques heurts et quelques mauvais pas,
L'autre le traîna par la queue.
Qu'on m'aille soutenir après, un tel récit,
Que les bêtes n'ont point d'esprit.

Pour moi, si j'en étais le maître,
Je leur en donnerais aussi bien qu'aux enfants.
Ceux-ci pensent-ils pas dès leurs plus jeunes ans ?
Quelqu'un peut donc penser ne se pouvant connaître.
Par un exemple tout égal,
J'attribuerais à l'animal
Non point une raison selon notre manière,
Mais beaucoup plus aussi qu'un aveugle ressort :
Je subtiliserais un morceau de matière,

Que l'on ne pourrait plus concevoir sans effort,
Quintessence d'atome, extrait de la lumière,
Je ne sais quoi plus vif et plus mobile encor
Que le feu : car enfin, si le bois fait la flamme,
La flamme en s'épurant peut-elle pas de l'âme
Nous donner quelque idée, et sort-il pas de l'or
Des entrailles du plomb ? Je rendrais mon ouvrage
Capable de sentir, juger, rien davantage,
          Et juger imparfaitement,
Sans qu'un singe jamais fît le moindre argument.
          À l'égard de nous autres hommes,
Je ferais notre lot infiniment plus fort :
          Nous aurions un double trésor ;
L'un cette âme pareille en tous tant que nous sommes,
          Sages, fous, enfants, idiots,
Hôtes de l'univers, sous le nom d'animaux ;
L'autre encore une autre âme, entre nous et les anges
          Commune en un certain degré
          Et ce trésor à part créé
Suivrait parmi les airs les célestes phalanges,
Entrerait dans un point sans en être pressé,
Ne finirait jamais quoique ayant commencé :
          Choses réelles, quoique étranges.
          Tant que l'enfance durerait,
Cette fille du Ciel en nous ne paraîtrait
          Qu'une tendre et faible lumière ;
L'organe étant plus fort, la raison percerait
          Les ténèbres de la matière,
          Qui toujours envelopperait
          L'autre âme, imparfaite et grossière.

Livre dixième

L'Homme et la Couleuvre

Un Homme vit une Couleuvre.
« Ah ! méchante, dit-il, je m'en vais faire une œuvre
Agréable à tout l'univers. »
À ces mots, l'animal pervers
(C'est le Serpent que je veux dire
Et non l'Homme : on pourrait aisément s'y tromper),
À ces mots, le Serpent, se laissant attraper,
Est pris, mis en un sac ; et, ce qui fut le pire,
On résolut sa mort, fût-il coupable ou non.
Afin de le payer toutefois de raison,
L'autre lui fit cette harangue :
« Symbole des ingrats ! être bon aux méchants,
C'est être sot ; meurs donc : ta colère et tes dents
Ne me nuiront jamais. » Le Serpent, en sa langue,
Reprit du mieux qu'il put : « S'il fallait condamner
Tous les ingrats qui sont au monde,
À qui pourrait-on pardonner ?
Toi-même tu te fais ton procès. Je me fonde
Sur tes propres leçons ; jette les yeux sur toi.
Mes jours sont en tes mains, tranche-les : ta justice,
C'est ton utilité, ton plaisir, ton caprice ;
Selon ces lois, condamne-moi ;
Mais trouve bon qu'avec franchise
En mourant au moins je te dise
Que le symbole des ingrats
Ce n'est point le Serpent, c'est l'Homme. » Ces paroles
Firent arrêter l'autre ; il recula d'un pas.
Enfin il repartit : « Tes raisons sont frivoles :

Je pourrais décider, car ce droit m'appartient ;
Mais rapportons-nous-en. — Soit fait », dit le Reptile.
Une Vache était là, l'on l'appelle, elle vient ;
Le cas est proposé. « C'était chose facile :
Fallait-il pour cela, dit-elle, m'appeler ?
La Couleuvre a raison ; pourquoi dissimuler ?
Je nourris celui-ci depuis longues années ;
Il n'a sans mes bienfaits passé nulles journées ;
Tout n'est que pour lui seul ; mon lait et mes enfants
Le font à la maison revenir les mains pleines ;
Même j'ai rétabli sa santé, que les ans
Avaient altérée, et mes peines
Ont pour but son plaisir ainsi que son besoin.
Enfin me voilà vieille ; il me laisse en un coin
Sans herbe ; s'il voulait encor me laisser paître !
Mais je suis attachée ; et si j'eusse eu pour maître
Un Serpent, eût-il su jamais pousser si loin
L'ingratitude ? Adieu : j'ai dit ce que je pense. »
L'Homme, tout étonné d'une telle sentence,
Dit au Serpent : « Faut-il croire ce qu'elle dit ?
C'est une radoteuse ; elle a perdu l'esprit.
Croyons ce Bœuf. — Croyons », dit la rampante bête
Ainsi dit, ainsi fait. Le Bœuf vient à pas lents.
Quant il eut ruminé tout le cas en sa tête,
Il dit que du labeur des ans
Pour nous seuls il portait les soins les plus pesants,
Parcourant sans cesser ce long cercle de peines
Qui, revenant sur soi, ramenait dans nos plaines
Ce que Cérès nous donne, et vend aux animaux ;
Que cette suite de travaux
Pour récompense avait, de tous tant que nous sommes,

Force coups, peu de gré ; puis, quand il était vieux
On croyait l'honorer chaque fois que les hommes
Achetaient de son sang l'indulgence des Dieux.
Ainsi parla le Bœuf. L'Homme dit : « Faisons taire
Cet ennuyeux déclamateur ;
Il cherche de grands mots, et vient ici se faire,
Au lieu d'arbitre, accusateur.
Je le récuse aussi. » L'Arbre étant pris pour juge,
Ce fut bien pis encore. Il servait de refuge
Contre le chaud, la pluie, et la fureur des vents ;
Pour nous seuls il ornait les jardins et les champs.
L'ombrage n'était pas le seul bien qu'il sût faire ;
Il courbait sous les fruits ; cependant pour salaire
Un rustre l'abattait, c'était là son loyer,
Quoique pendant tout l'an libéral il nous donne
Ou des fleurs au printemps, ou du fruit en automne ;
L'ombre l'été, l'hiver les plaisirs du foyer.
Que ne l'émondait-on, sans prendre la cognée ?
De son tempérament il eût encor vécu.
L'Homme trouvant mauvais que l'on l'eût convaincu,
Voulut à toute force avoir cause gagnée.
« Je suis bien bon, dit-il, d'écouter ces gens-là. »
Du sac et du Serpent aussitôt il donna
Contre les murs, tant qu'il tua la bête.
On en use ainsi chez les grands.
La raison les offense ; ils se mettent en tête
Que tout est né pour eux, quadrupèdes, et gens,
Et serpents.
Si quelqu'un desserre les dents,
C'est un sot. — J'en conviens. Mais que faut-il donc faire ?
— Parler de loin, ou bien se taire.

LA TORTUE ET LES DEUX CANARDS

Une Tortue était, à la tête légère,
Qui, lasse de son trou, voulut voir le pays,
Volontiers on fait cas d'une terre étrangère,
Volontiers gens boiteux haïssent le logis.
Deux Canards à qui la commère
Communiqua ce beau dessein,
Lui dirent qu'ils avaient de quoi la satisfaire :
« Voyez-vous ce large chemin ?
Nous vous voiturerons, par l'air, en Amérique,
Vous verrez mainte république,
Maint royaume, maint peuple, et vous profiterez
Des différentes mœurs que vous remarquerez.
Ulysse en fit autant. » On ne s'attendait guère
De voir Ulysse en cette affaire.
La Tortue écouta la proposition.
Marché fait, les Oiseaux forgent une machine
Pour transporter la pèlerine.
Dans la gueule en travers on lui passe un bâton.
« Serrez bien, dirent-ils ; gardez de lâcher prise. »
Puis chaque Canard prend ce bâton par un bout.
La Tortue enlevée on s'étonne partout
De voir aller en cette guise
L'animal lent et sa maison,
Justement au milieu de l'un et l'autre Oison.
« Miracle ! criait-on. Venez voir dans les nues
Passer la reine des tortues.
— La reine ! Vraiment oui. Je la suis en effet ;
Ne vous en moquez point. » Elle eût beaucoup mieux
[fait

De passer son chemin sans dire aucune chose ;
Car l'âchant le bâton en desserrant les dents,
Elle tombe, elle crève aux pieds des regardants.
Son indiscrétion de sa perte fut cause.
Imprudence, babil, et sotte vanité,
Et vaine curiosité,
Ont ensemble étroit parentage.
Ce sont enfants tous d'un lignage.

Les Poissons et le Cormoran

Il n'était point d'étang dans tout le voisinage
Qu'un Cormoran n'eût mis à contribution.
Viviers et réservoirs lui payaient pension.
Sa cuisine allait bien : mais, lorsque le long âge
Eut glacé le pauvre animal,
La même cuisine alla mal.
Tout Cormoran se sert de pourvoyeur lui-même.
Le nôtre, un peu trop vieux pour voir au fond des eaux,
N'ayant ni filets ni réseaux,
Souffrait une disette extrême.
Que fit-il ? Le besoin, docteur en stratagème,
Lui fournit celui-ci. Sur le bord d'un étang
Cormoran vit une Écrevisse.
« Ma commère, dit-il, allez tout à l'instant
Porter un avis important
À ce peuple. Il faut qu'il périsse :
Le maître de ce lieu dans huit jours pêchera. »
L'Écrevisse en hâte s'en va

Conter le cas : grande est l'émute.
On court, on s'assemble, on députe
À l'Oiseau : « Seigneur Cormoran,
D'où vous vient cet avis ? Quel est votre garant ?
Êtes-vous sûr de cette affaire ?
N'y savez-vous remède ? Et qu'est-il bon de faire ?
— Changer de lieu, dit-il. — Comment le ferons-nous ?
— N'en soyez point en soin : je vous porterai tous,
L'un après l'autre, en ma retraite.
Nul que Dieu seul et moi n'en connaît les chemins :
Il n'est demeure plus secrète.
Un vivier que Nature y creusa de ses mains,
Inconnu des traîtres humains,
Sauvera votre république. »
On le crut. Le peuple aquatique
L'un après l'autre fut porté
Sous ce rocher peu fréquenté.
Là Cormoran le bon apôtre,
Les ayant mis en un endroit
Transparent, peu creux, fort étroit,
Vous les prenait sans peine, un jour l'un, un jour l'autre.
Il leur apprit à leurs dépens
Que l'on ne doit jamais avoir de confiance
En ceux qui sont mangeurs de gens.
Ils y perdirent peu, puisque l'humaine engeance
En aurait aussi bien croqué sa bonne part ;
Qu'importe qui vous mange ? homme ou loup ;
[toute panse
Me paraît une à cet égard ;
Un jour plus tôt, un jour plus tard,
Ce n'est pas grande différence.

L'Enfouisseur et son Compère

Un Pinsemaille avait tant amassé
Qu'il ne savait où loger sa finance.
L'avarice, compagne et sœur de l'ignorance,
Le rendait fort embarrassé
Dans le choix d'un dépositaire ;
Car il en voulait un, et voici sa raison :
« L'objet tente ; il faudra que ce monceau s'altère,
Si je le laisse à la maison ;
Moi-même de mon bien je serai le larron. »
Le larron ? Quoi ! jouir, c'est se voler soi-même !
Mon ami, j'ai pitié de ton erreur extrême ;
Apprends de moi cette leçon :
Le bien n'est bien qu'en tant que l'on s'en peut défaire.
Sans cela c'est un mal. Veux-tu le réserver
Pour un âge et des temps qui n'en ont plus que faire ?
La peine d'acquérir, le soin de conserver,
Ôtent le prix à l'or, qu'on croit si nécessaire.
Pour se décharger d'un tel soin,
Notre homme eût pu trouver des gens sûrs au besoin ;
Il aima mieux la terre, et prenant son Compère,
Celui-ci l'aide. Ils vont enfouir le trésor.
Au bout de quelque temps, l'Homme va voir son or :
Il ne retrouva que le gîte.
Soupçonnant à bon droit le Compère, il va vite
Lui dire : « Apprêtez-vous ; car il me reste encor
Quelques deniers : je veux les joindre à l'autre masse. »
Le Compère aussitôt va remettre en sa place
L'argent volé, prétendant bien
Tout reprendre à la fois sans qu'il y manquât rien.

Mais, pour ce coup, l'autre fut sage :
Il retint tout chez lui, résolu de jouir,
Plus n'entasser, plus n'enfouir ;
Et le pauvre voleur, ne trouvant plus son gage,
Pensa tomber de sa hauteur.
Il n'est pas malaisé de tromper un trompeur.

LE LOUP ET LES BERGERS

Un Loup rempli d'humanité
(S'il en est de tels dans le monde)
Fit un jour sur sa cruauté,
Quoiqu'il ne l'exerçât que par nécessité,
Une réflexion profonde.
« Je suis haï, dit-il, et de qui ? De chacun.
Le Loup est l'ennemi commun :
Chiens, chasseurs, villageois, s'assemblent pour sa perte.
Jupiter est là-haut étourdi de leurs cris ;
C'est par là que de loups l'Angleterre est déserte :
On y mit notre tête à prix.
Il n'est hobereau qui ne fasse
Contre nous tels bans publier ;
Il n'est marmot osant crier
Que du Loup aussitôt sa mère ne menace.
Le tout pour un âne rogneux,
Pour un mouton pourri, pour quelque chien hargneux,
Dont j'aurai passé mon envie.
Eh bien ! ne mangeons plus de chose ayant eu vie ;
Paissons l'herbe, broutons, mourons de faim plutôt.
Est-ce une chose si cruelle ?

Vaut-il mieux s'attirer la haine universelle ? »
Disant ces mots il vit des Bergers pour leur rôt
Mangeants un agneau cuit en broche.
« Oh, oh, dit-il, je me reproche
Le sang de cette gent. Voilà ses gardiens
S'en repaissants, eux et leurs chiens ;
Et moi, Loup, j'en ferai scrupule ?
Non, par tous les Dieux. Non. Je serais ridicule.
Thibaut l'agnelet passera
Sans qu'à la broche je le mette ;
Et non seulement lui, mais la mère qu'il tette,
Et le père qui l'engendra. »
Ce Loup avait raison. Est-il dit qu'on nous voie
Faire festin de toute proie,
Manger les animaux, et nous les réduirons
Aux mets de l'âge d'or autant que nous pourrons ?
Ils n'auront ni croc ni marmite ?
Bergers, bergers, le Loup n'a tort
Que quand il n'est pas le plus fort :
Voulez-vous qu'il vive en ermite ?

L'ARAIGNÉE ET L'HIRONDELLE

« Ô Jupiter, qui sus de ton cerveau,
Par un secret d'accouchement nouveau,
Tirer Pallas, jadis mon ennemie,
Entends ma plainte une fois en ta vie.
Progné me vient enlever les morceaux ;
Caracolant, frisant l'air et les eaux,
Elle me prend mes mouches à ma porte :
Miennes je puis les dire ; et mon réseau
En serait plein sans ce maudit oiseau :
Je l'ai tissu de matière assez forte. »
Ainsi, d'un discours insolent,
Se plaignait l'Araignée autrefois tapissière,
Et qui, lors étant filandière,
Prétendait enlacer tout insecte volant.
La sœur de Philomèle, attentive à sa proie,
Malgré le bestion happait mouches dans l'air,
Pour ses petits, pour elle, impitoyable joie,
Que ses enfants gloutons, d'un bec toujours ouvert,
D'un ton demi-formé, bégayante couvée,
Demandaient par des cris encore mal entendus.
La pauvre Aragne n'ayant plus
Que la tête et les pieds, artisans superflus,
Se vit elle-même enlevée.
L'Hirondelle, en passant, emporta toile, et tout,
Et l'animal pendant au bout.
Jupin pour chaque état mit deux tables au monde.
L'adroit, le vigilant, et le fort sont assis
À la première ; et les petits
Mangent leur reste à la seconde.

LA PERDRIX ET LES COQS

Parmi de certains Coqs incivils, peu galants,
Toujours en noise et turbulents,
Une Perdrix était nourrie.
Son sexe et l'hospitalité,
De la part de ces Coqs peuple à l'amour porté
Lui faisaient espérer beaucoup d'honnêteté :
Ils feraient les honneurs de la ménagerie.
Ce peuple cependant, fort souvent en furie,
Pour la dame étrangère ayant peu de respec,
Lui donnait fort souvent d'horribles coups de bec.
D'abord elle en fut affligée ;
Mais sitôt qu'elle eut vu cette troupe enragée
S'entre-battre elle-même, et se percer les flancs,
Elle se consola : « Ce sont leurs mœurs, dit-elle,
Ne les accusons point ; plaignons plutôt ces gens.
Jupiter sur un seul modèle
N'a pas formé tous les esprits :
Il est des naturels de coqs et de perdrix.
S'il dépendait de moi, je passerais ma vie
En plus honnête compagnie.
Le maître de ces lieux en ordonne autrement.
Il nous prend avec des tonnelles,
Nous loge avec des Coqs, et nous coupe les ailes :
C'est de l'homme qu'il faut se plaindre seulement. »

LE CHIEN À QUI ON A COUPÉ LES OREILLES

« Qu'ai-je fait pour me voir ainsi
Mutilé par mon propre maître ?
Le bel état où me voici !
Devant les autres Chiens oserai-je paraître ?
Ô rois des animaux, ou plutôt leurs tyrans,
Qui vous ferait choses pareilles ? »
Ainsi criait Mouflar, jeune dogue ; et les gens
Peu touchés de ses cris douloureux et perçants,
Venaient de lui couper sans pitié les oreilles.
Mouflar y croyait perdre ; il vit avec le temps
Qu'il y gagnait beaucoup ; car étant de nature
À piller ses pareils, mainte mésaventure
L'aurait fait retourner chez lui
Avec cette partie en cent lieux altérée :
Chien hargneux a toujours l'oreille déchirée.
Le moins qu'on peut laisser de prise aux dents d'autrui
C'est le mieux. Quand on n'a qu'un endroit à défendre,
On le munit de peur d'esclandre :
Témoin Maître Mouflar armé d'un gorgerin,
Du reste ayant d'oreille autant que sur ma main ;
Un Loup n'eût su par où le prendre.

LE BERGER ET LE ROI

Deux démons à leur gré partagent notre vie,
Et de son patrimoine ont chassé la raison.
Je ne vois point de cœur qui ne leur sacrifie :
Si vous me demandez leur état et leur nom,
J'appelle l'un Amour, et l'autre Ambition.
Cette dernière étend le plus loin son empire ;
Car même elle entre dans l'amour.
Je le ferais bien voir ; mais mon but est de dire
Comme un Roi fit venir un Berger à sa cour.
Le conte est du bon temps, non du siècle où nous sommes.
Ce Roi vit un troupeau qui couvrait tous les champs,
Bien broutant, en bon corps, rapportant tous les ans,
Grâce aux soins du Berger, de très notables sommes.
Le Berger plut au Roi par ces soins diligents.
« Tu mérites, dit-il, d'être pasteur de gens :
Laisse là tes moutons, viens conduire des hommes.
Je te fais juge souverain. »
Voilà notre Berger la balance à la main.
Quoiqu'il n'eût guère vu d'autres gens qu'un Ermite,
Son troupeau, ses mâtins, le loup, et puis c'est tout,
Il avait du bon sens ; le reste vient ensuite.
Bref, il en vint fort bien à bout.
L'Ermite son voisin accourut pour lui dire :
« Veillé-je ? et n'est-ce point un songe que je vois ?
Vous, favori ! vous, grand ! Défiez-vous des rois :
Leur faveur est glissante, on s'y trompe ; et le pire
C'est qu'il en coûte cher ; de pareilles erreurs
Ne produisent jamais que d'illustres malheurs.
Vous ne connaissez pas l'attrait qui vous engage.

Je vous parle en ami. Craignez tout. » L'autre rit,
Et notre Ermite poursuivit :
« Voyez combien déjà la cour vous rend peu sage.
Je crois voir cet Aveugle à qui dans un voyage
Un Serpent engourdi de froid
Vint s'offrir sous la main : il le prit pour un fouet.
Le sien s'était perdu, tombant de sa ceinture.
Il rendait grâce au Ciel de l'heureuse aventure,
Quand un passant cria : "Que tenez-vous, ô Dieux !
Jetez cet animal traître et pernicieux,
Ce Serpent. — C'est un fouet. — C'est un serpent, vous [dis-je.
À me tant tourmenter quel intérêt m'oblige ?
Prétendez-vous garder ce trésor ? — Pourquoi non ?
Mon fouet était usé ; j'en retrouve un fort bon ;
Vous n'en parlez que par envie."
L'Aveugle enfin ne le crut pas ;
Il en perdit bientôt la vie.
L'animal dégourdi piqua son homme au bras.
Quant à vous, j'ose vous prédire
Qu'il vous arrivera quelque chose de pire.
— Eh ! que me saurait-il arriver que la mort ?
— Mille dégoûts viendront », dit le prophète Ermite.
Il en vint en effet ; l'Ermite n'eut pas tort.
Mainte peste de cour fit tant, par maint ressort,
Que la candeur du juge, ainsi que son mérite,
Furent suspects au Prince. On cabale, on suscite
Accusateurs, et gens grevés par ses arrêts.
« De nos biens, dirent-ils, il s'est fait un palais. »
Le Prince voulut voir ces richesses immenses ;
Il ne trouva partout que médiocrité,

Louanges du désert et de la pauvreté ;
        C'étaient là ses magnificences.
« Son fait, dit-on, consiste en des pierres de prix.
Un grand coffre en est plein, fermé de dix serrures. »
Lui-même ouvrit ce coffre, et rendit bien surpris
        Tous les machineurs d'impostures.
Le coffre étant ouvert, on y vit des lambeaux,
        L'habit d'un gardeur de troupeaux,
Petit chapeau, jupon, panetière, houlette,
        Et, je pense, aussi sa musette.
« Doux trésors, ce dit-il, chers gages, qui jamais
N'attirâtes sur vous l'envie et le mensonge,
Je vous reprends ; sortons de ces riches palais
        Comme l'on sortirait d'un songe.
Sire, pardonnez-moi cette exclamation.
J'avais prévu ma chute en montant sur le faîte.
Je m'y suis trop complu ; mais qui n'a dans la tête
        Un petit grain d'ambition ? »

LES POISSONS ET LE BERGER QUI JOUE DE LA FLÛTE

Tircis, qui pour la seule Annette
Faisait résonner les accords
D'une voix et d'une musette
Capables de toucher les morts,
Chantait un jour le long des bords
D'une onde arrosant des prairies,
Dont Zéphire habitait les campagnes fleuries.
Annette cependant à la ligne pêchait,
Mais nul poisson ne s'approchait ;
La Bergère perdait ses peines.
Le Berger, qui par ses chansons,
Eût attiré des inhumaines,
Crut, et crut mal, attirer des poissons.
Il leur chanta ceci : « Citoyens de cette onde,
Laissez votre Naïade en sa grotte profonde.
Venez voir un objet mille fois plus charmant.
Ne craignez point d'entrer aux prisons de la Belle :
Ce n'est qu'à nous qu'elle est cruelle :
Vous serez traités doucement,
On n'en veut point à votre vie.
Un vivier vous attend, plus clair que fin cristal ;
Et, quand à quelques-uns l'appât serait fatal,
Mourir des mains d'Annette est un sort que j'envie. »
Ce discours éloquent ne fit pas grand effet :
L'auditoire était sourd aussi bien que muet :
Tircis eut beau prêcher. Ses paroles miellées
S'en étant aux vents envolées,
Il tendit un long rets. Voilà les poissons pris,
Voilà les poissons mis aux pieds de la Bergère.

Ô vous, pasteurs d'humains et non pas de brebis,
Rois, qui croyez gagner par raisons les esprits
D'une multitude étrangère,
Ce n'est jamais par là que l'on en vient à bout ;
Il y faut une autre manière :
Servez-vous de vos rets, la puissance fait tout.

LES DEUX PERROQUETS, LE ROI ET SON FILS

Deux Perroquets, l'un père et l'autre fils,
Du rôt d'un Roi faisaient leur ordinaire.
Deux demi-dieux, l'un fils et l'autre père,
De ces oiseaux faisaient leurs favoris.
L'âge liait une amitié sincère
Entre ces gens : les deux pères s'aimaient ;
Les deux enfants, malgré leur cœur frivole,
L'un avec l'autre aussi s'accoutumaient,
Nourris ensemble, et compagnons d'école.
C'était beaucoup d'honneur au jeune Perroquet ;
Car l'enfant était prince, et son père monarque.
Par le tempérament que lui donna la Parque,
Il aimait les oiseaux. Un Moineau fort coquet,
Et le plus amoureux de toute la province,
Faisait aussi sa part des délices du Prince.
Ces deux rivaux un jour ensemble se jouants,
Comme il arrive aux jeunes gens,
Le jeu devint une querelle.
Le Passereau, peu circonspec,
S'attira de tels coups de bec,
Que, demi-mort et traînant l'aile,

On crut qu'il n'en pourrait guérir.
Le Prince indigné fit mourir
Son Perroquet. Le bruit en vint au père.
L'infortuné vieillard crie et se désespère,
Le tout en vain ; ses cris sont superflus ;
L'oiseau parleur est déjà dans la barque ;
Pour dire mieux, l'Oiseau ne parlant plus
Fait qu'en fureur sur le fils du Monarque
Son père s'en va fondre, et lui crève les yeux.
Il se sauve aussitôt, et choisit pour asile
Le haut d'un pin. Là dans le sein des Dieux
Il goûte sa vengeance en lieu sûr et tranquille.
Le Roi lui-même y court, et dit pour l'attirer :
« Ami, reviens chez moi : que nous sert de pleurer ?
Haine, vengeance, et deuil, laissons tout à la porte.
Je suis contraint de déclarer,
Encor que ma douleur soit forte,
Que le tort vient de nous : mon fils fut l'agresseur.
Mon fils ! non. C'est le sort qui du coup est l'auteur.
La Parque avait écrit de tout temps en son livre
Que l'un de nos enfants devait cesser de vivre,
L'autre de voir, par ce malheur.
Consolons-nous tous deux, et reviens dans ta cage. »
Le Perroquet dit : « Sire Roi,
Crois-tu qu'après un tel outrage
Je me doive fier à toi ?
Tu m'allègues le Sort : prétends-tu par ta foi
Me leurrer de l'appât d'un profane langage ?
Mais que la Providence ou bien que le Destin
Règle les affaires du monde
Il est écrit là-haut qu'au faîte de ce pin

Ou dans quelque forêt profonde,
J'achèverai mes jours loin du fatal objet
Qui doit t'être un juste sujet
De haine et de fureur. Je sais que la vengeance
Est un morceau de roi, car vous vivez en dieux.
Tu veux oublier cette offense :
Je le crois : cependant il me faut pour le mieux
Éviter ta main et tes yeux.
Sire Roi mon ami, va-t'en, tu perds ta peine ;
Ne me parle point de retour :
L'absence est aussi bien un remède à la haine
Qu'un appareil contre l'amour. »

LA LIONNE ET L'OURSE

Mère Lionne avait perdu son fan.
Un chasseur l'avait pris. La pauvre infortunée
Poussait un tel rugissement
Que toute la forêt était importunée.
La nuit ni son obscurité,
Son silence et ses autres charmes,
De la reine des bois n'arrêtait les vacarmes :
Nul animal n'était du sommeil visité.
L'Ourse enfin lui dit : « Ma commère,
Un mot sans plus ; tous les enfants
Qui sont passés entre vos dents
N'avaient-ils ni père ni mère ?
— Ils en avaient. — S'il est ainsi,
Et qu'aucun de leur mort n'ait nos têtes rompues,
Si tant de mères se sont tues,
Que ne vous taisez-vous aussi ?
— Moi me taire ! moi, malheureuse !
Ah ! j'ai perdu mon fils ! Il me faudra traîner
Une vieillesse douloureuse !
— Dites-moi, qui vous force à vous y condamner ?
— Hélas ! c'est le Destin qui me hait. » Ces paroles
Ont été de tout temps en la bouche de tous.

Misérables humains, ceci s'adresse à vous :
Je n'entends résonner que des plaintes frivoles.
Quiconque en pareil cas se croit haï des Cieux,
Qu'il considère Hécube, il rendra grâce aux Dieux.

Les deux Aventuriers et le Talisman

Aucun chemin de fleurs ne conduit à la gloire.
Je n'en veux pour témoin qu'Hercule et ses travaux.
Ce Dieu n'a guère de rivaux :
J'en vois peu dans la Fable, encor moins dans l'Histoire.
En voici pourtant un que de vieux talismans
Firent chercher fortune au pays des romans.
Il voyageait de compagnie.
Son camarade et lui trouvèrent un poteau
Ayant au haut cet écriteau :

« Seigneur Aventurier, s'il te prend quelque envie
De voir ce que n'a vu nul chevalier errant,
Tu n'as qu'à passer ce torrent ;
Puis, prenant dans tes bras un éléphant de pierre
Que tu verras couché par terre,
Le porter, d'une haleine, au sommet de ce mont,
Qui menace les Cieux de son superbe front. »

L'un des deux chevaliers saigna du nez. « Si l'onde
Est rapide autant que profonde,
Dit-il, et supposé qu'on la puisse passer,
Pourquoi de l'éléphant s'aller embarrasser ?
Quelle ridicule entreprise !
Le sage l'aura fait par tel art et de guise
Qu'on le pourra porter peut-être quatre pas ;
Mais jusqu'au haut du mont, d'une haleine, il n'est pas
Au pouvoir d'un mortel, à moins que la figure
Ne soit d'un éléphant nain, pygmée, avorton,
Propre à mettre au bout d'un bâton :
Auquel cas, où l'honneur d'une telle aventure ?

On nous veut attraper dedans cette écriture :
Ce sera quelque énigme à tromper un enfant. »
Le raisonneur parti, l'aventureux se lance,
Les yeux clos, à travers cette eau.
Ni profondeur ni violence
Ne purent l'arrêter, et, selon l'écriteau,
Il vit son éléphant couché sur l'autre rive.
Il le prend, il l'emporte, au haut du mont arrive,
Rencontre une esplanade, et puis une cité.
Un cri par l'éléphant est aussitôt jeté :
Le peuple aussitôt sort en armes.
Tout autre aventurier au bruit de ces alarmes
Aurait fui : celui-ci loin de tourner le dos
Veut vendre au moins sa vie, et mourir en héros.
Il fut tout étonné d'ouïr cette cohorte
Le proclamer monarque au lieu de son roi mort.
Il ne se fit prier que de la bonne sorte,
Encor que le fardeau fût, dit-il, un peu fort.
Sixte en disait autant quand on le fit Saint Père.
(Serait-ce bien une misère
Que d'être pape ou d'être roi ?)
On reconnut bientôt son peu de bonne foi.

Fortune aveugle suit aveugle hardiesse.
Le sage quelquefois fait bien d'exécuter,
Avant que de donner le temps à la sagesse
D'envisager le fait, et sans la consulter.

Discours à Monsieur le Duc de la Rochefoucauld

Je me suis souvent dit, voyant de quelle sorte
L'homme agit et qu'il se comporte
En mille occasions comme les animaux :
Le roi de ces gens-là n'a pas moins de défauts
Que ses sujets, et la Nature
A mis dans chaque créature
Quelque grain d'une masse où puisent les esprits :
J'entends les esprits corps, et pétris de matière.
Je vais prouver ce que je dis.

Les Lapins

À l'heure de l'affût, soit lorsque la lumière
Précipite ses traits dans l'humide séjour,
Soit lorsque le soleil rentre dans sa carrière,
Et que, n'étant plus nuit, il n'est pas encor jour,
Au bord de quelque bois sur un arbre je grimpe,
Et, nouveau Jupiter, du haut de cet Olympe,
Je foudroie, à discrétion,
Un lapin qui n'y pensait guère.
Je vois fuir aussitôt toute la nation
Des lapins qui sur la bruyère,
L'œil éveillé, l'oreille au guet,
S'égayaient, et de thym parfumaient leur banquet.
Le bruit du coup fait que la bande
S'en va chercher sa sûreté
Dans la souterraine cité ;
Mais le danger s'oublie, et cette peur si grande
S'évanouit bientôt. Je revois les lapins

Plus gais qu'auparavant revenir sous mes mains.
Ne reconnaît-on pas en cela les humains ?
Dispersés par quelque orage,
À peine ils touchent le port
Qu'ils vont hasarder encor
Même vent, même naufrage.
Vrais lapins, on les revoit
Sous les mains de la Fortune.
Joignons à cet exemple une chose commune.
Quand des chiens étrangers passent par quelque endroit,
Qui n'est pas de leur détroit,
Je laisse à penser quelle fête.
Les chiens du lieu n'ayants en tête
Qu'un intérêt de gueule, à cris, à coups de dents,
Vous accompagnent ces passants
Jusqu'aux confins du territoire.
Un intérêt de biens, de grandeur, et de gloire,
Aux gouverneurs d'États, à certains courtisans,
À gens de tous métiers en fait tout autant faire.
On nous voit tous, pour l'ordinaire,
Piller le survenant, nous jeter sur sa peau.
La coquette et l'auteur sont de ce caractère ;
Malheur à l'écrivain nouveau !
Le moins de gens qu'on peut à l'entour du gâteau,
C'est le droit du jeu, c'est l'affaire.
Cent exemples pourraient appuyer mon discours ;
Mais les ouvrages les plus courts
Sont toujours les meilleurs. En cela j'ai pour guides
Tous les maîtres de l'art, et tiens qu'il faut laisser
Dans les plus beaux sujets quelque chose à penser :
Ainsi ce discours doit cesser.

Vous qui m'avez donné ce qu'il a de solide,
Et dont la modestie égale la grandeur,
Qui ne pûtes jamais écouter sans pudeur
        La louange la plus permise,
        La plus juste et la mieux acquise,
Vous enfin dont à peine ai-je encore obtenu
Que votre nom reçût ici quelques hommages,
Du temps et des censeurs défendant mes ouvrages,
Comme un nom qui, des ans et des peuples connu,
Fait honneur à la France, en grands noms plus féconde
        Qu'aucun climat de l'univers,
Permettez-moi du moins d'apprendre à tout le monde
Que vous m'avez donné le sujet de ces vers.

Le Marchand, le Gentilhomme, le Pâtre et le Fils de Roi

Quatre chercheurs de nouveaux mondes,
Presque nus échappés à la fureur des ondes,
Un Trafiquant, un Noble, un Pâtre, un Fils de roi,
Réduits au sort de Bélisaire,
Demandaient aux passants de quoi
Pouvoir soulager leur misère.
De raconter quel sort les avait assemblés,
Quoique sous divers points tous quatre ils fussent nés,
C'est un récit de longue haleine.
Ils s'assirent enfin au bord d'une fontaine.
Là le conseil se tint entre les pauvres gens.
Le Prince s'étendit sur le malheur des grands.
Le Pâtre fut d'avis qu'éloignant la pensée
De leur aventure passée,
Chacun fît de son mieux et s'appliquât au soin
De pourvoir au commun besoin.
« La plainte, ajouta-t-il, guérit-elle son homme ?
Travaillons ! c'est de quoi nous mener jusqu'à Rome. »
Un pâtre ainsi parler ! Ainsi parler ? croit-on
Que le Ciel n'ait donné qu'aux têtes couronnées
De l'esprit et de la raison,
Et que de tout berger, comme de tout mouton,
Les connaissances soient bornées ?
L'avis de celui-ci fut d'abord trouvé bon
Par les trois échoués au bord de l'Amérique.
L'un (c'était le Marchand) savait l'arithmétique :
« À tant par mois, dit-il, j'en donnerai leçon.
— J'enseignerai la politique »,
Reprit le Fils de roi. Le Noble poursuivit :

« Moi, je sais le blason ; j'en veux tenir école. »
Comme si devers l'Inde, on eût eu dans l'esprit
La sotte vanité de ce jargon frivole.
Le Pâtre dit : « Amis, vous parlez bien ; mais quoi !
Le mois a trente jours ; jusqu'à cette échéance
Jeûnerons-nous, par votre foi ?
Vous me donnez une espérance
Belle, mais éloignée ; et cependant j'ai faim.
Qui pourvoira de nous au dîner de demain ?
Ou plutôt sur quelle assurance
Fondez-vous, dites-moi, le souper d'aujourd'hui ?
Avant tout autre, c'est celui
Dont il s'agit : votre science
Est courte là-dessus : ma main y suppléera. »
À ces mots, le Pâtre s'en va
Dans un bois : il y fit des fagots dont la vente,
Pendant cette journée et pendant la suivante,
Empêcha qu'un long jeûne à la fin ne fît tant
Qu'ils allassent là-bas exercer leur talent.

Je conclus de cette aventure
Qu'il ne faut pas tant d'art pour conserver ses jours,
Et grâce aux dons de la nature,
La main est le plus sûr et le plus prompt secours.

LIVRE ONZIÈME

LE LION

Sultan Léopard autrefois
Eut, ce dit-on, par mainte aubaine,
Force bœufs dans ses prés, force cerfs dans ses bois,
Force moutons parmi la plaine.
Il naquit un Lion dans la forêt prochaine.
Après les compliments et d'une et d'autre part,
Comme entre grands il se pratique,
Le sultan fit venir son vizir le Renard,
Vieux routier, et bon politique.
« Tu crains, ce lui dit-il, Lionceau mon voisin ;
Son père est mort, que peut-il faire ?
Plains plutôt le pauvre orphelin.
Il a chez lui plus d'une affaire,
Et devra beaucoup au Destin
S'il garde ce qu'il a, sans tenter de conquête. »
Le Renard dit, branlant la tête :
« Tels orphelins, Seigneur, ne me font point pitié :
Il faut de celui-ci conserver l'amitié,
Ou s'efforcer de le détruire,
Avant que la griffe et la dent
Lui soit crue, et qu'il soit en état de nous nuire.
N'y perdez pas un seul moment.
J'ai fait son horoscope : il croîtra par la guerre ;
Ce sera le meilleur Lion
Pour ses amis qui soit sur terre :
Tâchez donc d'en être, sinon
Tâchez de l'affaiblir. » La harangue fut vaine.
Le Sultan dormait lors ; et dedans son domaine

Chacun dormait aussi, bêtes, gens : tant qu'enfin
Le Lionceau devient vrai Lion. Le tocsin
Sonne aussitôt sur lui, l'alarme se promène
De toutes parts ; et le Vizir,
Consulté là-dessus dit avec un soupir :
« Pourquoi l'irritez-vous ? La chose est sans remède.
En vain nous appelons mille gens à notre aide :
Plus ils sont, plus il coûte ; et je ne les tiens bons
Qu'à manger leur part des moutons.
Apaisez le Lion : seul il passe en puissance
Ce monde d'alliés vivants sur notre bien.
Le Lion en a trois qui ne lui coûtent rien,
Son courage, sa force, avec sa vigilance.
Jetez-lui promptement sous la griffe un mouton :
S'il n'en est pas content, jetez-en davantage.
Joignez-y quelque bœuf : choisissez pour ce don
Tout le plus gras du pâturage.
Sauvez le reste ainsi. » Ce conseil ne plut pas.
Il en prit mal ; et force États
Voisins du Sultan en pâtirent :
Nul n'y gagna, tous y perdirent.
Quoi que fût ce monde ennemi,
Celui qu'ils craignaient fut le maître.
Proposez-vous d'avoir le Lion pour ami,
Si vous voulez le laisser craître.

LES DIEUX VOULANT INSTRUIRE UN FILS DE JUPITER

POUR MONSEIGNEUR LE DUC DE MAINE

Jupiter eut un fils, qui, se sentant du lieu
Dont il tirait son origine,
Avait l'âme toute divine.
L'enfance n'aime rien : celle du jeune dieu
Faisait sa principale affaire
Des doux soins d'aimer et de plaire.
En lui l'amour et la raison
Devancèrent le temps, dont les ailes légères
N'amènent que trop tôt, hélas ! chaque saison.
Flore aux regards riants, aux charmantes manières,
Toucha d'abord le cœur du jeune Olympien.
Ce que la passion peut inspirer d'adresse,
Sentiments délicats et remplis de tendresse,
Pleurs, soupirs, tout en fut : bref, il n'oublia rien.
Le fils de Jupiter devait par sa naissance
Avoir un autre esprit, et d'autres dons des Cieux,
Que les enfants des autres Dieux.
Il semblait qu'il n'agît que par réminiscence,
Et qu'il eût autrefois fait le métier d'amant,
Tant il le fit parfaitement.
Jupiter cependant voulut le faire instruire.
Il assembla les Dieux, et dit : « J'ai su conduire
Seul et sans compagnon jusqu'ici l'univers,
Mais il est des emplois divers
Qu'aux nouveaux dieux je distribue.
Sur cet enfant chéri j'ai donc jeté la vue :
C'est mon sang ; tout est plein déjà de ses autels.

Afin de mériter le rang des Immortels,
Il faut qu'il sache tout. » Le maître du tonnerre
Eut à peine achevé, que chacun applaudit.
Pour savoir tout, l'enfant n'avait que trop d'esprit.
« Je veux, dit le Dieu de la guerre,
Lui montrer moi-même cet art
Par qui maints héros ont eu part
Aux honneurs de l'Olympe et grossi cet empire.
— Je serai son maître de lyre,
Dit le blond et docte Apollon.
— Et moi, reprit Hercule à la peau de lion,
Son maître à surmonter les vices,
À dompter les transports, monstres empoisonneurs,
Comme hydres renaissants sans cesse dans les cœurs :
Ennemi des molles délices,
Il apprendra de moi les sentiers peu battus
Qui mènent aux honneurs sur les pas des vertus. »
Quand ce vint au Dieu de Cythère,
Il dit qu'il lui montrerait tout.

L'Amour avait raison : de quoi ne vient à bout
L'esprit joint au désir de plaire ?

LE FERMIER, LE CHIEN ET LE RENARD

Le Loup et le Renard sont d'étranges voisins :
Je ne bâtirai point autour de leur demeure.
Ce dernier guettait à toute heure
Les poules d'un Fermier ; et quoique des plus fins,
Il n'avait pu donner d'atteinte à la volaille.
D'une part l'appétit, de l'autre le danger,
N'étaient pas au compère un embarras léger.
« Hé quoi ! dit-il, cette canaille
Se moque impunément de moi ?
Je vais, je viens, je me travaille,
J'imagine cent tours ; le rustre, en paix chez soi,
Vous fait argent de tout, convertit en monnoie
Ses chapons, sa poulaille ; il en a même au croc :
Et moi, maître passé, quand j'attrape un vieux coq,
Je suis au comble de la joie !
Pourquoi sire Jupin m'a-t-il donc appelé
Au métier de Renard ? Je jure les puissances
De l'Olympe et du Styx, il en sera parlé. »
Roulant en son cœur ces vengeances,
Il choisit une nuit libérale en pavots :
Chacun était plongé dans un profond repos ;
Le maître du logis, les valets, le chien même,
Poules, poulets, chapons, tout dormait. Le Fermier,
Laissant ouvert son poulailler,
Commit une sottise extrême.
Le voleur tourne tant qu'il entre au lieu guetté,
Le dépeuple, remplit de meurtres la cité.
Les marques de sa cruauté
Parurent avec l'aube : on vit un étalage

De corps sanglants et de carnage.
Peu s'en fallut que le Soleil
Ne rebroussât d'horreur vers le manoir liquide.
Tel, et d'un spectacle pareil,
Apollon irrité contre le fier Atride
Joncha son camp de morts : on vit presque détruit
L'ost des Grecs, et ce fut l'ouvrage d'une nuit.
Tel encore autour de sa tente
Ajax, à l'âme impatiente,
De moutons et de boucs fit un vaste débris,
Croyant tuer en eux son concurrent Ulysse
Et les auteurs de l'injustice
Par qui l'autre emporta le prix.
Le Renard, autre Ajax, aux volailles funeste,
Emporte ce qu'il peut, laisse étendu le reste.
Le maître ne trouva de recours qu'à crier
Contre ses gens, son chien, c'est l'ordinaire usage.
« Ah ! maudit animal, qui n'es bon qu'à noyer,
Que n'avertissais-tu dès l'abord du carnage ?
— Que ne l'évitiez-vous ? c'eût été plus tôt fait :
Si vous, maître et fermier, à qui touche le fait,
Dormez sans avoir soin que la porte soit close,
Voulez-vous que moi chien qui n'ai rien à la chose,
Sans aucun intérêt je perde le repos ? »
Ce Chien parlait très à propos :
Son raisonnement pouvait être
Fort bon dans la bouche d'un maître ;
Mais, n'étant que d'un simple chien,
On trouva qu'il ne valait rien.
On vous sangla le pauvre drille.

Toi donc, qui que tu sois, ô père de famille
(Et je ne t'ai jamais envié cet honneur),
T'attendre aux yeux d'autrui quand tu dors, c'est erreur.
Couche-toi le dernier, et vois fermer ta porte.
Que si quelque affaire t'importe,
Ne la fais point par procureur.

LE SONGE D'UN HABITANT DU MOGOL

Jadis certain Mogol vit en songe un Vizir
Aux Champs Élysiens possesseur d'un plaisir
Aussi pur qu'infini, tant en prix qu'en durée ;
Le même songeur vit en une autre contrée
Un Ermite entouré de feux,
Qui touchait de pitié même les malheureux.
Le cas parut étrange, et contre l'ordinaire :
Minos en ces deux morts semblait s'être mépris.
Le dormeur s'éveilla, tant il en fut surpris.
Dans ce songe pourtant soupçonnant du mystère,
Il se fit expliquer l'affaire.
L'interprète lui dit : « Ne vous étonnez point ;
Votre songe a du sens ; et, si j'ai sur ce point
Acquis tant soit peu d'habitude,
C'est un avis des Dieux. Pendant l'humain séjour,
Ce Vizir quelquefois cherchait la solitude ;
Cet Ermite aux Vizirs allait faire sa cour. »

Si j'osais ajouter au mot de l'interprète,
J'inspirerais ici l'amour de la retraite :
Elle offre à ses amants des biens sans embarras,

Biens purs, présents du Ciel, qui naissent sous les pas.
Solitude où je trouve une douceur secrète,
Lieux que j'aimai toujours, ne pourrai-je jamais,
Loin du monde et du bruit, goûter l'ombre et le frais ?
Oh ! qui m'arrêtera sous vos sombres asiles !
Quand pourront les neuf Sœurs, loin des cours et des villes,
M'occuper tout entier, et m'apprendre des Cieux
Les divers mouvements inconnus à nos yeux,
Les noms et les vertus de ces clartés errantes
Par qui sont nos destins et nos mœurs différentes !
Que si je ne suis né pour de si grands projets,
Du moins que les ruisseaux m'offrent de doux objets !
Que je peigne en mes vers quelque rive fleurie !
La Parque à filets d'or n'ourdira point ma vie ;
Je ne dormirai point sous de riches lambris ;
Mais voit-on que le somme en perde de son prix ?
En est-il moins profond, et moins plein de délices ?
Je lui voue au désert de nouveaux sacrifices.
Quand le moment viendra d'aller trouver les morts,
J'aurai vécu sans soins, et mourrai sans remords.

LE LION, LE SINGE ET LES DEUX ÂNES

Le Lion, pour bien gouverner,
Voulant apprendre la morale,
Se fit un beau jour amener
Le Singe maître ès arts chez la gent animale.
La première leçon que donna le régent
Fut celle-ci : « Grand Roi, pour régner sagement,
Il faut que tout prince préfère
Le zèle de l'État à certain mouvement
Qu'on appelle communément
Amour-propre ; car c'est le père,
C'est l'auteur de tous les défauts
Que l'on remarque aux animaux.
Vouloir que de tout point ce sentiment vous quitte,
Ce n'est pas chose si petite
Qu'on en vienne à bout en un jour :
C'est beaucoup de pouvoir modérer cet amour.
Par là, votre personnage auguste
N'admettra jamais rien en soi
De ridicule ni d'injuste.
— Donne-moi, repartit le Roi,
Des exemples de l'un et l'autre.
— Toute espèce, dit le docteur,
(Et je commence par la nôtre)
Toute profession s'estime dans son cœur,
Traite les autres d'ignorantes,
Les qualifie impertinentes,
Et semblables discours qui ne nous coûtent rien.
L'amour-propre, au rebours, fait qu'au degré suprême
On porte ses pareils ; car c'est un bon moyen

De s'élever aussi soi-même.
De tout ce que dessus, j'argumente très bien
Qu'ici-bas maint talent n'est que pure grimace,
Cabale, et certain art de se faire valoir,
Mieux su des ignorants que des gens de savoir.

L'autre jour, suivant à la trace
Deux Ânes qui, prenant tour à tour l'encensoir
Se louaient tour à tour, comme c'est la manière,
J'ouïs que l'un des deux disait à son confrère :
"Seigneur, trouvez-vous pas bien injuste et bien sot
L'homme, cet animal si parfait ? Il profane
Notre auguste nom, traitant d'âne
Quiconque est ignorant, d'esprit lourd, idiot :
Il abuse encore d'un mot,
Et traite notre rire, et nos discours de braire.
Les humains sont plaisants de prétendre exceller
Par-dessus nous ; non, non ; c'est à vous de parler,
À leurs orateurs de se taire :
Voilà les vrais braillards ; mais laissons là ces gens :
Vous m'entendez, je vous entends :
Il suffit. Et quant aux merveilles
Dont votre divin chant vient frapper les oreilles,
Philomèle est au prix novice dans cet art :
Vous surpassez Lambert." L'autre Baudet repart :
"Seigneur, j'admire en vous des qualités pareilles."
Ces Ânes, non contents de s'être ainsi grattés,
S'en allèrent dans les cités
L'un l'autre se prôner : chacun d'eux croyait faire,
En prisant ses pareils, une fort bonne affaire,
Prétendant que l'honneur en reviendrait sur lui.

J'en connais beaucoup aujourd'hui,
Non parmi les baudets, mais parmi les puissances
Que le Ciel voulut mettre en de plus hauts degrés,
Qui changeraient entre eux les simples excellences,
S'ils osaient, en des majestés.
J'en dis peut-être plus qu'il ne faut, et suppose
Que Votre Majesté gardera le secret.
Elle avait souhaité d'apprendre quelque trait
Qui lui fît voir entre autre chose
L'amour-propre donnant du ridicule aux gens.
L'injuste aura son tour : il y faut plus de temps. »
Ainsi parla ce Singe. On ne m'a pas su dire
S'il traita l'autre point ; car il est délicat ;
Et notre maître ès arts, qui n'était pas un fat,
Regardait ce Lion comme un terrible sire.

LE LOUP ET LE RENARD

Mais d'où vient qu'au Renard Ésope accorde un point,
C'est d'exceller en tours pleins de matoiserie ?
J'en cherche la raison, et ne la trouve point.
Quand le Loup a besoin de défendre sa vie,
Ou d'attaquer celle d'autrui,
N'en sait-il pas autant que lui ?
Je crois qu'il en sait plus ; et j'oserais peut-être
Avec quelque raison contredire mon maître.
Voici pourtant un cas où tout l'honneur échut
À l'hôte des terriers. Un soir il aperçut
La lune au fond d'un puits : l'orbiculaire image
Lui parut un ample fromage.
Deux seaux alternativement
Puisaient le liquide élément :
Notre Renard, pressé par une faim canine,
S'accommode en celui qu'au haut de la machine
L'autre seau tenait suspendu.
Voilà l'animal descendu,
Tiré d'erreur, mais fort en peine,
Et voyant sa perte prochaine.
Car comment remonter, si quelque autre affamé,
De la même image charmé,
Et succédant à sa misère,
Par le même chemin ne le tirait d'affaire ?
Deux jours s'étaient passés sans qu'aucun vînt au puits.
Le temps qui toujours marche avait pendant deux nuits
Échancré selon l'ordinaire
De l'astre au front d'argent la face circulaire.

Sire Renard était désespéré.
Compère Loup, le gosier altéré,
Passe par là. L'autre dit : « Camarade,
Je veux vous régaler : voyez-vous cet objet ?
C'est un fromage exquis. Le dieu Faune l'a fait,
La vache Io donna le lait.
Jupiter, s'il était malade,
Reprendrait l'appétit en tâtant d'un tel mets.
J'en ai mangé cette échancrure,
Le reste vous sera suffisante pâture.
Descendez dans un seau que j'ai mis là exprès. »
Bien qu'au moins mal qu'il pût il ajustât l'histoire,
Le Loup fut un sot de le croire.
Il descend, et son poids, emportant l'autre part,
Reguinde en haut Maître Renard.
Ne nous en moquons point : nous nous laissons séduire
Sur aussi peu de fondement ;
Et chacun croit fort aisément
Ce qu'il craint et ce qu'il désire.

LE PAYSAN DU DANUBE

Il ne faut point juger des gens sur l'apparence.
Le conseil en est bon ; mais il n'est pas nouveau.
Jadis l'erreur du Souriceau
Me servit à prouver le discours que j'avance.
J'ai, pour le fonder à présent,
Le bon Socrate, Ésope, et certain Paysan
Des rives du Danube, homme dont Marc Aurèle
Nous fait un portrait fort fidèle.

On connaît les premiers : quant à l'autre, voici
Le personnage en raccourci.
Son menton nourrissait une barbe touffue,
Toute sa personne velue
Représentait un ours, mais un ours mal léché.
Sous un sourcil épais il avait l'œil caché,
Le regard de travers, nez tortu, grosse lèvre,
Portait sayon de poil de chèvre,
Et ceinture de joncs marins.
Cet homme ainsi bâti fut député des villes
Que lave le Danube : il n'était point d'asiles
Où l'avarice des Romains
Ne pénétrât alors, et ne portât les mains.
Le député vint donc, et fit cette harangue :
« Romains, et vous, Sénat, assis pour m'écouter,
Je supplie avant tout les Dieux de m'assister :
Veuillent les Immortels, conducteurs de ma langue,
Que je ne dise rien qui doive être repris.
Sans leur aide, il ne peut entrer dans les esprits
Que tout mal et toute injustice :
Faute d'y recourir, on viole leurs lois.
Témoin nous, que punit la romaine avarice :
Rome est par nos forfaits, plus que par ses exploits,
L'instrument de notre supplice.
Craignez, Romains, craignez que le Ciel quelque jour
Ne transporte chez vous les pleurs et la misère ;
Et mettant en nos mains, par un juste retour,
Les armes dont se sert sa vengeance sévère,
Il ne vous fasse en sa colère
Nos esclaves à votre tour.
Et pourquoi sommes-nous les vôtres ? Qu'on me die

En quoi vous valez mieux que cent peuples divers.
Quel droit vous a rendus maîtres de l'univers ?
Pourquoi venir troubler une innocente vie ?
Nous cultivions en paix d'heureux champs, et nos mains
Étaient propres aux arts ainsi qu'au labourage :
Qu'avez-vous appris aux Germains ?
Ils ont l'adresse et le courage ;
S'ils avaient eu l'avidité,
Comme vous, et la violence,
Peut-être en votre place ils auraient la puissance,
Et sauraient en user sans inhumanité.
Celle que vos préteurs ont sur nous exercée
N'entre qu'à peine en la pensée.
La majesté de vos autels
Elle-même en est offensée ;
Car sachez que les Immortels
Ont les regards sur nous. Grâces à vos exemples,
Ils n'ont devant les yeux que des objets d'horreur,
De mépris d'eux, et de leurs temples,
D'avarice qui va jusques à la fureur.
Rien ne suffit aux gens qui nous viennent de Rome ;
La terre et le travail de l'homme
Font pour les assouvir des efforts superflus.
Retirez-les : on ne veut plus
Cultiver pour eux les campagnes ;
Nous quittons les cités, nous fuyons aux montagnes ;
Nous laissons nos chères compagnes ;
Nous ne conversons plus qu'avec des ours affreux,
Découragés de mettre au jour des malheureux,
Et de peupler pour Rome un pays qu'elle opprime.
Quant à nos enfants déjà nés,

Nous souhaitons de voir leurs jours bientôt bornés :
Vos préteurs au malheur nous font joindre le crime.
Retirez-les : ils ne nous apprendront
Que la mollesse et que le vice ;
Les Germains comme eux deviendront
Gens de rapine et d'avarice.
C'est tout ce que j'ai vu dans Rome à mon abord :
N'a-t-on point de présent à faire ?
Point de pourpre à donner ? C'est en vain qu'on espère
Quelque refuge aux lois : encor leur ministère
A-t-il mille longueurs. Ce discours, un peu fort
Doit commencer à vous déplaire.
Je finis. Punissez de mort
Une plainte un peu trop sincère. »
À ces mots, il se couche ; et chacun étonné
Admire le grand cœur, le bon sens, l'éloquence
Du sauvage ainsi prosterné.
On le créa patrice ; et ce fut la vengeance
Qu'on crut qu'un tel discours méritait. On choisit
D'autres préteurs, et par écrit
Le Sénat demanda ce qu'avait dit cet homme,
Pour servir de modèle aux parleurs à venir.
On ne sut pas longtemps à Rome
Cette éloquence entretenir.

LE VIEILLARD ET LES TROIS JEUNES HOMMES

Un octogénaire plantait.
« Passe encor de bâtir ; mais planter à cet âge ! »
Disaient trois jouvenceaux, enfants du voisinage ;
Assurément il radotait.
« Car, au nom des Dieux, je vous prie,
Quel fruit de ce labeur pouvez-vous recueillir ?
Autant qu'un patriarche il vous faudrait vieillir.
À quoi bon charger votre vie
Des soins d'un avenir qui n'est pas fait pour vous ?
Ne songez désormais qu'à vos erreurs passées :
Quittez le long espoir et les vastes pensées ;
Tout cela ne convient qu'à nous.
— Il ne convient pas à vous-mêmes,
Repartit le Vieillard. Tout établissement
Vient tard et dure peu. La main des Parques blêmes
De vos jours et des miens se joue également.
Nos termes sont pareils par leur courte durée.
Qui de nous des clartés de la voûte azurée
Doit jouir le dernier ? Est-il aucun moment
Qui vous puisse assurer d'un second seulement ?
Mes arrière-neveux me devront cet ombrage :
Eh bien ! défendez-vous au sage
De se donner des soins pour le plaisir d'autrui ?
Cela même est un fruit que je goûte aujourd'hui :
J'en puis jouir demain, et quelques jours encore ;
Je puis enfin compter l'aurore
Plus d'une fois sur vos tombeaux. »
Le Vieillard eut raison ; l'un des trois jouvenceaux

Se noya dès le port allant à l'Amérique ;
L'autre, afin de monter aux grandes dignités,
Dans les emplois de Mars servant la République,
Par un coup imprévu vit ses jours emportés.
Le troisième tomba d'un arbre
Que lui-même il voulut enter ;
Et pleurés du Vieillard, il grava sur leur marbre
Ce que je viens de raconter.

LES SOURIS ET LE CHAT-HUANT

Il ne faut jamais dire aux gens :
« Écoutez un bon mot, oyez une merveille. »
Savez-vous si les écoutants
En feront une estime à la vôtre pareille ?
Voici pourtant un cas qui peut être excepté :
Je le maintiens prodige, et tel que d'une fable
Il a l'air et les traits, encor que véritable.

On abattit un pin pour son antiquité,
Vieux palais d'un Hibou, triste et sombre retraite
De l'oiseau qu'Atropos prend pour son interprète.
Dans son tronc caverneux, et miné par le temps,
Logeaient, entre autres habitants,
Force Souris sans pieds, toutes rondes de graisse.
L'Oiseau les nourrissait parmi des tas de blé,
Et de son bec avait leur troupeau mutilé ;
Cet Oiseau raisonnait, il faut qu'on le confesse.
En son temps aux Souris le compagnon chassa.
Les premières qu'il prit du logis échappées,

Pour y remédier, le drôle estropia
Tout ce qu'il prit ensuite. Et leurs jambes coupées
Firent qu'il les mangeait à sa commodité,
Aujourd'hui l'une, et demain l'autre.
Tout manger à la fois, l'impossibilité
S'y trouvait, joint aussi le soin de sa santé.
Sa prévoyance allait aussi loin que la nôtre :
Elle allait jusqu'à leur porter
Vivres et grains pour subsister.
Puis, qu'un Cartésien s'obstine
À traiter ce Hibou de montre et de machine !
Quel ressort lui pouvait donner
Le conseil de tronquer un peuple mis en mue ?
Si ce n'est pas là raisonner,
La raison m'est chose inconnue.
Voyez que d'arguments il fit :
« Quand ce peuple est pris, il s'enfuit :
Donc il faut le croquer aussitôt qu'on le happe.
Tout : il est impossible. Et puis, pour le besoin
N'en dois-je pas garder ? Donc il faut avoir soin
De le nourrir sans qu'il échappe.
Mais comment ? Ôtons-lui les pieds. » Or, trouvez-moi
Chose par les humains à sa fin mieux conduite.
Quel autre art de penser Aristote et sa suite
Enseignent-ils, par votre foi ?

Livre douzième

Les Compagnons d'Ulysse

À Monseigneur le duc de Bourgogne

Prince, l'unique objet du soin des Immortels,
Souffrez que mon encens parfume vos autels.
Je vous offre un peu tard ces présents de ma Muse ;
Les ans et les travaux me serviront d'excuse :
Mon esprit diminue, au lieu qu'à chaque instant
On aperçoit le vôtre aller en augmentant.
Il ne va pas, il court, il semble avoir des ailes.
Le héros dont il tient des qualités si belles
Dans le métier de Mars brûle d'en faire autant :
Il ne tient pas à lui que, forçant la victoire,
Il ne marche à pas de géant
Dans la carrière de la gloire.
Quelque Dieu le retient : c'est notre souverain,
Lui qu'un mois a rendu maître et vainqueur du Rhin ;
Cette rapidité fut alors nécessaire :
Peut-être elle serait aujourd'hui téméraire.
Je m'en tais ; aussi bien les Ris et les Amours
Ne sont pas soupçonnés d'aimer les longs discours.
De ces sortes de dieux votre cour se compose.
Ils ne vous quittent point. Ce n'est pas qu'après tout
D'autres divinités n'y tiennent le haut bout :
Le Sens et la Raison y règlent toute chose.
Consultez ces derniers sur un fait où les Grecs,
Imprudents et peu circonspects,
S'abandonnèrent à des charmes
Qui métamorphosaient en bêtes les humains.
Les Compagnons d'Ulysse, après dix ans d'alarmes,

Erraient au gré du vent, de leur sort incertains.
Ils abordèrent un rivage
Où la fille du dieu du jour,
Circé, tenait alors sa cour.
Elle leur fit prendre un breuvage
Délicieux, mais plein d'un funeste poison.
D'abord ils perdent la raison ;
Quelques moments après, leur corps et leur visage
Prennent l'air et les traits d'animaux différents.
Les voilà devenus ours, lions, éléphants ;
Les uns sous une masse énorme,
Les autres sous une autre forme ;
Il s'en vit de petits, *exemplum, ut talpa.*
Le seul Ulysse en échappa.
Il sut se défier de la liqueur traîtresse.
Comme il joignait à la sagesse
La mine d'un héros et le doux entretien,
Il fit tant que l'enchanteresse
Prit un autre poison peu différent du sien.
Une déesse dit tout ce qu'elle a dans l'âme :
Celle-ci déclara sa flamme.
Ulysse était trop fin pour ne pas profiter
D'une pareille conjoncture.
Il obtint qu'on rendrait à ces Grecs leur figure.
« Mais la voudront-ils bien, dit la Nymphe, accepter ?
Allez le proposer de ce pas à la troupe. »
Ulysse y court, et dit : « L'empoisonneuse coupe
À son remède encore ; et je viens vous l'offrir :
Chers amis, voulez-vous hommes redevenir ?
On vous rend déjà la parole. »
Le Lion dit, pensant rugir :

« Je n'ai pas la tête si folle ;
Moi renoncer aux dons que je viens d'acquérir !
J'ai griffe et dent, et mets en pièces qui m'attaque.
Je suis roi : deviendrai-je un citadin d'Ithaque ?
Tu me rendras peut-être encor simple soldat :
Je ne veux point changer d'état. »
Ulysse du Lion court à l'Ours : « Eh ! mon frère,
Comme te voilà fait ! je t'ai vu si joli !
— Ah ! vraiment nous y voici,
Reprit l'Ours à sa manière.
Comme me voilà fait ? comme doit être un ours.
Qui t'a dit qu'une forme est plus belle qu'une autre ?
Est-ce à la tienne à juger de la nôtre ?
Je me rapporte aux yeux d'une Ourse mes amours.
Te déplais-je ? va-t'en, suis ta route et me laisse :
Je vis libre, content, sans nul soin qui me presse ;
Et te dis tout net et tout plat :
Je ne veux point changer d'état. »
Le prince grec au Loup va proposer l'affaire ;
Il lui dit, au hasard d'un semblable refus :
« Camarade, je suis confus
Qu'une jeune et belle bergère
Conte aux échos les appétits gloutons
Qui t'ont fait manger ses moutons.
Autrefois on t'eût vu sauver sa bergerie :
Tu menais une honnête vie.
Quitte ces bois, et redeviens,
Au lieu de loup, homme de bien.
— En est-il ? dit le Loup. Pour moi, je n'en vois guère.
Tu t'en viens me traiter de bête carnassière :
Toi qui parles, qu'es-tu ? N'auriez-vous pas sans moi

Mangé ces animaux que plaint tout le village ?
Si j'étais homme, par ta foi,
Aimerais-je moins le carnage ?
Pour un mot quelquefois vous vous étranglez tous :
Ne vous êtes-vous pas l'un à l'autre des loups ?
Tout bien considéré, je te soutiens en somme
Que scélérat pour scélérat,
Il vaut mieux être un loup qu'un homme :
Je ne veux point changer d'état. »
Ulysse fit à tous une même semonce,
Chacun d'eux fit même réponse,
Autant le grand que le petit.
La liberté, les bois, suivre leur appétit,
C'était leurs délices suprêmes :
Tous renonçaient au los des belles actions.
Ils croyaient s'affranchir suivant leurs passions,
Ils étaient esclaves d'eux-mêmes.
Prince, j'aurais voulu vous choisir un sujet
Où je pusse mêler le plaisant à l'utile :
C'était sans doute un beau projet
Si ce choix eût été facile.
Les Compagnons d'Ulysse enfin se sont offerts.
Ils ont force pareils en ce bas univers :
Gens à qui j'impose pour peine
Votre censure et votre haine.

Le Chat et les deux Moineaux

À Monseigneur le duc de Bourgogne

Un Chat contemporain d'un fort jeune Moineau
Fut logé près de lui dès l'âge du berceau ;
La cage et le panier avaient mêmes pénates.
Le Chat était souvent agacé par l'oiseau :
L'un s'escrimait du bec, l'autre jouait des pattes.
Ce dernier toutefois épargnait son ami.
Ne le corrigeant qu'à demi
Il se fût fait un grand scrupule
D'armer de pointes sa férule.
Le Passereau moins circonspect,
Lui donnait force coups de bec.
En sage et discrète personne,
Maître Chat excusait ces jeux :
Entre amis, il ne faut jamais qu'on s'abandonne
Aux traits d'un courroux sérieux.
Comme ils se connaissaient tous deux dès leur bas âge,
Une longue habitude en paix les maintenait ;
Jamais en vrai combat le jeu ne se tournait ;
Quand un Moineau du voisinage
S'en vint les visiter, et se fit compagnon
Du pétulant Pierrot et du sage Raton.
Entre les deux oiseaux, il arriva querelle ;
Et Raton de prendre parti.
« Cet inconnu, dit-il, nous la vient donner belle
D'insulter ainsi notre ami !
Le Moineau du voisin viendra manger le nôtre ?
Non, de par tous les chats ! » Entrant lors au combat,
Il croque l'étranger. « Vraiment, dit Maître Chat,
Les moineaux ont un goût exquis et délicat ! »

Cette réflexion fit aussi croquer l'autre.
Quelle morale puis-je inférer de ce fait ?
Sans cela toute fable est un œuvre imparfait.
J'en crois voir quelques traits ; mais leur ombre m'abuse,
Prince, vous les aurez incontinent trouvés :
Ce sont des jeux pour vous, et non point pour ma Muse ;
Elle et ses Sœurs n'ont pas l'esprit que vous avez.

Du Thésauriseur et du Singe

Un homme accumulait. On sait que cette erreur
Va souvent jusqu'à la fureur.
Celui-ci ne songeait que ducats et pistoles.
Quand ces biens sont oisifs, je tiens qu'ils sont frivoles.
Pour sûreté de son trésor,
Notre Avare habitait un lieu dont Amphitrite
Défendait aux voleurs de toutes parts l'abord.
Là, d'une volupté selon moi fort petite,
Et selon lui fort grande, il entassait toujours :
Il passait les nuits et les jours
À compter, calculer, supputer sans relâche,
Calculant, supputant, comptant comme à la tâche :
Car il trouvait toujours du mécompte à son fait.
Un gros Singe plus sage, à mon sens, que son maître,
Jetait quelque doublon toujours par la fenêtre
Et rendait le compte imparfait :
La chambre, bien cadenassée,
Permettait de laisser l'argent sur le comptoir.
Un beau jour dom Bertrand se mit dans la pensée
D'en faire un sacrifice au liquide manoir.

Quant à moi, lorsque je compare
Les plaisirs de ce Singe à ceux de cet Avare,
Je ne sais bonnement auxquels donner le prix.
Dom Bertrand gagnerait près de certains esprits ;
Les raisons en seraient trop longues à déduire.
Un jour donc l'animal, qui ne songeait qu'à nuire,
Détachait du monceau, tantôt quelque doublon,
Un jacobus, un ducaton,
Et puis quelque noble à la rose ;
Éprouvait son adresse et sa force à jeter
Ces morceaux de métal qui se font souhaiter
Par les humains sur toute chose.
S'il n'avait entendu son compteur à la fin
Mettre la clef dans la serrure,
Les ducats auraient tous pris le même chemin,
Et couru la même aventure ;
Il les aurait fait tous voler jusqu'au dernier
Dans le gouffre enrichi par maint et maint naufrage.
Dieu veuille préserver maint et maint financier
Qui n'en fait pas meilleur usage.

Les deux Chèvres

Dès que les Chèvres ont brouté,
Certain esprit de liberté
Leur fait chercher fortune ; elles vont en voyage
Vers les endroits du pâturage
Les moins fréquentés des humains.
Là, s'il est quelque lieu sans route et sans chemins,

Un rocher, quelque mont pendant en précipices,
C'est où ces dames vont promener leurs caprices ;
Rien ne peut arrêter cet animal grimpant.
Deux Chèvres donc s'émancipant,
Toutes deux ayant patte blanche,
Quittèrent les bas prés, chacune de sa part.
L'une vers l'autre allait pour quelque bon hasard.
Un ruisseau se rencontre, et pour pont une planche.
Deux belettes à peine auraient passé de front
Sur ce pont ;
D'ailleurs, l'onde rapide et le ruisseau profond
Devaient faire trembler de peur ces amazones.
Malgré tant de dangers, l'une de ces personnes
Pose un pied sur la planche, et l'autre en fait autant.
Je m'imagine voir avec Louis le Grand
Philippe Quatre qui s'avance
Dans l'île de la Conférence.
Ainsi s'avançaient pas à pas,
Nez à nez, nos aventurières,
Qui, toutes deux étant fort fières,
Vers le milieu du pont ne se voulurent pas
L'une à l'autre céder. Elles avaient la gloire
De compter dans leur race (à ce que dit l'histoire)
L'une certaine Chèvre au mérite sans pair
Dont Polyphème fit présent à Galatée,
Et l'autre la chèvre Amalthée,
Par qui fut nourri Jupiter.
Faute de reculer, leur chute fut commune ;
Toutes deux tombèrent dans l'eau.
Cet accident n'est pas nouveau
Dans le chemin de la Fortune.

À MONSEIGNEUR LE DUC DE BOURGOGNE
QUI AVAIT DEMANDÉ À M. DE LA FONTAINE UNE FABLE QUI FÛT NOMMÉE *LE CHAT ET LA SOURIS*

Pour plaire au jeune Prince à qui la Renommée
Destine un temple en mes écrits,
Comment composerai-je une fable nommée
Le Chat et la Souris ?

Dois-je représenter dans ces vers une belle
Qui, douce en apparence, et toutefois cruelle,
Va se jouant des cœurs que ses charmes ont pris
Comme le Chat et la Souris ?

Prendrai-je pour sujet les jeux de la Fortune ?
Rien ne lui convient mieux, et c'est chose commune
Que de lui voir traiter ceux qu'on croit ses amis
Comme le Chat fait la Souris.
Introduirai-je un Roi qu'entre ses favoris
Elle respecte seul, Roi qui fixe sa roue,
Qui n'est point empêché d'un monde d'ennemis,
Et qui des plus puissants, quand il lui plaît, se joue
Comme le Chat de la Souris ?
Mais insensiblement, dans le tour que j'ai pris,
Mon dessein se rencontre ; et si je ne m'abuse,
Je pourrais tout gâter par de plus longs récits.
Le jeune Prince alors se jouerait de ma Muse
Comme le Chat de la Souris.

LE VIEUX CHAT ET LA JEUNE SOURIS

Une jeune Souris de peu d'expérience
Crut fléchir un vieux Chat, implorant sa clémence,
Et payant de raisons le Raminagrobis :
« Laissez-moi vivre : une souris
De ma taille et de ma dépense
Est-elle à charge en ce logis ?
Affamerais-je, à votre avis,
L'hôte et l'hôtesse, et tout leur monde ?
D'un grain de blé je me nourris ;
Une noix me rend toute ronde.
À présent je suis maigre ; attendez quelque temps.
Réservez ce repas à Messieurs vos enfants. »
Ainsi parlait au Chat la Souris attrapée.
L'autre lui dit : « Tu t'es trompée.
Est-ce à moi que l'on tient de semblables discours ?
Tu gagnerais autant de parler à des sourds.
Chat, et vieux, pardonner ? cela n'arrive guères.
Selon ces lois, descends là-bas,
Meurs, et va-t'en, tout de ce pas,
Haranguer les Sœurs filandières.
Mes enfants trouveront assez d'autres repas. »
Il tint parole ; et pour ma fable
Voici le sens moral qui peut y convenir :
La jeunesse se flatte, et croit tout obtenir ;
La vieillesse est impitoyable.

LE CERF MALADE

En pays pleins de cerfs un Cerf tomba malade.
Incontinent maint camarade
Accourt à son grabat le voir, le secourir,
Le consoler du moins : multitude importune.
« Eh ! Messieurs, laissez-moi mourir.
Permettez qu'en forme commune
La Parque m'expédie, et finissez vos pleurs. »
Point du tout : les consolateurs
De ce triste devoir tout au long s'acquittèrent ;
Quand il plut à Dieu s'en allèrent.
Ce ne fut pas sans boire un coup,
C'est-à-dire sans prendre un droit de pâturage.
Tout se mit à brouter les bois du voisinage.
La pitance du Cerf en déchut de beaucoup ;
Il ne trouva plus rien à frire.
D'un mal il tomba dans un pire,
Et se vit réduit à la fin
À jeûner et mourir de faim.

Il en coûte à qui vous réclame,
Médecins du corps et de l'âme.
Ô temps, ô mœurs ! J'ai beau crier,
Tout le monde se fait payer.

LA CHAUVE-SOURIS, LE BUISSON ET LE CANARD

Le Buisson, le Canard et la Chauve-Souris,
Voyant tous trois qu'en leur pays
Ils faisaient petite fortune,
Vont trafiquer au loin, et font bourse commune.
Ils avaient des comptoirs, des facteurs, des agents
Non moins soigneux qu'intelligents,
Des registres exacts de mise et de recette.
Tout allait bien ; quand leur emplette,
En passant par certains endroits
Remplis d'écueils, et fort étroits,
Et de trajet très difficile,
Alla tout emballée au fond des magasins
Qui du Tartare sont voisins.
Notre trio poussa maint regret inutile ;
Ou plutôt il n'en poussa point :
Le plus petit marchand est savant sur ce point ;
Pour sauver son crédit, il faut cacher sa perte.
Celle que par malheur nos gens avaient soufferte
Ne put se réparer : le cas fut découvert.
Les voilà sans crédit, sans argent, sans ressource,
Prêts à porter le bonnet vert.
Aucun ne leur ouvrit sa bourse.
Et le sort principal, et les gros intérêts,
Et les sergents, et les procès,
Et le créancier à la porte,
Dès devant la pointe du jour,
N'occupaient le trio qu'à chercher maint détour
Pour contenter cette cohorte.
Le Buisson accrochait les passants à tous coups.

« Messieurs, leur disait-il, de grâce, apprenez-nous
En quel lieu sont les marchandises
Que certains gouffres nous ont prises. »
Le Plongeon sous les eaux s'en allait les chercher.
L'Oiseau Chauve-Souris n'osait plus approcher
Pendant le jour nulle demeure :
Suivi de sergents à toute heure,
En des trous il s'allait cacher.

Je connais maint detteur qui n'est ni souris-chauve,
Ni buisson, ni canard, ni dans tel cas tombé,
Mais simple grand seigneur, qui tous les jours se sauve
Par un escalier dérobé.

LA QUERELLE DES CHIENS ET DES CHATS, ET CELLE DES CHATS ET DES SOURIS

La Discorde a toujours régné dans l'univers ;
Notre monde en fournit mille exemples divers :
Chez nous cette déesse a plus d'un tributaire.
Commençons par les Éléments :
Vous serez étonnés de voir qu'à tous moments
Ils seront appointés contraire.
Outre ces quatre potentats,
Combien d'êtres de tous états
Se font une guerre éternelle !

Autrefois un logis plein de Chiens et de Chats,
Par cent arrêts rendus en forme solennelle,
Vit terminer tous leurs débats.
Le maître ayant réglé leurs emplois, leurs repas,

Et menacé du fouet quiconque aurait querelle,
Ces animaux vivaient entre eux comme cousins.
Cette union si douce, et presque fraternelle,
Édifiait tous les voisins.
Enfin elle cessa. Quelque plat de potage,
Quelque os par préférence à quelqu'un d'eux donné,
Fit que l'autre parti s'en vint tout forcené
Représenter un tel outrage.
J'ai vu des chroniqueurs attribuer le cas
Aux passe-droits qu'avait une Chienne en gésine.
Quoi qu'il en soit, cet altercas
Mit en combustion la salle et la cuisine ;
Chacun se déclara pour son Chat, pour son Chien.
On fit un règlement dont les Chats se plaignirent,
Et tout le quartier étourdirent.
Leur avocat disait qu'il fallait bel et bien
Recourir aux arrêts. En vain ils les cherchèrent.
Dans un coin où d'abord leurs agents les cachèrent,
Les Souris enfin les mangèrent.
Autre procès nouveau. Le peuple souriquois
En pâtit. Maint vieux Chat, fin, subtil, et narquois,
Et d'ailleurs en voulant à toute cette race,
Les guetta, les prit, fit main basse.
Le maître du logis ne s'en trouva que mieux.
J'en reviens à mon dire. On ne voit sous les cieux
Nul animal, nul être, aucune créature,
Qui n'ait son opposé : c'est la loi de nature.
D'en chercher la raison, ce sont soins superflus.
Dieu fit bien ce qu'il fit, et je n'en sais pas plus.
Ce que je sais, c'est qu'aux grosses paroles

On en vient sur un rien, plus des trois quarts du temps.
Humains, il vous faudrait encore à soixante ans
Renvoyer chez les barbacoles.

LE LOUP ET LE RENARD

D'où vient que personne en la vie
N'est satisfait de son état ?
Tel voudrait bien être soldat
À qui le soldat porte envie.

Certain Renard voulut, dit-on,
Se faire loup. Hé ! qui peut dire
Que pour le métier de mouton
Jamais aucun loup ne soupire ?

Ce qui m'étonne est qu'à huit ans
Un Prince en fable ait mis la chose,
Pendant que sous mes cheveux blancs
Je fabrique à force de temps
Des vers moins sensés que sa prose.

Les traits dans sa fable semés
Ne sont en l'ouvrage du poète
Ni tous, ni si bien exprimés.
Sa louange en est plus complète.

De la chanter sur la musette,
C'est mon talent ; mais je m'attends
Que mon héros, dans peu de temps,
Me fera prendre la trompette.

Je ne suis pas un grand prophète ;

Cependant je lis dans les cieux
Que bientôt ses faits glorieux
Demanderont plusieurs Homères ;
Et ce temps-ci n'en produit guères.
Laissant à part tous ces mystères,
Essayons de conter la fable avec succès.

Le Renard dit au Loup : « Notre cher, pour tous mets
J'ai souvent un vieux coq, ou de maigres poulets ;
C'est une viande qui me lasse.
Tu fais meilleure chère avec moins de hasard.
J'approche des maisons, tu te tiens à l'écart.
Apprends-moi ton métier, camarade, de grâce ;
Rends-moi le premier de ma race
Qui fournisse son croc de quelque mouton gras :
Tu ne me mettras point au nombre des ingrats.
— Je le veux, dit le Loup ; il m'est mort un mien frère :
Allons prendre sa peau, tu t'en revêtiras. »
Il vint, et le Loup dit : « Voici comme il faut faire,
Si tu veux écarter les mâtins du troupeau. »
Le Renard, ayant mis la peau,
Répétait les leçons que lui donnait son maître.
D'abord il s'y prit mal, puis un peu mieux, puis bien ;
Puis enfin il n'y manqua rien.
À peine il fut instruit autant qu'il pouvait l'être,
Qu'un troupeau s'approcha. Le nouveau Loup y court
Et répand la terreur dans les lieux d'alentour.
Tel, vêtu des armes d'Achille,
Patrocle mit l'alarme au camp et dans la ville :
Mères, brus et vieillards, au temple couraient tous.
L'ost au peuple bêlant crut voir cinquante loups.

Chien, berger, et troupeau, tout fuit vers le village,
Et laisse seulement une brebis pour gage.
Le larron s'en saisit. À quelque pas de là
Il entendit chanter un Coq du voisinage.
Le disciple aussitôt droit au Coq s'en alla,
Jetant bas sa robe de classe,
Oubliant les brebis, les leçons, le régent,
Et courant d'un pas diligent.

Que sert-il qu'on se contrefasse ?
Prétendre ainsi changer est une illusion :
L'on reprend sa première trace
À la première occasion.

De votre esprit, que nul autre n'égale,
Prince, ma Muse tient tout entier ce projet :
Vous m'avez donné le sujet,
Le dialogue, et la morale.

L'Écrevisse et sa Fille

Les sages quelquefois, ainsi que l'Écrevisse,
Marchent à reculons, tournent le dos au port.
C'est l'art des matelots ; c'est aussi l'artifice
De ceux qui, pour couvrir quelque puissant effort,
Envisagent un point directement contraire,
Et font vers ce lieu-là courir leur adversaire.
Mon sujet est petit, cet accessoire est grand.
Je pourrais l'appliquer à certain conquérant
Qui tout seul déconcerte une ligue à cent têtes.
Ce qu'il n'entreprend pas, et ce qu'il entreprend,

N'est d'abord qu'un secret, puis devient des conquêtes.
En vain l'on a les yeux sur ce qu'il veut cacher ;
Ce sont arrêts du Sort qu'on ne peut empêcher :
Le torrent, à la fin, devient insurmontable.
Cent dieux sont impuissants contre un seul Jupiter.
Louis et le Destin me semblent de concert
Entraîner l'univers. Venons à notre fable.
Mère Écrevisse un jour à sa Fille disait :
« Comme tu vas, bon Dieu ! ne peux-tu marcher droit ?
— Et comme vous allez vous-même ! dit la Fille.
Puis-je autrement marcher que ne fait ma famille ?
Veut-on que j'aille droit quand on y va tortu ? »
Elle avait raison ; la vertu
De tout exemple domestique
Est universelle, et s'applique
En bien, en mal, en tout ; fait des sages, des sots :
Beaucoup plus de ceux-ci. Quant à tourner le dos
À son but, j'y reviens ; la méthode en est bonne,
Surtout au métier de Bellone ;
Mais il faut le faire à propos.

L'Aigle et la Pie

L'Aigle, reine des airs, avec Margot la Pie,
Différentes d'humeur, de langage et d'esprit,
Et d'habit,
Traversaient un bout de prairie.
Le hasard les assemble en un coin détourné.
L'Agasse eut peur ; mais l'Aigle, ayant fort bien dîné,

La rassure, et lui dit : « Allons de compagnie ;
Si le maître des Dieux assez souvent s'ennuie,
Lui qui gouverne l'univers,
J'en puis bien faire autant, moi qu'on sait qui le sers.
Entretenez-moi donc, et sans cérémonie. »
Caquet bon-bec alors de jaser au plus dru,
Sur ceci, sur cela, sur tout. L'homme d'Horace,
Disant le bien, le mal, à travers champs, n'eût su
Ce qu'en fait de babil y savait notre Agasse.
Elle offre d'avertir de tout ce qui se passe,
Sautant, allant de place en place,
Bon espion, Dieu sait. Son offre ayant déplu,
L'Aigle lui dit tout en colère :
« Ne quittez point votre séjour,
Caquet bon-bec, ma mie : adieu. Je n'ai que faire
D'une babillarde à ma cour :
C'est un fort méchant caractère. »
Margot ne demandait pas mieux.
Ce n'est pas ce qu'on croit que d'entrer chez les Dieux :
Cet honneur a souvent de mortelles angoisses.
Rediseurs, espions, gens à l'air gracieux,
Au cœur tout différent, s'y rendent odieux,
Quoiqu'ainsi que la Pie il faille dans ces lieux
Porter habit de deux paroisses.

Le Milan, le Roi et le Chasseur

À son Altesse Sérénissime
Monseigneur le Prince de Conti

Comme les Dieux sont bons, ils veulent que les Rois
Le soient aussi : c'est l'indulgence
Qui fait le plus beau de leurs droits,
Non les douceurs de la vengeance :
Prince, c'est votre avis. On sait que le courroux
S'éteint en votre cœur sitôt qu'on l'y voit naître.
Achille, qui du sien ne put se rendre maître,
Fut par là moins héros que vous.
Ce titre n'appartient qu'à ceux d'entre les hommes
Qui, comme en l'âge d'or, font cent biens ici-bas.
Peu de grands sont nés tels en cet âge où nous sommes,
L'univers leur sait gré du mal qu'ils ne font pas.
Loin que vous suiviez ces exemples,
Mille actes généreux vous promettent des temples.
Apollon, citoyen de ces augustes lieux,
Prétend y célébrer votre nom sur sa lyre.
Je sais qu'on vous attend dans le palais des Dieux :
Un siècle de séjour doit ici vous suffire.
Hymen veut séjourner tout un siècle chez vous.
Puissent ses plaisirs les plus doux
Vous composer des destinées
Par ce temps à peine bornées !
Et la Princesse et vous n'en méritez pas moins :
J'en prends ses charmes pour témoins ;
Pour témoins j'en prends les merveilles
Par qui le Ciel, pour vous prodigue en ses présents,
De qualités qui n'ont qu'en vous seuls leurs pareilles

Voulut orner vos jeunes ans.
Bourbon de son esprit ces grâces assaisonne :
Le Ciel joignit en sa personne
Ce qui sait se faire estimer
À ce qui sait se faire aimer.
Il ne m'appartient pas d'étaler votre joie ;
Je me tais donc, et vais rimer
Ce que fit un Oiseau de proie.

Un Milan, de son nid antique possesseur,
Étant pris vif par un Chasseur,
D'en faire au Prince un don cet homme se propose.
La rareté du fait donnait prix à la chose,
L'Oiseau, par le Chasseur humblement présenté,
Si ce conte n'est apocryphe,
Va tout droit imprimer sa griffe
Sur le nez de sa Majesté.
— Quoi ! sur le nez du Roi ? — Du Roi même en personne.
— Il n'avait donc alors ni sceptre ni couronne ?
— Quand il en aurait eu, ç'aurait été tout un :
Le nez royal fut pris comme un nez du commun.
Dire des courtisans les clameurs et la peine
Serait se consumer en efforts impuissants ;
Le Roi n'éclata point : les cris sont indécents
À la majesté souveraine.
L'Oiseau garda son poste : on ne put seulement
Hâter son départ d'un moment.
Son maître le rappelle, et crie, et se tourmente,
Lui présente le leurre, et le poing ; mais en vain.
On crut que jusqu'au lendemain
Le maudit animal à la serre insolente

Nicherait là malgré le bruit
Et sur le nez sacré voudrait passer la nuit.
Tâcher de l'en tirer irritait son caprice.
Il quitte enfin le Roi, qui dit : « Laissez aller
Ce Milan, et celui qui m'a cru régaler.
Ils se sont acquittés tous deux de leur office,
L'un en milan, et l'autre en citoyen des bois :
Pour moi, qui sais comment doivent agir les rois,
Je les affranchis du supplice. »
Et la cour d'admirer. Les courtisans ravis,
Élèvent de tels faits, par eux si mal suivis :
Bien peu, même des rois, prendraient un tel modèle ;
Et le Veneur l'échappa belle,
Coupable seulement, tant lui que l'animal,
D'ignorer le danger d'approcher trop du maître.
Ils n'avaient appris à connaître
Que les hôtes des bois : était-ce un si grand mal ?
Pilpay fait près du Gange arriver l'aventure.
Là, nulle humaine créature
Ne touche aux animaux pour leur sang épancher.
Le Roi même ferait scrupule d'y toucher.
« Savons-nous, disent-ils, si cet oiseau de proie
N'était point au siège de Troie ?
Peut-être y tint-il lieu d'un prince ou d'un héros
Des plus huppés et des plus hauts :
Ce qu'il fut autrefois il pourra l'être encore.
Nous croyons, après Pythagore,
Qu'avec les animaux de forme nous changeons :
Tantôt milans, tantôt pigeons,
Tantôt humains, puis volatilles
Ayant dans les airs leurs familles. »

Comme l'on conte en deux façons
L'accident du Chasseur, voici l'autre manière.
Un certain Fauconnier ayant pris, ce dit-on,
À la chasse un Milan (ce qui n'arrive guère),
En voulut au Roi faire un don,
Comme de chose singulière.
Ce cas n'arrive pas quelquefois en cent ans ;
C'est le *non plus ultra* de la fauconnerie.
Ce chasseur perce donc un gros de courtisans,
Plein de zèle, échauffé, s'il le fut de sa vie.
Par ce parangon des présents
Il croyait sa fortune faite :
Quand l'animal porte-sonnette,
Sauvage encore et tout grossier,
Avec ses ongles tout d'acier,
Prend le nez du Chasseur, happe le pauvre sire :
Lui de crier ; chacun de rire,
Monarque et courtisans. Qui n'eût ri ? Quant à moi,
Je n'en eusse quitté ma part pour un empire.
Qu'un pape rie, en bonne foi
Je ne l'ose assurer ; mais je tiendrais un roi
Bien malheureux, s'il n'osait rire :
C'est le plaisir des Dieux. Malgré son noir sourci,
Jupiter et le peuple immortel rit aussi.
Il en fit des éclats, à ce que dit l'histoire,
Quand Vulcain, clopinant, lui vint donner à boire.
Que le peuple immortel se montrât sage ou non,
J'ai changé mon sujet avec juste raison ;
Car, puisqu'il s'agit de morale,
Que nous eût du Chasseur l'aventure fatale
Enseigné de nouveau ? L'on a vu de tout temps
Plus de sots fauconniers que de rois indulgents.

LE RENARD, LES MOUCHES ET LE HÉRISSON

Aux traces de son sang, un vieux hôte des bois,
Renard fin, subtil et matois,
Blessé par des chasseurs, et tombé dans la fange,
Autrefois attira ce parasite ailé
Que nous avons mouche appelé.
Il accusait les Dieux, et trouvait fort étrange
Que le Sort à tel point le voulût affliger,
Et le fit aux Mouches manger.
« Quoi ! se jeter sur moi, sur moi le plus habile
De tous les hôtes des forêts !
Depuis quand les Renards sont-ils un si bon mets ?
Et que me sert ma queue ? Est-ce un poids inutile ?
Va ! le Ciel te confonde, animal importun.
Que ne vis-tu sur le commun ? »
Un Hérisson du voisinage,
Dans mes vers nouveau personnage,
Voulut le délivrer de l'importunité
Du peuple plein d'avidité :
« Je les vais de mes dards enfiler par centaines,
Voisin Renard, dit-il, et terminer tes peines.
— Garde-t'en bien, dit l'autre, ami, ne le fais pas ;
Laisse-les, je te prie, achever leurs repas.
Ces animaux sont soûls ; une troupe nouvelle
Viendrait fondre sur moi, plus âpre et plus cruelle. »

Nous ne trouvons que trop de mangeurs ici-bas :
Ceux-ci sont courtisans, ceux-là sont magistrats.
Aristote appliquait cet apologue aux hommes.

Les exemples en sont communs,
Surtout au pays où nous sommes.
Plus telles gens sont pleins, moins ils sont importuns.

L'Amour et la Folie

Tout est mystère dans l'Amour,
Ses flèches, son carquois, son flambeau, son enfance.
Ce n'est pas l'ouvrage d'un jour
Que d'épuiser cette science.
Je ne prétends donc point tout expliquer ici.
Mon but est seulement de dire, à ma manière,
Comment l'aveugle que voici
(C'est un Dieu), comment, dis-je, il perdit la lumière ;
Quelle suite eut ce mal, qui peut-être est un bien ;
J'en fais juge un amant, et ne décide rien.

La Folie et l'Amour jouaient un jour ensemble.
Celui-ci n'était pas encor privé des yeux.
Une dispute vint : l'Amour veut qu'on assemble
Là-dessus le conseil des Dieux.
L'autre n'eut pas la patience ;
Elle lui donne un coup si furieux,
Qu'il en perd la clarté des cieux.
Vénus en demande vengeance.
Femme et mère, il suffit pour juger de ses cris :
Les Dieux en furent étourdis,
Et Jupiter, et Némésis,
Et les Juges d'Enfer, enfin toute la bande.
Elle représenta l'énormité du cas.
Son fils, sans un bâton, ne pouvait faire un pas :

Nulle peine n'était pour ce crime assez grande.
Le dommage devait être aussi réparé.
Quand on eut bien considéré
L'intérêt du public, celui de la partie,
Le résultat enfin de la suprême cour
Fut de condamner la Folie
À servir de guide à l'Amour.

LE CORBEAU, LA GAZELLE, LA TORTUE ET LE RAT

À MME DE LA SABLIÈRE

Je vous gardais un temple dans mes vers :
Il n'eût fini qu'avecque l'univers.
Déjà ma main en fondait la durée
Sur ce bel art qu'ont les Dieux inventé,
Et sur le nom de la divinité
Que dans ce temple on aurait adorée.
Sur le portail j'aurais ces mots écrits :
PALAIS SACRÉ DE LA DÉESSE IRIS ;
Non celle-là qu'a Junon à ses gages ;
Car Junon même et le maître des Dieux
Serviraient l'autre, et seraient glorieux
Du seul honneur de porter ses messages.
L'apothéose à la voûte eût paru ;
Là, tout l'Olympe en pompe eût été vu
Plaçant Iris sous un dais de lumière.
Les murs auraient amplement contenu
Toute sa vie : agréable matière,
Mais peu féconde en ces événements

des États font les renversements.
Au fond du temple eût été son image,
Avec ses traits, son souris, ses appas,
Son art de plaire et de n'y penser pas,
Ses agréments à qui tout rend hommage.
J'aurais fait voir à ses pieds des mortels
Et des héros, des demi-dieux encore,
Même des dieux ; ce que le monde adore
Vient quelquefois parfumer ses autels.
J'eusse en ses yeux fait briller de son âme
Tous les trésors, quoique imparfaitement :
Car ce cœur vif et tendre infiniment,
Pour ses amis et non point autrement,
Car cet esprit, qui, né du firmament,
A beauté d'homme avec grâces de femme,
Ne se peut pas, comme on veut, exprimer.
Ô vous, Iris, qui savez tout charmer,
Qui savez plaire en un degré suprême,
Vous que l'on aime à l'égal de soi-même
(Ceci soit dit sans nul soupçon d'amour ;
Car c'est un mot banni de votre cour ;
Laissons-le donc), agréez que ma Muse
Achève un jour cette ébauche confuse.
J'en ai placé l'idée et le projet,
Pour plus de grâce, au devant d'un sujet
Où l'amitié donne de telles marques,
Et d'un tel prix, que leur simple récit
Peut quelque temps amuser votre esprit.
Non que ceci se passe entre monarques :
Ce que chez vous nous voyons estimer
N'est pas un roi qui ne sait point aimer :

C'est un mortel qui sait mettre sa vie
Pour son ami. J'en vois peu de si bons.
Quatre animaux, vivants de compagnie,
Vont aux humains en donner des leçons.

La Gazelle, le Rat, le Corbeau, la Tortue,
Vivaient ensemble unis : douce société.
Le choix d'une demeure aux humains inconnue
Assurait leur félicité.
Mais quoi ! l'homme découvre enfin toutes retraites.
Soyez au milieu des déserts,
Au fond des eaux, en haut des airs,
Vous n'éviterez point ses embûches secrètes.
La Gazelle s'allait ébattre innocemment,
Quand un chien, maudit instrument
Du plaisir barbare des hommes,
Vint sur l'herbe éventer les traces de ses pas.
Elle fuit, et le Rat à l'heure du repas
Dit aux amis restants : « D'où vient que nous ne sommes
Aujourd'hui que trois conviés ?
La Gazelle déjà nous a-t-elle oubliés ? »
À ces paroles, la Tortue
S'écrie, et dit : « Ah ! si j'étais
Comme un Corbeau d'ailes pourvue,
Tout de ce pas je m'en irais
Apprendre au moins quelle contrée,
Quel accident tient arrêtée
Notre compagne au pied léger :
Car, à l'égard du cœur, il en faut mieux juger. »
Le Corbeau part à tire d'aile :
Il aperçoit de loin l'imprudente Gazelle

Prise au piège, et se tourmentant.
Il retourne avertir les autres à l'instant.
Car de lui demander quand, pourquoi, ni comment
Ce malheur est tombé sur elle,
Et perdre en vains discours cet utile moment,
Comme eût fait un maître d'école,
Il avait trop de jugement.
Le Corbeau donc vole et revole.
Sur son rapport, les trois amis
Tiennent conseil. Deux sont d'avis
De se transporter sans remise
Aux lieux où la Gazelle est prise.
« L'autre, dit le Corbeau, gardera le logis :
Avec son marcher lent, quand arriverait-elle ?
Après la mort de la Gazelle. »
Ces mots à peine dits, ils s'en vont secourir
Leur chère et fidèle compagne,
Pauvre Chevrette de montagne.
La Tortue y voulut courir :
La voilà comme eux en campagne,
Maudissant ses pieds courts avec juste raison,
Et la nécessité de porter sa maison.
Rongemaille (le Rat eut à bon droit ce nom)
Coupe les nœuds du lacs : on peut penser la joie.
Le Chasseur vient et dit : « Qui m'a ravi ma proie ? »
Rongemaille, à ces mots, se retire en un trou,
Le Corbeau sur un arbre, en un bois la Gazelle ;
Et le Chasseur, à demi fou
De n'en avoir nulle nouvelle,
Aperçoit la Tortue, et retient son courroux.
« D'où vient, dit-il, que je m'effraie ?

Je veux qu'à mon souper celle-ci me défraie. »
Il la mit dans son sac. Elle eût payé pour tous,
Si le Corbeau n'en eût averti la Chevrette.
Celle-ci, quittant sa retraite,
Contrefait la boiteuse, et vient se présenter.
L'homme de suivre, et de jeter
Tout ce qui lui pesait : si bien que Rongemaille
Autour des nœuds du sac tant opère et travaille
Qu'il délivre encor l'autre sœur,
Sur qui s'était fondé le souper du Chasseur.

Pilpay conte qu'ainsi la chose s'est passée.
Pour peu que je voulusse invoquer Apollon,
J'en ferais, pour vous plaire, un ouvrage aussi long
Que l'*Iliade* ou l'*Odyssée*.
Rongemaille ferait le principal héros,
Quoiqu'à vrai dire ici chacun soit nécessaire.
Portemaison l'Infante y tient de tels propos
Que Monsieur du Corbeau va faire
Office d'espion, et puis de messager.
La Gazelle a d'ailleurs l'adresse d'engager
Le Chasseur à donner du temps à Rongemaille.
Ainsi chacun en son endroit
S'entremet, agit, et travaille.
À qui donner le prix ? Au cœur si l'on m'en croit.

LA FORÊT ET LE BÛCHERON

Un Bûcheron venait de rompre ou d'égarer
Le bois dont il avait emmanché sa cognée.
Cette perte ne put sitôt se réparer
Que la Forêt n'en fût quelque temps épargnée.
L'Homme enfin la prie humblement
De lui laisser tout doucement
Emporter une unique branche,
Afin de faire un autre manche :
Il irait employer ailleurs son gagne-pain ;
Il laisserait debout maint chêne et maint sapin
Dont chacun respectait la vieillesse et les charmes.
L'innocente Forêt lui fournit d'autres armes.
Elle en eut du regret. Il emmanche son fer.
Le misérable ne s'en sert
Qu'à dépouiller sa bienfaitrice
De ses principaux ornements.
Elle gémit à tous moments :
Son propre don fait son supplice.
Voilà le train du monde et de ses sectateurs :
On s'y sert du bienfait contre les bienfaiteurs.
Je suis las d'en parler ; mais que de doux ombrages
Soient exposés à ces outrages,
Qui ne se plaindrait là-dessus ?
Hélas ! j'ai beau crier et me rendre incommode :
L'ingratitude et les abus
N'en seront pas moins à la mode.

LE RENARD, LE LOUP ET LE CHEVAL

Un Renard, jeune encor, quoique des plus madrés,
Vit le premier Cheval qu'il eût vu de sa vie.
Il dit à certain Loup, franc novice : « Accourez :
Un animal paît dans nos prés,
Beau, grand ; j'en ai la vue encor toute ravie.
— Est-il plus fort que nous ? dit le Loup en riant.
Fais-moi son portrait, je te prie.
— Si j'étais quelque peintre ou quelque étudiant,
Repartit le Renard, j'avancerais la joie
Que vous aurez en le voyant.
Mais venez. Que sait-on ? peut-être est-ce une proie
Que la Fortune nous envoie. »
Ils vont ; et le Cheval, qu'à l'herbe on avait mis,
Assez peu curieux de semblables amis,
Fut presque sur le point d'enfiler la venelle.
« Seigneur, dit le Renard, vos humbles serviteurs
Apprendraient volontiers comment on vous appelle. »
Le Cheval, qui n'était dépourvu de cervelle,
Leur dit : « Lisez mon nom, vous le pouvez, Messieurs :
Mon cordonnier l'a mis autour de ma semelle. »
Le Renard s'excusa sur son peu de savoir.
« Mes parents, reprit-il, ne m'ont point fait instruire ;
Ils sont pauvres et n'ont qu'un trou pour tout avoir.
Ceux du Loup, gros Messieurs, l'ont fait apprendre à lire. »
Le Loup, par ce discours flatté,
S'approcha ; mais sa vanité
Lui coûta quatre dents : le Cheval lui desserre
Un coup ; et haut le pied. Voilà mon Loup par terre
Mal en point, sanglant et gâté.

« Frère, dit le Renard, ceci nous justifie
Ce que m'ont dit des gens d'esprit :
Cet animal vous a sur la mâchoire écrit
Que de tout inconnu le sage se méfie. »

LE RENARD ET LES POULETS D'INDE

Contre les assauts d'un Renard
Un arbre à des Dindons servait de citadelle.
Le perfide, ayant fait tout le tour du rempart,
Et vu chacun en sentinelle,
S'écria : « Quoi ! Ces gens se moqueront de moi !
Eux seuls seront exempts de la commune loi !
Non, par tous les Dieux ! non. » Il accomplit son dire.
La lune, alors luisant, semblait, contre le sire,
Vouloir favoriser la dindonnière gent.
Lui, qui n'était novice au métier d'assiégeant,
Eut recours à son sac de ruses scélérates,
Feignit vouloir gravir, se guinda sur ses pattes,
Puis contrefit le mort, puis le ressuscité.
Arlequin n'eût exécuté
Tant de différents personnages.
Il élevait sa queue, il la faisait briller,
Et cent mille autres badinages.
Pendant quoi nul Dindon n'eût osé sommeiller :
L'ennemi les lassait en leur tenant la vue
Sur même objet toujours tendue.
Les pauvres gens étant à la longue éblouis,
Toujours il en tombait quelqu'un : autant de pris,

Autant de mis à part ; près de moitié succombe.
Le compagnon les porte en son garde-manger.
Le trop d'attention qu'on a pour le danger
Fait le plus souvent qu'on y tombe.

LE SINGE

Il est un Singe dans Paris
À qui l'on avait donné femme.
Singe en effet d'aucuns maris,
Il la battait : la pauvre dame
En a tant soupiré qu'enfin elle n'est plus.
Leur fils se plaint d'étrange sorte,
Il éclate en cris superflus :
Le père en rit ; sa femme est morte.
Il a déjà d'autres amours
Que l'on croit qu'il battra toujours.
Il hante la taverne et souvent il s'enivre.
N'attendez rien de bon du peuple imitateur,
Qu'il soit singe ou qu'il fasse un livre :
La pire espèce, c'est l'auteur.

LE PHILOSOPHE SCYTHE

Un Philosophe austère, et né dans la Scythie,
Se proposant de suivre une plus douce vie,
Voyagea chez les Grecs, et vit en certains lieux
Un Sage assez semblable au vieillard de Virgile,
Homme égalant les rois, homme approchant des Dieux,
Et, comme ces derniers, satisfait et tranquille.
Son bonheur consistait aux beautés d'un jardin.
Le Scythe l'y trouva, qui la serpe à la main,
De ses arbres à fruit retranchait l'inutile,
Ébranchait, émondait, ôtait ceci, cela,
 Corrigeant partout la nature,
Excessive à payer ses soins avec usure.
 Le Scythe alors lui demanda :
Pourquoi cette ruine : était-il d'homme sage
De mutiler ainsi ces pauvres habitants ?
« Quittez-moi votre serpe, instrument de dommage ;
 Laissez agir la faux du temps :
Ils iront aussi tôt border le noir rivage.
— J'ôte le superflu, dit l'autre, et l'abattant,
 Le reste en profite d'autant. »
Le Scythe, retourné dans sa triste demeure,
Prend la serpe à son tour, coupe et taille à toute heure ;
Conseille à ses voisins, prescrit à ses amis
 Un universel abattis.
Il ôte de chez lui les branches les plus belles,
Il tronque son verger contre toute raison,
 Sans observer temps ni saison,
 Lunes ni vieilles ni nouvelles.
Tout languit et tout meurt. Ce Scythe exprime bien

Un indiscret stoïcien :
Celui-ci retranche de l'âme
Désirs et passions, le bon et le mauvais,
Jusqu'aux plus innocents souhaits.
Contre de telles gens, quant à moi, je réclame.
Ils ôtent à nos cœurs le principal ressort ;
Ils font cesser de vivre avant que l'on soit mort.

L'ÉLÉPHANT ET LE SINGE DE JUPITER

Autrefois l'Éléphant et le Rhinocéros,
En dispute du pas et des droits de l'empire,
Voulurent terminer la querelle en champ clos.
Le jour en était pris, quand quelqu'un vint leur dire
Que le Singe de Jupiter,
Portant un caducée, avait paru dans l'air.
Ce Singe avait nom Gille, à ce que dit l'histoire.
Aussitôt l'Éléphant de croire
Qu'en qualité d'ambassadeur
Il venait trouver Sa Grandeur.
Tout fier de ce sujet de gloire,
Il attend Maître Gille, et le trouve un peu lent
À lui présenter sa créance.
Maître Gille enfin, en passant,
Va saluer Son Excellence.
L'autre était préparé sur la légation ;
Mais pas un mot : l'attention
Qu'il croyait que les Dieux eussent à sa querelle
N'agitait pas encor chez eux cette nouvelle.

Qu'importe à ceux du firmament
Qu'on soit mouche ou bien éléphant ?
Il se vit donc réduit à commencer lui-même :
« Mon cousin Jupiter, dit-il, verra dans peu
Un assez beau combat, de son trône suprême.
Toute sa cour verra beau jeu.
— Quel combat ? » dit le Singe avec un front sévère.
L'Éléphant repartit : « Quoi ! vous ne savez pas
Que le Rhinocéros me dispute le pas ;
Qu'Éléphantide a guerre avecque Rhinocère ?
Vous connaissez ces lieux, ils ont quelque renom.
—Vraiment je suis ravi d'en apprendre le nom,
Repartit Maître Gille : on ne s'entretient guère
De semblables sujets dans nos vastes lambris. »
L'Éléphant, honteux et surpris,
Lui dit : « Et parmi nous que venez-vous donc faire ?
— Partager un brin d'herbe entre quelques fourmis :
Nous avons soin de tout. Et quant à votre affaire,
On n'en dit rien encor dans le conseil des Dieux :
Les petits et les grands sont égaux à leurs yeux. »

UN FOU ET UN SAGE

Certain Fou poursuivait à coups de pierre un Sage.
Le Sage se retourne et lui dit : « Mon ami,
C'est fort bien fait à toi ; reçois cet écu-ci :
Tu fatigues assez pour gagner davantage.
Toute peine, dit-on, est digne de loyer :
Vois cet homme qui passe ; il a de quoi payer.
Adresse-lui tes dons, ils auront leur salaire. »

Amorcé par le gain, notre Fou s'en va faire
Même insulte à l'autre bourgeois.
On ne le paya pas en argent cette fois.
Maint estafier accourt ; on vous happe notre homme,
On vous l'échine, on vous l'assomme.
Auprès des rois il est de pareils fous :
À vos dépens ils font rire le maître.
Pour réprimer leur babil, irez-vous
Les maltraiter ? Vous n'êtes pas peut-être
Assez puissant. Il faut les engager
À s'adresser à qui peut se venger.

LE RENARD ANGLAIS

À MADAME HARVEY

Le bon cœur est chez vous compagnon du bon sens
Avec cent qualités trop longues à déduire,
Une noblesse d'âme, un talent pour conduire
Et les affaires et les gens,
Une humeur franche et libre, et le don d'être amie
Malgré Jupiter même et les temps orageux.
Tout cela méritait un éloge pompeux ;
Il en eût été moins selon votre génie :
La pompe vous déplaît, l'éloge vous ennuie.
J'ai donc fait celui-ci court et simple. Je veux
Y coudre encore un mot ou deux
En faveur de votre patrie :
Vous l'aimez. Les Anglais pensent profondément ;
Leur esprit, en cela, suit leur tempérament.
Creusant dans les sujets, et forts d'expériences,

Ils étendent partout l'empire des sciences.
Je ne dis point ceci pour vous faire ma cour.
Vos gens à pénétrer l'emportent sur les autres ;
Même les chiens de leur séjour
Ont meilleur nez que n'ont les nôtres.
Vos renards sont plus fins. Je m'en vais le prouver.
Par un d'eux, qui, pour se sauver
Mit en usage un stratagème
Non encor pratiqué, des mieux imaginés.
Le scélérat, réduit en un péril extrême,
Et presque mis à bout par ces chiens au bon nez,
Passa près d'un patibulaire.
Là, des animaux ravissants,
Blaireaux, renards, hiboux, race encline à mal faire,
Pour l'exemple pendus, instruisaient les passants.
Leur confrère aux abois entre ces morts s'arrange.
Je crois voir Annibal qui, pressé des Romains,
Met leurs chefs en défaut, ou leur donne le change,
Et sait en vieux renard s'échapper de leurs mains.
Les clefs de meute, parvenues
À l'endroit où pour mort le traître se pendit,
Remplirent l'air de cris : leur maître les rompit,
Bien que de leurs abois ils perçassent les nues.
Il ne put soupçonner ce tour assez plaisant.
« Quelque terrier, dit-il, a sauvé mon galant,
Mes chiens n'appellent point au-delà des colonnes
Où sont tant d'honnêtes personnes.
Il y viendra, le drôle ! » Il y vint, à son dam.
Voilà maint basset clabaudant ;
Voilà notre Renard au charnier se guindant.

Maître pendu croyait qu'il en irait de même
Que le jour qu'il tendit semblables panneaux ;
Mais le pauvret, ce coup, y laissa ses houseaux.
Tant il est vrai qu'il faut changer de stratagème.
Le Chasseur, pour trouver sa propre sûreté,
N'aurait pas cependant un tel tour inventé ;
Non point par peu d'esprit ; est-il quelqu'un qui nie
Que tout Anglais n'en ait bonne provision ?
Mais le peu d'amour pour la vie
Leur nuit en mainte occasion.
Je reviens à vous, non pour dire
D'autres traits sur votre sujet
Tout long éloge est un projet
Trop abondant pour ma lyre :
Peu de nos chants, peu de nos vers,
Par un encens flatteur amusent l'univers
Et se font écouter des nations étranges.
Votre prince vous dit un jour
Qu'il aimait mieux un trait d'amour
Que quatre pages de louanges.
Agréez seulement le don que je vous fais
Des derniers efforts de ma Muse.
C'est peu de chose ; elle est confuse
De ces ouvrages imparfaits.
Cependant ne pourriez-vous faire
Que le même hommage pût plaire
À celle qui remplit vos climats d'habitants
Tirés de l'île de Cythère ?
Vous voyez par là que j'entends
Mazarin, des Amours déesse tutélaire.

Daphnis et Alcimadure

Imitation de Théocrite

À Madame de la Mésangère

Aimable fille d'une mère
À qui seule aujourd'hui mille cœurs font la cour,
Sans ceux que l'amitié rend soigneux de vous plaire,
Et quelques-uns encor que vous garde l'Amour,
Je ne puis qu'en cette préface
Je ne partage entre elle et vous
Un peu de cet encens qu'on recueille au Parnasse,
Et que j'ai le secret de rendre exquis et doux.
Je vous dirai donc... Mais tout dire,
Ce serait trop ; il faut choisir,
Ménageant ma voix et ma lyre,
Qui bientôt vont manquer de force et de loisir.
Je louerai seulement un cœur, plein de tendresse,
Ces nobles sentiments, ces grâces, cet esprit :
Vous n'auriez en cela ni maître ni maîtresse,
Sans celle dont sur vous l'éloge rejaillit.
Gardez d'environner ces roses
De trop d'épines, si jamais
L'Amour vous dit les mêmes choses :
Il les dit mieux que je ne fais ;
Aussi sait-il punir ceux qui ferment l'oreille
À ses conseils. Vous l'allez voir.
Jadis une jeune merveille
Méprisait de ce Dieu le souverain pouvoir :
On l'appelait Alcimadure :
Fier et farouche objet, toujours courant aux bois,
Toujours sautant aux prés, dansant sur la verdure,

Et ne connaissant autres lois
Que son caprice ; au reste, égalant les plus belles,
Et surpassant les plus cruelles ;
N'ayant trait qui ne plût, pas même en ses rigueurs :
Quelle l'eût-on trouvée au fort de ses faveurs !
Le jeune et beau Daphnis, berger de noble race,
L'aima pour son malheur : jamais la moindre grâce
Ni le moindre regard, le moindre mot enfin,
Ne lui fut accordé par ce cœur inhumain.
Las de continuer une poursuite vaine,
Il ne songea plus qu'à mourir ;
Le désespoir le fit courir
À la porte de l'inhumaine.
Hélas ! ce fut aux vents qu'il raconta sa peine ;
On ne daigna lui faire ouvrir
Cette maison fatale, où parmi ses compagnes,
L'ingrate, pour le jour de sa nativité,
Joignait aux fleurs de sa beauté
Les trésors des jardins et des vertes campagnes.
« J'espérais, cria-t-il, expirer à vos yeux ;
Mais je vous suis trop odieux,
Et ne m'étonne pas qu'ainsi que tout le reste
Vous me refusiez même un plaisir si funeste.
Mon père, après ma mort, et je l'en ai chargé,
Doit mettre à vos pieds l'héritage
Que votre cœur a négligé.
Je veux que l'on y joigne aussi le pâturage,
Tous mes troupeaux, avec mon chien,
Et que du reste de mon bien
Mes compagnons fondent un temple
Où votre image se contemple,

Renouvelants de fleurs l'autel à tout moment.
J'aurai près de ce temple un simple monument ;
On gravera sur la bordure :
Daphnis mourut d'amour. Passant, arrête-toi ;
Pleure, et dis : "Celui-ci succomba sous la loi
De la cruelle Alcimadure." »
À ces mots, par la Parque il se sentit atteint.
Il aurait poursuivi ; la douleur le prévint.
Son ingrate sortit triomphante et parée.
On voulut, mais en vain, l'arrêter un moment
Pour donner quelques pleurs au sort de son amant :
Elle insulta toujours au fils de Cythérée,
Menant dès ce soir même, au mépris de ses lois,
Ses compagnes danser autour de sa statue.
Le dieu tomba sur elle et l'accabla du poids ;
Une voix sortit de la nue,
Écho redit ces mots dans les airs épandus :
« Que tout aime à présent : l'insensible n'est plus. »
Cependant de Daphnis l'ombre au Styx descendue
Frémit et s'étonna la voyant accourir.
Tout l'Érèbe entendit cette belle homicide
S'excuser au berger, qui ne daigna l'ouïr
Non plus qu'Ajax Ulysse, et Didon son perfide.

PHILÉMON ET BAUCIS

SUJET TIRÉ DES « MÉTAMORPHOSES » D'OVIDE.

À MONSEIGNEUR LE DUC DE VENDÔME

Ni l'or ni la grandeur ne nous rendent heureux ;
Ces deux divinités n'accordent à nos vœux
Que des biens peu certains, qu'un plaisir peu tranquille :
Des soucis dévorants c'est l'éternel asile ;
Véritables vautours, que le fils de Japet
Représente, enchaîné sur son triste sommet.
L'humble toit est exempt d'un tribut si funeste :
Le sage y vit en paix, et méprise le reste ;
Content de ces douceurs, errant parmi les bois,
Il regarde à ses pieds les favoris des rois ;
Il lit au front de ceux qu'un vain luxe environne
Que la Fortune vend ce qu'on croit qu'elle donne.
Approche-t-il du but, quitte-t-il ce séjour,
Rien ne trouble sa fin : c'est le soir d'un beau jour.
Philémon et Baucis nous en offrent l'exemple :
Tous deux virent changer leur cabane en un temple.
Hyménée et l'Amour, par des désirs constants,
Avaient uni leurs cœurs dès leur plus doux printemps.
Ni le temps ni l'hymen n'éteignirent leur flamme ;
Clothon prenait plaisir à filer cette trame.
Ils surent cultiver, sans se voir assistés,
Leur enclos et leur champ par deux fois vingt étés.
Eux seuls ils composaient toute leur république :
Heureux de ne devoir à pas un domestique
Le plaisir ou le gré des soins qu'ils se rendaient !
Tout vieillit : sur leur front les rides s'étendaient ;
L'amitié modéra leurs feux sans les détruire,

Et par des traits d'amour sut encor se produire.
Ils habitaient un bourg plein de gens dont le cœur
Joignait aux duretés un sentiment moqueur.
Jupiter résolut d'abolir cette engeance.
Il part avec son fils, le dieu de l'Éloquence ;
Tous deux en pèlerins vont visiter ces lieux :
Mille logis y sont, un seul ne s'ouvre aux dieux.
Prêts enfin à quitter un séjour si profane,
Ils virent à l'écart une étroite cabane,
Demeure hospitalière, humble et chaste maison.
Mercure frappe : on ouvre ; aussitôt Philémon
Vient au-devant des dieux, et leur tient ce langage :
« Vous me semblez tous deux fatigués du voyage,
Reposez-vous. Usez du peu que nous avons ;
L'aide des dieux a fait que nous le conservons ;
Usez-en ; saluez ces pénates d'argile :
Jamais le Ciel ne fut aux humains si facile
Que quand Jupiter même était de simple bois ;
Depuis qu'on l'a fait d'or, il est sourd à nos voix.
Baucis, ne tardez point : faites tiédir cette onde ;
Encor que le pouvoir au désir ne réponde,
Nos hôtes agréeront les soins qui leur sont dus. »
Quelques restes de feu sous la cendre épandus
D'un souffle haletant par Baucis s'allumèrent :
Des branches de bois sec aussitôt s'enflammèrent.
L'onde tiède, on lava les pieds des voyageurs.
Philémon les pria d'excuser ces longueurs ;
Et, pour tromper l'ennui d'une attente importune,
Il entretint les dieux, non point sur la Fortune,
Sur ses jeux, sur la pompe et la grandeur des rois,
Mais sur ce que les champs, les vergers et les bois

Ont de plus innocent, de plus doux, de plus rare.
Cependant par Baucis le festin se prépare.
La table où l'on servit le champêtre repas
Fut d'ais non façonnés à l'aide du compas :
Encore assure-t-on, si l'histoire en est crue,
Qu'en un de ses supports le temps l'avait rompue.
Baucis en égala les appuis chancelants
Du débris d'un vieux vase, autre injure des ans.
Un tapis tout usé couvrit deux escabelles :
Il ne servait pourtant qu'aux fêtes solennelles.
Le linge orné de fleurs fut couvert, pour tous mets,
D'un peu de lait, de fruits, et des dons de Cérès.
Les divins voyageurs, altérés de leur course,
Mêlaient au vin grossier le cristal d'une source.
Plus le vase versait, moins il s'allait vidant :
Philémon reconnut ce miracle évident ;
Baucis n'en fit pas moins : tous deux s'agenouillèrent ;
À ce signe d'abord leurs yeux se dessillèrent.
Jupiter leur parut avec ces noirs sourcis
Qui font trembler les Cieux sur leurs pôles assis.
« Grand Dieu, dit Philémon, excusez notre faute :
Quels humains auraient cru recevoir un tel hôte ?
Ces mets, nous l'avouons, sont peu délicieux :
Mais, quand nous serions rois, que donner à des dieux ?
C'est le cœur qui fait tout : que la terre et que l'onde
Apprêtent un repas pour les maîtres du monde ;
Ils lui préféreront les seuls présents du cœur. »
Baucis sort à ces mots pour réparer l'erreur.
Dans le verger courait une perdrix privée,
Et par de tendres soins dès l'enfance élevée ;
Elle en veut faire un mets, et la poursuit en vain :

La volatille échappe à sa tremblante main ;
Entre les pieds des dieux elle cherche un asile.
Ce recours à l'oiseau ne fut pas inutile :
Jupiter intercède. Et déjà les vallons
Voyaient l'ombre en croissant tomber du haut des monts.
Les dieux sortent enfin, et font sortir leurs hôtes.
« De ce bourg, dit Jupin, je veux punir les fautes :
Suivez-nous. Toi, Mercure, appelle les vapeurs.
Ô gens durs ! vous n'ouvrez vos logis ni vos cœurs ! »
Il dit : et les autans troublent déjà la plaine.
Nos deux époux suivaient, ne marchant qu'avec peine ;
Un appui de roseau soulageait leurs vieux ans :
Moitié secours des dieux, moitié peur, se hâtants,
Sur un mont assez proche enfin ils arrivèrent ;
À leurs pieds aussitôt cent nuages crevèrent.
Des ministres du dieu les escadrons flottants
Entraînèrent, sans choix, animaux, habitants,
Arbres, maisons, vergers, toute cette demeure ;
Sans vestige du bourg, tout disparut sur l'heure.
Les vieillards déploraient ces sévères destins.
Les animaux périr ! car encor les humains,
Tous avaient dû tomber sous les célestes armes.
Baucis en répandit en secret quelques larmes.
Cependant l'humble toit devient temple, et ses murs
Changent leur frêle enduit aux marbres les plus durs.
De pilastres massifs les cloisons revêtues
En moins de deux instants s'élèvent jusqu'aux nues ;
Le chaume devient or ; tout brille en ce pourpris ;
Tous ces événements sont peints sur le lambris.
Loin, bien loin les tableaux de Zeuxis et d'Apelle !
Ceux-ci furent tracés d'une main immortelle.

Nos deux époux, surpris, étonnés, confondus,
Se crurent, par miracle, en l'Olympe rendus.
« Vous comblez, dirent-ils, vos moindres créatures ;
Aurions-nous bien le cœur et les mains assez pures
Pour présider ici sur les honneurs divins,
Et prêtres, vous offrir les vœux des pèlerins ? »
Jupiter exauça leur prière innocente.
« Hélas ! dit Philémon, si votre main puissante
Voulait favoriser jusqu'au bout deux mortels,
Ensemble nous mourrions en servant vos autels :
Clothon ferait d'un coup ce double sacrifice ;
D'autres mains nous rendraient un vain et triste office :
Je ne pleurerais point celle-ci, ni ses yeux
Ne troubleraient non plus de leurs larmes ces lieux. »
Jupiter à ce vœu fut encor favorable.
Mais oserai-je dire un fait presque incroyable ?
Un jour qu'assis tous deux dans le sacré parvis
Ils contaient cette histoire aux pèlerins ravis,
La troupe, à l'entour d'eux, debout prêtait l'oreille ;
Philémon leur disait : « Ce lieu plein de merveille
N'a pas toujours servi de temple aux Immortels :
Un bourg était autour, ennemi des autels,
Gens barbares, gens durs, habitacle d'impies ;
Du céleste courroux tous furent les hosties.
Il ne resta que nous d'un si triste débris :
Vous en verrez tantôt la suite en nos lambris ;
Jupiter l'y peignit. » En contant ces annales,
Philémon regardait Baucis par intervalles ;
Elle devenait arbre, et lui tendait les bras ;
Il veut lui tendre aussi les siens, et ne peut pas.
Il veut parler, l'écorce a sa langue pressée.

L'un et l'autre se dit adieu de la pensée :
Le corps n'est tantôt plus que feuillage et que bois.
D'étonnement la troupe, ainsi qu'eux, perd la voix,
Même instant, même sort à leur fin les entraîne ;
Baucis devient tilleul, Philémon devient chêne.
On les va voir encore, afin de mériter
Les douceurs qu'en hymen Amour leur fit goûter :
Ils courbent sous le poids des offrandes sans nombre.
Pour peu que des époux séjournent sous leur ombre,
Ils s'aiment jusqu'au bout, malgré l'effort des ans.
Ah ! si... Mais autre part j'ai porté mes présents.
Célébrons seulement cette métamorphose.
Des fidèles témoins m'ayant conté la chose,
Clio me conseilla de l'étendre en ces vers,
Qui pourront quelque jour l'apprendre à l'univers :
Quelque jour on verra chez les races futures
Sous l'appui d'un grand nom passer ces aventures.
Vendôme, consentez au los que j'en attends :
Faites-moi triompher de l'envie et du temps ;
Enchaînez ces démons, que sur nous ils n'attentent,
Ennemis des héros et de ceux qui les chantent.
Je voudrais pouvoir dire en un style assez haut
Qu'ayant mille vertus vous n'avez nul défaut.
Toutes les célébrer serait œuvre infinie ;
L'entreprise demande un plus vaste génie :
Car quel mérite enfin ne vous fait estimer ?
Sans parler de celui qui force à vous aimer ?
Vous joignez à ces dons l'amour des beaux ouvrages,
Vous y joignez un goût plus sûr que nos suffrages :
Don du Ciel, qui peut seul tenir lieu des présents
Que nous font à regret le travail et les ans.

Peu de gens élevés, peu d'autres encor même,
Font voir par ces faveurs que Jupiter les aime.
Si quelque enfant des dieux les possède, c'est vous ;
Je l'ose dans ces vers soutenir devant tous.
Clio, sur son giron, à l'exemple d'Homère,
Vient de les retoucher, attentive à vous plaire :
On dit qu'elle et ses sœurs, par l'ordre d'Apollon,
Transportent dans Anet tout le sacré vallon :
Je le crois. Puissions-nous chanter sous les ombrages
Des arbres dont ce lieu va border ses rivages !
Puissent-ils tout d'un coup élever leurs sourcis,
Comme on vit autrefois Philémon et Baucis !

LA MATRONE D'ÉPHÈSE

S'il est un conte usé, commun et rebattu,
C'est celui qu'en ces vers j'accommode à ma guise.
 — Et pourquoi donc le choisis-tu ?
 Qui t'engage à cette entreprise ?
N'a-t-elle point déjà produit assez d'écrits ?
 Quelle grâce aura ta matrone
 Au prix de celle de Pétrone ?
Comment la rendras-tu nouvelle à nos esprits ?
— Sans répondre aux censeurs, car c'est chose infinie,
Voyons si dans mes vers je l'aurai rajeunie.
 Dans Éphèse il fut autrefois
Une dame en sagesse et vertus sans égale,
 Et selon la commune voix
Ayant su raffiner sur l'amour conjugale.
Il n'était bruit que d'elle et de sa chasteté :

On l'allait voir par rareté :
C'était l'honneur du sexe : heureuse sa patrie !
Chaque mère à sa bru l'alléguait pour patron ;
Chaque époux la prônait à sa femme chérie ;
D'elle descendent ceux de la Prudoterie,
Antique et célèbre maison.
Son mari l'aimait d'amour folle.
Il mourut. De dire comment,
Ce serait un détail frivole ;
Il mourut, et son testament
N'était plein que de legs qui l'auraient consolée,
Si les biens réparaient la perte d'un mari
Amoureux autant que chéri.
Mainte veuve pourtant fait la déchevelée,
Qui n'abandonne pas le soin du demeurant,
Et du bien qu'elle aura fait le compte en pleurant.
Celle-ci par ses cris mettait tout en alarme ;
Celle-ci faisait un vacarme,
Un bruit, et des regrets à percer tous les cœurs ;
Bien qu'on sache qu'en ces malheurs
De quelque désespoir qu'une âme soit atteinte,
La douleur est toujours moins forte que la plainte,
Toujours un peu de faste entre parmi les pleurs.
Chacun fit son devoir de dire à l'affligée
Que tout a sa mesure, et que de tels regrets
Pourraient pécher par leur excès :
Chacun rendit par là sa douleur rengrégée.
Enfin ne voulant plus jouir de la clarté
Que son époux avait perdue,
Elle entre dans sa tombe, en ferme volonté
D'accompagner cette ombre aux enfers descendue.

Et voyez ce que peut l'excessive amitié
(Ce mouvement aussi va jusqu'à la folie) :
Une esclave en ce lieu la suivit par pitié,
Prête à mourir de compagnie.
Prête, je m'entends bien ; c'est-à-dire en un mot
N'ayant examiné qu'à demi ce complot,
Et jusques à l'effet courageuse et hardie.
L'esclave avec la dame avait été nourrie.
Toutes deux s'entraimaient, et cette passion
Était crue avec l'âge au cœur des deux femelles :
Le monde entier à peine eût fourni deux modèles
D'une telle inclination.
Comme l'esclave avait plus de sens que la dame,
Elle laissa passer les premiers mouvements,
Puis tâcha, mais en vain, de remettre cette âme
Dans l'ordinaire train des communs sentiments.
Aux consolations la veuve inaccessible
S'appliquait seulement à tout moyen possible
De suivre le défunt aux noirs et tristes lieux :
Le fer aurait été le plus court et le mieux,
Mais la dame voulait paître encore ses yeux
Du trésor qu'enfermait la bière,
Froide dépouille et pourtant chère.
C'était là le seul aliment
Qu'elle prît en ce monument.
La faim donc fut celle des portes
Qu'entre d'autres de tant de sortes,
Notre veuve choisit pour sortir d'ici-bas.
Un jour se passe, et deux, sans autre nourriture
Que ses fréquents soupirs, que ses fréquents hélas,
Qu'un inutile et long murmure

Contre les dieux, le Sort, et toute la Nature.
Enfin sa douleur n'omit rien,
Si la douleur doit s'exprimer si bien.
Encore un autre mort faisait sa résidence
Non loin de ce tombeau, mais bien différemment,
Car il n'avait pour monument
Que le dessous d'une potence.
Pour exemple aux voleurs on l'avait là laissé.
Un soldat bien récompensé
Le gardait avec vigilance.
Il était dit par ordonnance
Que si d'autres voleurs, un parent, un ami
L'enlevaient, le soldat nonchalant, endormi,
Remplirait aussitôt sa place.
C'était trop de sévérité ;
Mais la publique utilité
Défendait que l'on fît au garde aucune grâce.
Pendant la nuit il vit aux fentes du tombeau
Briller quelque clarté, spectacle assez nouveau.
Curieux, il y court, entend de loin la dame
Remplissant l'air de ses clameurs.
Il entre, est étonné, demande à cette femme
Pourquoi ces cris, pourquoi ces pleurs,
Pourquoi cette triste musique,
Pourquoi cette maison noire et mélancolique.
Occupée à ses pleurs à peine elle entendit
Toutes ces demandes frivoles :
Le mort pour elle y répondit ;
Cet objet sans autres paroles
Disait assez par quel malheur
La dame s'enterrait ainsi toute vivante.

« Nous avons fait serment, ajouta la suivante,
De nous laisser mourir de faim et de douleur. »
Encor que le soldat fût mauvais orateur,
Il leur fit concevoir ce que c'est que la vie.
La dame cette fois eut de l'attention ;
Et déjà l'autre passion
Se trouvait un peu ralentie.
Le temps avait agi. « Si la foi du serment,
Poursuivit le soldat, vous défend l'aliment,
Voyez-moi manger seulement,
Vous n'en mourrez pas moins. » Un tel tempérament
Ne déplut pas aux deux femelles.
Conclusion qu'il obtint d'elles :
Une permission d'apporter son soupé.
Ce qu'il fit ; et l'esclave eut le cœur fort tenté
De renoncer dès lors à la cruelle envie
De tenir au mort compagnie.
« Madame, ce dit-elle, un penser m'est venu :
Qu'importe à votre époux que vous cessiez de vivre ?
Croyez-vous que lui-même il fût homme à vous suivre
Si par votre trépas vous l'aviez prévenu ?
Non, Madame, il voudrait achever sa carrière.
La nôtre sera longue encor si nous voulons.
Se faut-il à vingt ans enfermer dans la bière ?
Nous aurons tout loisir d'habiter ces maisons.
On ne meurt que trop tôt ; qui nous presse ? attendons ;
Quant à moi je voudrais ne mourir que ridée.
Voulez-vous emporter vos appas chez les morts ?
Que vous servira-t-il d'en être regardée ?
Tantôt en voyant les trésors
Dont le Ciel prit plaisir d'orner votre visage,

Je disais : hélas ! c'est dommage,
Nous-mêmes nous allons enterrer tout cela. »
À ce discours flatteur la dame s'éveilla.
Le dieu qui fait aimer prit son temps ; il tira
Deux traits de son carquois ; de l'un il entama
Le soldat jusqu'au vif ; l'autre effleura la dame :
Jeune et belle elle avait sous ses pleurs de l'éclat,
Et des gens de goût délicat
Auraient bien pu l'aimer, et même étant leur femme.
Le garde en fut épris : les pleurs et la pitié,
Sorte d'amour ayant ses charmes,
Tout y fit : une belle, alors qu'elle est en larmes
En est plus belle de moitié.
Voilà donc notre veuve écoutant la louange,
Poison qui de l'amour est le premier degré ;
La voilà qui trouve à son gré
Celui qui le lui donne ; il fait tant qu'elle mange,
Il fait tant que de plaire, et se rend en effet
Plus digne d'être aimé que le mort le mieux fait.
Il fait tant enfin qu'elle change ;
Et toujours par degrés, comme l'on peut penser :
De l'un à l'autre il fait cette femme passer ;
Je ne le trouve pas étrange.
Elle écoute un amant, elle en fait un mari,
Le tout au nez du mort qu'elle avait tant chéri.
Pendant cet hyménée, un voleur se hasarde
D'enlever le dépôt commis aux soins du garde.
Il en entend le bruit ; il y court à grands pas ;
Mais en vain, la chose était faite.
Il revient au tombeau conter son embarras,
Ne sachant où trouver retraite.

L'esclave alors lui dit, le voyant éperdu :
« L'on vous a pris votre pendu ?
Les lois ne vous feront, dites-vous, nulle grâce ?
Si Madame y consent j'y remédierai bien.
Mettons notre mort en la place,
Les passants n'y connaîtront rien. »
La dame y consentit. Ô volages femelles !
La femme est toujours femme ; il en est qui sont belles,
Il en est qui ne le sont pas.
S'il en était d'assez fidèles,
Elles auraient assez d'appas.
Prudes vous vous devez défier de vos forces.
Ne vous vantez de rien. Si votre intention
Est de résister aux amorces,
La nôtre est bonne aussi ; mais l'exécution
Nous trompe également : témoin cette Matrone.
Et n'en déplaise au bon Pétrone,
Ce n'était pas un fait tellement merveilleux
Qu'il en dût proposer l'exemple à nos neveux.
Cette veuve n'eut tort qu'au bruit qu'on lui vit faire,
Qu'au dessein de mourir, mal conçu, mal formé ;
Car de mettre au patibulaire,
Le corps d'un mari tant aimé,
Ce n'était pas peut-être une si grande affaire.
Cela lui sauvait l'autre ; et tout considéré,
Mieux vaut goujat debout qu'empereur enterré.

LES FILLES DE MINÉE

SUJET TIRÉ DES « MÉTAMORPHOSES » D'OVIDE

Je chante dans ces vers les Filles de Minée,
Troupe aux arts de Pallas dès l'enfance adonnée,
Et de qui le travail fit entrer en courroux
Bacchus, à juste droit de ses honneurs jaloux.
Tout dieu veut aux humains se faire reconnaître :
On ne voit point les champs répondre aux soins du maître,
Si dans les jours sacrés, autour de ses guérets,
Il ne marche en triomphe à l'honneur de Cérès.
La Grèce était en Jeux pour le fils de Sémèle ;
Seules on vit trois sœurs condamner ce saint zèle.
Alcithoé, l'aînée, ayant pris ses fuseaux,
Dit aux autres : « Quoi donc ! toujours les dieux nouveaux !
L'Olympe ne peut plus contenir tant de têtes,
Ni l'an fournir de jours assez pour tant de fêtes.
Je ne dis rien des vœux dus aux travaux divers
De ce dieu qui purgea de monstres l'univers :
Mais à quoi sert Bacchus, qu'à causer des querelles ?
Affaiblir les plus sains ? enlaidir les plus belles ?
Souvent mener au Styx par de tristes chemins ?
Et nous irions chommer la peste des humains ?
Pour moi, j'ai résolu de poursuivre ma tâche.
Se donne qui voudra ce jour-ci du relâche :
Ces mains n'en prendront point. Je suis encor d'avis
Que nous rendions le temps moins long par des récits :
Toutes trois, tour à tour, racontons quelque histoire.
Je pourrais retrouver sans peine en ma mémoire
Du monarque des dieux les divers changements ;
Mais, comme chacun sait tous ces événements,

Disons ce que l'amour inspire à nos pareilles,
Non toutefois qu'il faille, en contant ses merveilles,
Accoutumer nos cœurs à goûter son poison ;
Car, ainsi que Bacchus, il trouble la raison :
Récitons-nous les maux que ses biens nous attirent. »
Alcithoé se tut, et ses sœurs applaudirent.
Après quelques moments, haussant un peu la voix :
« Dans Thèbes, reprit-elle, on conte qu'autrefois
Deux jeunes cœurs s'aimaient d'une égale tendresse :
Pirame, c'est l'amant, eut Thisbé pour maîtresse.
Jamais couple ne fut si bien assorti qu'eux :
L'un bien fait, l'autre belle, agréables tous deux,
Tous deux dignes de plaire, ils s'aimèrent sans peine ;
D'autant plus tôt épris, qu'une invincible haine
Divisant leurs parents ces deux amants unit,
Et concourut aux traits dont l'Amour se servit.
Le hasard, non le choix, avait rendu voisines
Leurs maisons, où régnaient ces guerres intestines :
Ce fut un avantage à leurs désirs naissants.
Le cours en commença par des jeux innocents :
La première étincelle eut embrasé leur âme,
Qu'ils ignoraient encor ce que c'était que flamme.
Chacun favorisait leurs transports mutuels,
Mais c'était à l'insu de leurs parents cruels.
La défense est un charme : on dit qu'elle assaisonne
Les plaisirs, et surtout ceux que l'amour nous donne.
D'un des logis à l'autre, elle instruisit du moins
Nos amants à se dire avec signes leurs soins.
Ce léger réconfort ne les put satisfaire ;
Il fallut recourir à quelque autre mystère.
Un vieux mur entr'ouvert séparait leurs maisons ;

Le temps avait miné ses antiques cloisons :
Là souvent de leurs maux ils déploraient la cause ;
Les paroles passaient, mais c'était peu de chose.
Se plaignant d'un tel sort, Pirame dit un jour :
"Chère Thisbé, le Ciel veut qu'on s'aide en amour ;
Nous avons à nous voir une peine infinie :
Fuyons de nos parents l'injuste tyrannie.
J'en ai d'autres en Grèce ; ils se tiendront heureux
Que vous daignez chercher un asile chez eux ;
Leur amitié, leurs biens, leur pouvoir, tout m'invite
À prendre le parti dont je vous sollicite.
C'est votre seul repos qui me le fait choisir,
Car je n'ose parler, hélas ! de mon désir.
Faut-il à votre gloire en faire un sacrifice ?
De crainte de vains bruits faut-il que je languisse ?
Ordonnez, j'y consens ; tout me semblera doux.
Je vous aime, Thisbé, moins pour moi que pour vous.
— J'en pourrais dire autant, lui repartit l'amante :
Votre amour étant pure, encor que véhémente,
Je vous suivrai partout ; notre commun repos
Me doit mettre au-dessus de tous les vains propos ;
Tant que de ma vertu je serai satisfaite,
Je rirai des discours d'une langue indiscrète,
Et m'abandonnerai sans crainte à votre ardeur,
Contente que je suis des soins de ma pudeur."

Jugez ce que sentit Pirame à ces paroles,
Je n'en fais point ici de peintures frivoles :
Suppléez au peu d'art que le Ciel mit en moi ;
Vous-mêmes peignez-vous cet amant hors de soi.
"Demain, dit-il, il faut sortir avant l'aurore ;

N'attendez point les traits que son char fait éclore.
Trouvez-vous aux degrés du Terme de Cérès ;
Là, nous nous attendrons : le rivage est tout près,
Une barque est au bord ; les rameurs, le vent même,
Tout pour notre départ montre une hâte extrême ;
L'augure en est heureux, notre sort va changer ;
Et les dieux sont pour nous, si je sais bien juger."
Thisbé consent à tout ; elle en donne pour gage
Deux baisers, par le mur arrêtés au passage,
Heureux mur ! tu devais servir mieux leur désir :
Ils n'obtinrent de toi qu'une ombre de plaisir.
Le lendemain, Thisbé sort, et prévient Pirame ;
L'impatience, hélas ! maîtresse de son âme,
La fait arriver seule et sans guide aux degrés.
L'ombre et le jour luttaient dans les champs azurés.
Une lionne vient, monstre imprimant la crainte ;
D'un carnage récent sa gueule est toute teinte.
Thisbé fuit ; et son voile, emporté par les airs,
Source d'un sort cruel, tombe dans ces déserts.
La lionne le voit, le souille, le déchire ;
Et, l'ayant teint de sang, aux forêts se retire.
Thisbé s'était cachée en un buisson épais.
Pirame arrive, et voit ces vestiges tout frais :
Ô dieux ! Que devient-il ? Un froid court dans ses veines ;
Il aperçoit le voile étendu dans ces plaines ;
Il se lève ; et le sang, joint aux traces des pas,
L'empêche de douter d'un funeste trépas.
"Thisbé ! s'écria-t-il, Thisbé, je t'ai perdue !
Te voilà, par ma faute, aux Enfers descendue !
Je l'ai voulu : c'est moi qui suis le monstre affreux
Par qui tu t'en vas voir le séjour ténébreux :

Attends-moi, je te vais rejoindre aux rives sombres ;
Mais m'oserai-je à toi présenter chez les ombres ?
Jouis au moins du sang que je te vais offrir,
Malheureux de n'avoir qu'une mort à souffrir."
Il dit, et d'un poignard coupe aussitôt sa trame.
Thisbé vient ; Thisbé voit tomber son cher Pirame.
Que devint-elle aussi ? Tout lui manque à la fois,
Le sens et les esprits, aussi bien que la voix.
Elle revient enfin ; Clothon, pour l'amour d'elle,
Laisse à Pirame ouvrir sa mourante prunelle.
Il ne regarde point la lumière des cieux ;
Sur Thisbé seulement il tourne encor les yeux.
Il voudrait lui parler, sa langue est retenue :
Il témoigne mourir content de l'avoir vue.
Thisbé prend le poignard ; et, découvrant son sein :
"Je n'accuserai point, dit-elle, ton dessein,
Bien moins encor l'erreur de ton âme alarmée :
Ce serait t'accuser de m'avoir trop aimée.
Je ne t'aime pas moins : tu vas voir que mon cœur
N'a, non plus que le tien, mérité son malheur.
Cher amant ! reçois donc ce triste sacrifice."
Sa main et le poignard font alors leur office ;
Elle tombe, et, tombant, range ses vêtements :
Dernier trait de pudeur même aux derniers moments.
Les nymphes d'alentour lui donnèrent des larmes,
Et du sang des amants teignirent par des charmes
Le fruit d'un mûrier proche, et blanc jusqu'à ce jour,
Éternel monument d'un si parfait amour. »
Cette histoire attendrit les Filles de Minée.
L'une accusait l'amant, l'autre la destinée ;
Et toute d'une voix conclurent que nos cœurs

De cette passion devraient être vainqueurs :
Elle meurt quelquefois avant qu'être contente ;
L'est-elle, elle devient aussitôt languissante ;
Sans l'hymen on n'en doit recueillir aucun fruit,
Et cependant l'hymen est ce qui la détruit.
« Il y joint, dit Clymène, une âpre jalousie,
Poison le plus cruel dont l'âme soit saisie :
Je n'en veux pour témoin que l'erreur de Procris.
Alcithoé ma sœur, attachant vos esprits,
Des tragiques amours vous a conté l'élite :
Celles que je vais dire ont aussi leur mérite.
J'accourcirai le temps, ainsi qu'elle, à mon tour.
Peu s'en faut que Phébus ne partage le jour ;
À ses rayons perçants opposons quelques voiles.
Voyons combien nos mains ont avancé nos toiles :
Je veux que, sur la mienne, avant que d'être au soir,
Un progrès tout nouveau se fasse apercevoir.
Cependant donnez-moi quelque heure de silence :
Ne vous rebutez point de mon peu d'éloquence ;
Souffrez-en les défauts, et songez seulement
Au fruit qu'on peut tirer de cet événement.

« Céphale aimait Procris ; il était aimé d'elle :
Chacun se proposait leur hymen pour modèle.
Ce qu'amour fait sentir de piquant et de doux
Comblait abondamment les vœux de ces époux.
Ils ne s'aimaient que trop ! leurs soins et leur tendresse
Approchaient des transports d'amant et de maîtresse.
Le Ciel même envia cette félicité :
Céphale eut à combattre une divinité.
Il était jeune et beau ; l'Aurore en fut charmée,

N'étant pas à ces biens chez elle accoutumée.
Nos belles cacheraient un pareil sentiment :
Chez les divinités on en use autrement.
Celle-ci déclara ses pensers à Céphale ;
Il eut beau lui parler de la foi conjugale :
Les jeunes déités qui n'ont qu'un vieil époux
Ne se soumettent point à ces lois comme nous :
La déesse enleva ce héros si fidèle.
De modérer ces feux il pria l'immortelle :
Elle le fit ; l'amour devint simple amitié.
"Retournez, dit l'Aurore, avec votre moitié ;
Je ne troublerai plus votre ardeur ni la sienne :
Recevez seulement ces marques de la mienne.
(C'était un javelot toujours sûr de ses coups.)
Un jour cette Procris qui ne vit que pour vous
Fera le désespoir de votre âme charmée,
Et vous aurez regret de l'avoir tant aimée."
Tout oracle est douteux, et porte un double sens :
Celui-ci mit d'abord notre époux en suspens.
"J'aurai regret aux vœux que j'ai formés pour elle !
Et comment ? n'est-ce point qu'elle m'est infidèle ?
Ah ! finissent mes jours plutôt que de le voir !
Éprouvons toutefois ce que peut son devoir."
Des mages aussitôt consultant la science,
D'un feint adolescent il prend la ressemblance,
S'en va trouver Procris, élève jusqu'aux cieux
Ses beautés, qu'il soutient être dignes des dieux ;
Joint les pleurs aux soupirs, comme un amant sait faire,
Et ne peut s'éclaircir par cet art ordinaire.
Il fallut recourir à ce qui porte coup,
Aux présents : il offrit, donna, promit beaucoup,

Promit tant, que Procris lui parut incertaine ;
Toute chose a son prix. Voilà Céphale en peine :
Il renonce aux cités, s'en va dans les forêts,
Conte aux vents, conte aux bois ses déplaisirs secrets,
S'imagine en chassant dissiper son martyre.
C'était pendant ces mois où le chaud qu'on respire
Oblige d'implorer l'haleine des Zéphirs.
"Doux vents, s'écriait-il, prêtez-moi des soupirs !
Venez, légers démons par qui nos champs fleurissent ;
Aure, fais-les venir ; je sais qu'ils t'obéissent :
Ton emploi dans ces lieux est de tout ranimer."
On l'entendit : on crut qu'il venait de nommer
Quelque objet de ses vœux, autre que son épouse.
Elle en est avertie ; et la voilà jalouse.
Maint voisin charitable entretient ses ennuis.
"Je ne le puis plus voir, dit-elle, que les nuits !
Il aime donc cette Aure, et me quitte pour elle ?
— Nous vous plaignons ; il l'aime, et sans cesse il l'appelle :
Les échos de ces lieux n'ont plus d'autres emplois
Que celui d'enseigner le nom d'Aure à nos bois ;
Dans tous les environs le nom d'Aure résonne.
Profitez d'un avis qu'en passant on vous donne :
L'intérêt qu'on y prend est de vous obliger."
Elle en profite, hélas ! et ne fait qu'y songer.
Les amants sont toujours de légère croyance.
S'ils pouvaient conserver un rayon de prudence
(Je demande un grand point, la prudence en amours),
Ils seraient aux rapports insensibles et sourds ;
Notre épouse ne fut l'une ni l'autre chose.
Elle se lève un jour ; et lorsque tout repose,
Que de l'aube au teint frais la charmante douceur

Force tout au sommeil, hormis quelque chasseur,
Elle cherche Céphale : un bois l'offre à sa vue.
Il invoquait déjà cette Aure prétendue :
"Viens me voir, disait-il, chère déesse, accours !
Je n'en puis plus, je meurs ; fais que par ton secours
La peine que je sens se trouve soulagée."
L'épouse se prétend par ces mots outragée :
Elle croit y trouver, non le sens qu'ils cachaient,
Mais celui seulement que ses soupçons cherchaient.
Ô triste jalousie ! ô passion amère !
Fille d'un fol amour, que l'erreur a pour mère !
Ce qu'on voit par tes yeux cause assez d'embarras
Sans voir encor par eux ce que l'on ne voit pas !
Procris s'était cachée en la même retraite
Qu'un faon de biche avait pour demeure secrète.
Il en sort ; et le bruit trompe aussitôt l'époux.
Céphale prend le dard toujours sûr de ses coups,
Le lance en cet endroit, et perce sa jalouse :
Malheureux assassin d'une si chère épouse !
Un cri lui fait d'abord soupçonner quelque erreur ;
Il accourt, voit sa faute ; et, tout plein de fureur,
Du même javelot il veut s'ôter la vie.
L'Aurore et les Destins arrêtent cette envie ;
Cet office lui fut plus cruel qu'indulgent :
L'infortuné mari sans cesse s'affligeant
Eût accru par ses pleurs le nombre des fontaines,
Si la déesse enfin, pour terminer ses peines,
N'eût obtenu du Sort que l'on tranchât ses jours :
Triste fin d'un hymen bien divers en son cours !
Fuyons ce nœud, mes sœurs, je ne puis trop le dire :
Jugez par le meilleur quel peut être le pire.

S'il ne nous est permis d'aimer que sous ses lois,
N'aimons point. » Ce dessein fut pris par toutes trois.
Toutes trois, pour chasser de si tristes pensées,
À revoir leur travail se montrent empressées.
Clymène, en un tissu riche, pénible et grand,
Avait presque achevé le fameux différend
D'entre le dieu des eaux et Pallas la savante.
On voyait en lointain une ville naissante ;
L'honneur de la nommer, entre eux deux contesté,
Dépendait du présent de chaque déité.
Neptune fit le sien d'un symbole de guerre :
Un coup de son trident fit sortir de la terre
Un animal fougueux, un coursier plein d'ardeur :
Chacun de ce présent admirait la grandeur.
Minerve l'effaça, donnant à la contrée
L'olivier, qui de paix est la marque assurée.
Elle emporta le prix, et nomma la cité :
Athène offrit ses vœux à cette déité ;
Pour les lui présenter on choisit cent pucelles,
Toutes sachant broder, aussi sages que belles.
Les premières portaient force présents divers ;
Tout le reste entourait la déesse aux yeux pers ;
Avec un doux souris elle acceptait l'hommage.
Clymène ayant enfin reployé son ouvrage,
La jeune Iris commence en ces mots son récit :

« Rarement pour les pleurs mon talent réussit ;
Je suivrai toutefois la matière imposée.
Télamon pour Cloris avait l'âme embrasée,
Cloris pour Télamon brûlait de son côté.
La naissance, l'esprit, les grâces, la beauté,

Tout se trouvait en eux, hormis ce que les hommes
Font marcher avant tout dans ce siècle où nous sommes :
Ce sont les biens, c'est l'or, mérite universel.
Ces amants, quoique épris d'un désir mutuel,
N'osaient au blond Hymen sacrifier encore,
Faute de ce métal que tout le monde adore.
Amour s'en passerait ; l'autre état ne le peut :
Soit raison, soit abus, le Sort ainsi le veut.
Cette loi, qui corrompt les douceurs de la vie,
Fut par le jeune amant d'une autre erreur suivie.
Le démon des combats vint troubler l'univers :
Un pays contesté par des peuples divers
Engagea Télamon dans un dur exercice ;
Il quitta pour un temps l'amoureuse milice.
Cloris y consentit, mais non pas sans douleur :
Il voulut mériter son estime et son cœur.
Pendant que ses exploits terminent la querelle,
Un parent de Cloris meurt, et laisse à la belle
D'amples possessions et d'immenses trésors.
Il habitait les lieux où Mars régnait alors.
La belle s'y transporte ; et partout révérée,
Partout des deux partis Cloris considérée,
Voit de ses propres yeux les champs où Télamon
Venait de consacrer un trophée à son nom.
Lui de sa part accourt ; et, tout couvert de gloire,
Il offre à ses amours les fruits de sa victoire.
Leur rencontre se fit non loin de l'élément
Qui doit être évité de tout heureux amant.
Dès ce jour l'âge d'or les eût joints sans mystère ;
L'âge de fer en tout a coutume d'en faire.
Cloris ne voulut donc couronner tous ces biens

Qu'au sein de sa patrie, et de l'aveu des siens.
Tout chemin, hors la mer, allongeant leur souffrance,
Ils commettent aux flots cette douce espérance.
Zéphyre les suivait quand, presque en arrivant,
Un pirate survient, prend le dessus du vent,
Les attaque, les bat. En vain, par sa vaillance,
Télamon jusqu'au bout porte la résistance :
Après un long combat son parti fut défait,
Lui pris ; et ses efforts n'eurent pour tout effet
Qu'un esclavage indigne. Ô dieux ! qui l'eût pu croire ?
Le sort, sans respecter ni son sang ni sa gloire,
Ni son bonheur prochain, ni les vœux de Cloris,
Le fit être forçat aussitôt qu'il fut pris.

Le Destin ne fut pas à Cloris si contraire.
Un célèbre marchand l'achète du corsaire :
Il l'emmène ; et bientôt la belle, malgré soi,
Au milieu de ses fers range tout sous sa loi.
L'épouse du marchand la voit avec tendresse.
Ils en font leur compagne, et leur fils sa maîtresse.
Chacun veut cet hymen : Cloris à leurs désirs
Répondait seulement par de profonds soupirs.
Damon, c'était ce fils, lui tient ce doux langage :
“Vous soupirez toujours, toujours votre visage
Baigné de pleurs nous marque un déplaisir secret.
Qu'avez-vous ? vos beaux yeux verraient-ils à regret
Ce que peuvent leurs traits et l'excès de ma flamme ?
Rien ne vous force ici ; découvrez nous votre âme :
Cloris, c'est moi qui suis l'esclave, et non pas vous.
Ces lieux, à votre gré, n'ont-ils rien d'assez doux ?
Parlez ; nous sommes prêts à changer de demeure :

Mes parents m'ont promis de partir tout à l'heure.
Regrettez-vous les biens que vous avez perdus ?
Tout le nôtre est à vous ; ne le dédaignez plus.
J'en sais qui l'agréeraient ; j'ai su plaire à plus d'une ;
Pour vous, vous méritez toute une autre fortune.
Quelle que soit la nôtre, usez-en ; vous voyez
Ce que nous possédons, et nous-même à vos pieds."
Ainsi parle Damon ; et Cloris tout en larmes
Lui répond en ces mots, accompagnés de charmes :
"Vos moindres qualités, et cet heureux séjour
Même aux filles des dieux donneraient de l'amour ;
Jugez donc si Cloris, esclave et malheureuse,
Voit l'offre de ces biens d'une âme dédaigneuse.
Je sais quel est leur prix : mais de les accepter,
Je ne puis ; et voudrais vous pouvoir écouter ;
Ce qui me le défend, ce n'est point l'esclavage :
Si toujours la naissance éleva mon courage,
Je me vois, grâce aux dieux, en des mains où je puis
Garder ces sentiments malgré tous mes ennuis ;
Je puis même avouer (hélas ! faut-il le dire ?)
Qu'un autre a sur mon cœur conservé son empire.
Je chéris un amant, ou mort, ou dans les fers ;
Je prétends le chérir encor dans les enfers.
Pourriez-vous estimer le cœur d'une inconstante ?
Je ne suis déjà plus aimable ni charmante ;
Cloris n'a plus ces traits que l'on trouvait si doux,
Et doublement esclave est indigne de vous."
Touché de ce discours, Damon prend congé d'elle.
"Fuyons, dit-il en soi ; j'oublierai cette belle :
Tout passe, et même un jour ses larmes passeront :
Voyons ce que l'absence et le temps produiront."

À ces mots il s'embarque ; et, quittant le rivage,
Il court de mer en mer, aborde en lieu sauvage,
Trouve des malheureux de leurs fers échappés,
Et sur le bord d'un bois à chasser occupés.
Télamon, de ce nombre, avait brisé sa chaîne :
Aux regards de Damon il se présente à peine,
Que son air, sa fierté, son esprit, tout enfin
Fait qu'à l'abord Damon admire son destin ;
Puis le plaint, puis l'emmène, et puis lui dit sa flamme.
D'une esclave, dit-il, je n'ai pu toucher l'âme :
Elle chérit un mort ! Un mort ! ce qui n'est plus
L'emporte dans son cœur ! mes vœux sont superflus.
Là-dessus, de Cloris il lui fait la peinture.
Télamon dans son âme admire l'aventure,
Dissimule, et se laisse emmener au séjour
Où Cloris lui conserve un si parfait amour.
Comme il voulait cacher avec soin sa fortune,
Nulle peine pour lui n'était vile et commune.
On apprend leur retour et leur débarquement ;
Cloris, se présentant à l'un et l'autre amant,
Reconnaît Télamon sous un faix qui l'accable.
Ses chagrins le rendaient pourtant méconnaissable ;
Un œil indifférent à le voir eût erré,
Tant la peine et l'amour l'avaient défiguré !
Le fardeau qu'il portait ne fut qu'un vain obstacle,
Cloris le reconnaît, et tombe à ce spectacle :
Elle perd tous ses sens et de honte et d'amour
Télamon, d'autre part, tombe presque à son tour.
On demande à Cloris la cause de sa peine :
Elle la dit ; ce fut sans s'attirer de haine.
Son récit ingénu redoubla la pitié

Dans des cœurs prévenus d'une juste amitié.
Damon dit que son zèle avait changé de face :
On le crut. Cependant, quoi qu'on dise et qu'on fasse,
D'un triomphe si doux l'honneur et le plaisir
Ne se perd qu'en laissant des restes de désir.
On crut pourtant Damon. Il restreignit son zèle
À sceller de l'hymen une union si belle ;
Et, par un sentiment à qui rien n'est égal,
Il pria ses parents de doter son rival :
Il l'obtint, renonçant dès lors à l'hyménée.
Le soir étant venu de l'heureuse journée,
Les noces se faisaient à l'ombre d'un ormeau ;
L'enfant d'un voisin vit s'y percher un corbeau :
Il fait partir de l'arc une flèche maudite,
Perce les deux époux d'une atteinte subite.
Cloris mourut du coup, non sans que son amant
Attirât ses regards en ce dernier moment.
Il s'écrie, en voyant finir ses destinées :
"Quoi ! la Parque a tranché le cours de ses années !
Dieux, qui l'avez voulu, ne suffisait-il pas
Que la haine du Sort avançât mon trépas ?"
En achevant ces mots, il acheva de vivre ;
Son amour, non le coup, l'obligea de la suivre :
Blessé légèrement, il passa chez les morts ;
Le Styx vit nos époux accourir sur ses bords.
Même accident finit leurs précieuses trames ;
Même tombe eut leurs corps, même séjour leurs âmes.
Quelques-uns ont écrit (mais ce fait est peu sûr)
Que chacun d'eux devint statue et marbre dur :
Le couple infortuné face à face repose.
Je ne garantis point cette métamorphose :

On en doute. — On la croit plus que vous ne pensez,
Dit Climène ; et, cherchant dans les siècles passés
Quelque exemple d'amour et de vertu parfaite,
Tout ceci me fut dit par un sage interprète.
J'admirai, je plaignis ces amants malheureux :
On allait les unir ; tout concourait pour eux ;
Ils touchaient au moment ; l'attente en était sûre :
Hélas ! il n'en est point de telle en la nature ;
Sur le point de jouir tout s'enfuit de nos mains :
Les dieux se font un jeu de l'espoir des humains.
— Laissons, reprit Iris, cette triste pensée.
La fête est vers sa fin, grâce au Ciel, avancée ;
Et nous avons passé tout ce temps en récits
Capables d'affliger les moins sombres esprits :
Effaçons, s'il se peut, leur image funeste.
Je prétends de ce jour mieux employer le reste,
Et dire un changement, non de corps, mais de cœur.
Le miracle en est grand ; Amour en fut l'auteur :
Il en fait tous les jours de diverse manière ;
Je changerai de style en changeant de matière.

Zoon plaisait aux yeux ; mais ce n'est pas assez :
Son peu d'esprit, son humeur sombre,
Rendaient ces talents mal placés.
Il fuyait les cités, il ne cherchait que l'ombre,
Vivait parmi les bois, concitoyen des ours,
Et passait sans aimer les plus beaux de ses jours.
Nous avons condamné l'amour, m'allez-vous dire :
J'en blâme en nous l'excès ; mais je n'approuve pas
Qu'insensible aux plus doux appas
Jamais un homme ne soupire.

Hé quoi ! ce long repos est-il d'un si grand prix ?
Les morts sont donc heureux ? Ce n'est pas mon avis :
Je veux des passions ; et si l'état le pire
Est le néant, je ne sais point
De néant plus complet qu'un cœur froid à ce point.
Zoon n'aimant donc rien, ne s'aimant pas lui-même,
Vit Iole endormie, et le voilà frappé :
Voilà son cœur développé.
Amour, par son savoir suprême,
Ne l'eut pas fait amant, qu'il en fit un héros.
Zoon rend grâce au dieu qui troublait son repos :
Il regarde en tremblant cette jeune merveille.
À la fin Iole s'éveille ;
Surprise et dans l'étonnement,
Elle veut fuir, mais son amant
L'arrête, et lui tient ce langage :
"Rare et charmant objet, pourquoi me fuyez-vous ?
Je ne suis plus celui qu'on trouvait si sauvage :
C'est l'effet de vos traits, aussi puissants que doux ;
Ils m'ont l'âme et l'esprit et la raison donnée.
Souffrez que, vivant sous vos lois,
J'emploie à vous servir des biens que je vous dois."
Iole, à ce discours encor plus étonnée,
Rougit, et sans répondre elle court au hameau,
Et raconte à chacun ce miracle nouveau.
Ses compagnes d'abord s'assemblent autour d'elle :
Zoon suit en triomphe, et chacun applaudit.
Je ne vous dirai point, mes sœurs, tout ce qu'il fit,
Ni ses soins pour plaire à la belle :
Leur hymen se conclut. Un satrape voisin,
Le propre jour de cette fête,

Enlève à Zoon sa conquête :
On ne soupçonnait point qu'il eût un tel dessein.
Zoon accourt au bruit, recouvre ce cher gage,
Poursuit le ravisseur, et le joint et l'engage
En un combat de main à main.
Iole en est le prix aussi bien que le juge.
Le satrape, vaincu, trouve encor du refuge
En la bonté de son rival.
Hélas ! cette bonté lui devint inutile ;
Il mourut du regret de cet hymen fatal :
Aux plus infortunés la tombe sert d'asile.
Il prit pour héritière, en finissant ses jours,
Iole, qui mouilla de pleurs son mausolée.
Que sert-il d'être plaint quand l'âme est envolée ?
Ce satrape eût mieux fait d'oublier ses amours. »

La jeune Iris à peine achevait cette histoire ;
Et ses sœurs avouaient qu'un chemin à la gloire,
C'est l'amour : on fait tout pour se voir estimé ;
Est-il quelque chemin plus court pour être aimé ?
Quel charme de s'ouïr louer par une bouche
Qui même sans s'ouvrir nous enchante et nous touche.
Ainsi disaient ces sœurs. Un orage soudain
Jette un secret remords dans leur profane sein.
Bacchus entre, et sa cour, confus et long cortège :
« Où sont, dit-il, ces sœurs à la main sacrilège ?
Que Pallas les défende, et vienne en leur faveur
Opposer son Ægide à ma juste fureur :
Rien ne m'empêchera de punir leur offense.
Voyez : et qu'on se rie après de ma puissance ! »
Il n'eut pas dit, qu'on vit trois monstres au plancher,

Ailés, noirs et velus, en un coin s'attacher.
On cherche les trois sœurs ; on n'en voit nulle trace :
Leurs métiers sont brisés ; on élève en leur place
Une chapelle au dieu, père du vrai nectar.
Pallas a beau se plaindre, elle a beau prendre part
Au destin de ces sœurs par elle protégées ;
Quand quelque dieu, voyant ses bontés négligées,
Nous fait sentir son ire, un autre n'y peut rien :
L'Olympe s'entretient en paix par ce moyen.
Profitons, s'il se peut, d'un si fameux exemple :
Chommons : c'est faire assez qu'aller de temple en temple
Rendre à chaque immortel les vœux qui lui sont dus :
Les jours donnés aux dieux ne sont jamais perdus.

LE JUGE ARBITRE, L'HOSPITALIER ET LE SOLITAIRE

Trois Saints, également jaloux de leur salut,
Portés d'un même esprit, tendaient à même but.
Ils s'y prirent tous trois par des routes diverses :
Tous chemins vont à Rome : ainsi nos concurrents
Crurent pouvoir choisir des sentiers différents.
L'un, touché des soucis, des longueurs, des traverses,
Qu'en apanage on voit aux procès attachés,
S'offrit de les juger sans récompense aucune,
Peu soigneux d'établir ici-bas sa fortune.
Depuis qu'il est des lois, l'homme, pour ses péchés,
Se condamne à plaider la moitié de sa vie.
La moitié ? les trois quarts, et bien souvent le tout.
Le conciliateur crut qu'il viendrait à bout

De guérir cette folle et détestable envie.
Le second de nos Saints choisit les hôpitaux.
Je le loue ; et le soin de soulager ces maux
Est une charité que je préfère aux autres.
Les malades d'alors, étant tels que les nôtres,
Donnaient de l'exercice au pauvre Hospitalier ;
Chagrins, impatients, et se plaignant sans cesse :
« Il a pour tels et tels un soin particulier ;
Ce sont ses amis ; il nous laisse. »
Ces plaintes n'étaient rien au prix de l'embarras
Où se trouva réduit l'appointeur de débats :
Aucun n'était content ; la sentence arbitrale
À nul des deux ne convenait :
Jamais le Juge ne tenait
À leur gré la balance égale.
De semblables discours rebutaient l'appointeur :
Il court aux hôpitaux, va voir leur directeur.
Tous deux ne recueillant que plainte et que murmure,
Affligés, et contraints de quitter ces emplois,
Vont confier leur peine au silence des bois.
Là, sous d'âpres rochers, près d'une source pure,
Lieu respecté des vents, ignoré du soleil,
Ils trouvent l'autre Saint, lui demandent conseil.
« Il faut, dit leur ami, le prendre de soi-même.
Qui mieux que vous sait vos besoins ?
Apprendre à se connaître est le premier des soins
Qu'impose à tous mortels la Majesté suprême.
Vous êtes-vous connus dans le monde habité ?
L'on ne le peut qu'aux lieux pleins de tranquillité :
Chercher ailleurs ce bien est une erreur extrême.
Troublez l'eau : vous y voyez-vous ?

Agitez celle-ci. — Comment nous verrions-nous ?
La vase est un épais nuage
Qu'aux effets du cristal nous venons d'opposer.
— Mes frères, dit le Saint, laissez-la reposer,
Vous verrez alors votre image.
Pour vous mieux contempler demeurez au désert. »
Ainsi parla le Solitaire.
Il fut cru ; l'on suivit ce conseil salutaire.
Ce n'est pas qu'un emploi ne doive être souffert.
Puisqu'on plaide, et qu'on meurt, et qu'on devient malade,
Il faut des médecins, il faut des avocats.
Ces secours, grâce à Dieu, ne nous manqueront pas :
Les honneurs et le gain, tout me le persuade.
Cependant on s'oublie en ces communs besoins.
Ô vous dont le public emporte tous les soins,
Magistrats, princes et ministres,
Vous que doivent troubler mille accidents sinistres,
Que le malheur abat, que le bonheur corrompt,
Vous ne vous voyez point, vous ne voyez personne.
Si quelque bon moment à ces pensers vous donne,
Quelque flatteur vous interrompt.
Cette leçon sera la fin de ces ouvrages :
Puisse-t-elle être utile aux siècles à venir !
Je la présente aux rois, je la propose aux sages :
Par où saurais-je mieux finir ?

Aigle et la Pie (l') : 380
Aigle et le Hibou (l') : 155
Aigle et l'Escarbot (l') : 48
Aigle, la Laie, et la Chatte (l') : 82
Alouette et ses petits, avec le Maître d'un champ (l') : 131
Amour et la Folie (l') : 388
Âne chargé d'éponges, et l'Âne chargé de sel (l') : 53
Âne et le Chien (l') : 257
Âne et le petit Chien (l') : 108
Âne et ses Maîtres (l') : 175
Âne portant des reliques (l') : 152
Âne vêtu de la peau du Lion (l') : 160
Animaux malades de la peste (les) : 192
Araignée et l'Hirondelle (l') : 321
Astrologue qui se laisse tomber dans un puits (l') : 57
Avantage de la science (l') : 261
Avare qui a perdu son trésor (l') : 128

Bassa et le Marchand (le) : 269
Belette entrée dans un grenier (la) : 97
Berger et la Mer (le) : 103
Berger et le Roi (le) : 324
Berger et son troupeau (le) : 308
Besace (la) : 12
Bûcheron et Mercure (le) : 134

Cerf et la Vigne (le) : 152
Cerf malade (le) : 371
Cerf se voyant dans l'eau (le) : 172
Chameau et les Bâtons flottants (le) :115
Charlatan (le) : 185
Chartier embourbé (le) : 183
Chat et le Rat (le) : 266
Chat et le Renard (le) : 300
Chat et les deux Moineaux (le) : 364
Chat et un vieux Rat (le) : 98
Chat, la Belette et le petit Lapin (le) : 220
Chatte métamorphosée en Femme (la) : 64
Chauve-Souris et les deux Belettes (la) : 46
Chauve-Souris, le Buisson et le Canard (la) : 374
Chêne et le Roseau (le) : 37
Cheval et l'Âne (le) : 182
Cheval et le Loup (le) : 144
Cheval s'étant voulu venger du Cerf (le) : 120
Chien à qui on a coupé les oreilles (le) : 323
Chien qui lâche sa proie pour l'ombre (le) : 183
Chien qui porte à son cou le dîné de son maître (le) : 238
Cierge (le) : 298
Cigale et la Fourmi (la) : 4
Coche et la Mouche (le) : 207
Cochet, le Chat, et le Souriceau (le) : 168
Cochon, la Chèvre et le Mouton (le) : 246
Colombe et la Fourmi (la) : 56
Combat des Rats et des Belettes (le) : 109
Compagnons d'Ulysse (les) : 360
Conseil tenu par les Rats : 43
Contre ceux qui ont le goût difficile : 40
Coq et la Perle (le) : 35
Coq et le Renard (le) : 60
Corbeau et le Renard (le) : 6
Corbeau, la Gazelle, la Tortue et le Rat (le) : 389
Corbeau voulant imiter l'Aigle (le) : 61
Cour du Lion (la) : 204
Curé et le Mort (le) : 211
Cygne et le Cuisinier (le) : 90

Daphnis et Alcimadure : 404
Démocrite et les Abdéritains : 272
Dépositaire infidèle (le) : 278
Deux Amis (les) : 245
Deux Aventuriers et le Talisman (les) : 332
Deux Chèvres (les) : 366
Deux Chiens et l'Âne mort (les) : 270
Deux Coqs (les) : 215
Deux Mulets (les) : 8
Deux Perroquets, le Roi et son Fils (les) : 328
Deux Pigeons (les) : 281
Deux Rats, le Renard et l'Œuf (les) : 310
Deux Taureaux et une Grenouille (les) : 45
Devineresses (les) : 218
Dieux voulant instruire un fils de Jupiter (les) : 342
Discorde (la) : 187
Dragon à plusieurs têtes et le Dragon à plusieurs queues (le) : 23
Du Thésauriseur et du Singe : 365

Écolier, le Pédant et le Maître d'un jardin (l') : 287
Écrevisse et sa Fille (l') : 379
Éducation (l') : 269
Éléphant et le Singe de Jupiter (l') : 399
Enfant et le Maître d'école (l') : 34
Enfouisseur et son Compère (l') : 318

Faucon et le Chapon (le) : 265
Femme noyée (la) : 96
Femmes et le secret (les) : 237
Fermier, le Chien et le Renard (le) : 344
Fille (la) : 199
Filles de Minée (les) : 420
Forêt et le Bûcheron (la) : 394
Fortune et le jeune Enfant (la) : 147
Fou qui vend la sagesse (le) : 293
Frelons et les Mouches à miel (les) : 36

Geai paré des plumes du Paon (le) : 114
Génisse, la Chèvre, et la Brebis, en société avec le Lion (la) : 11
Gland et la Citrouille (le) : 286
Goutte et l'Araignée (la) : 84
Grenouille et le Rat (la) : 115
Grenouille qui se veut faire aussi grosse que le Bœuf (la) : 7
Grenouilles qui demandent un roi (les) : 78

Héron (le) : 198
Hirondelle et les petits Oiseaux (l') : 13
Homme entre deux âges et ses deux Maîtresses (l') : 32
Homme et la Couleuvre (l') : 312
Homme et la Puce (l') : 236
Homme et l'Idole de bois (l') : 113
Homme et son image (l') : 22
Homme qui court après la Fortune et l'Homme qui l'attend dans son lit (l') : 212
Horoscope (l') : 254
Huître et les Plaideurs (l') : 294

Ingratitude et l'injustice des Hommes envers la Fortune (l') : 216
Ivrogne et sa Femme (l') : 83

Jardinier et son Seigneur (le) : 106
Jeune Veuve (la) : 188
Juge arbitre, l'Hospitalier et le Solitaire (le) : 438
Jupiter et le Métayer : 166
Jupiter et le Passager : 299
Jupiter et les Tonnerres : 262

Laboureur et ses Enfants (le) : 145
Laitière et le Pot au lait (la) : 208
Lapins (les) : 334
Lice et sa Compagne (la) : 47
Lièvre et la Perdrix (le) : 154
Lièvre et la Tortue (le) : 174
Lièvre et les Grenouilles (le) : 58
Lion (le) : 340
Lion abattu par l'Homme (le) : 87
Lion amoureux (le) : 100
Lion devenu vieux (le) : 94
Lion et l'Âne chassant (le) : 65
Lion et le Chasseur (le) : 164
Lion et le Moucheron (le) : 50
Lion et le Rat (le) : 54
Lion, le Loup et le Renard (le) : 231
Lion, le Singe et les deux Ânes (le) : 348
Lion malade et le Renard (le) : 180
Lion s'en allant en guerre (le) : 157
Lionne et l'Ourse (la) : 331
Loup devenu Berger (le) : 77
Loup et la Cigogne (le) : 86
Loup et l'Agneau (le) : 20
Loup et le Chasseur (le) : 274
Loup et le Chien (le) : 10
Loup et le Chien maigre (le) : 296
Loup et le Renard (le) : 351
Loup et le Renard (le) : 377
Loup et les Bergers (le) : 319
Loups et les Brebis (les) : 91
Loup, la Chèvre et le Chevreau (le) : 122
Loup, la Mère et l'Enfant (le) : 123
Loup plaidant contre le Renard par-devant le Singe (le) : 44

Mal marié (le) : 195
Marchand, le Gentilhomme, le Pâtre et le Fils de roi (le) : 338
Mari, la Femme et le Voleur (le) : 303
Matrone d'Ephèse (la) : 413
Médecins (les) : 150
Membres et l'Estomac (les) : 74
Meunier, son Fils et l'Âne (le) : 70
Milan et le Rossignol (le) : 308
Milan, le Roi et le Chasseur (le) : 383
Montagne qui accouche (la) : 146
Mort et le Bûcheron (la) : 29
Mort et le Malheureux (la) : 28
Mort et le Mourant (la) : 226
Mouche et la Fourmi (la) : 104
Mulet se vantant de sa généalogie (le) : 170

Obsèques de la Lionne (les) : 249
Œil du Maître (l') : 129
Oiseau blessé d'une flèche (l') : 47
Oiseleur, l'Autour et l'Alouette (l') : 181
Oracle et l'Impie (l') : 127
Oreilles du Lièvre (les) : 140
Ours et l'Amateur des jardins (l') : 243
Ours et les deux Compagnons (l') : 158

Paon se plaignant à Junon (le) : 62
Parole de Socrate : 124
Pâtre et le Lion (le) : 162
Paysan du Danube (le) : 352
Perdrix et les Coqs (la) : 322
Petit Poisson et le Pêcheur (le) : 138
Phébus et Borée : 165
Philémon et Baucis: 407
Philomèle et Progné : 95
Philosophe scythe (le): 398
Poissons et le Berger qui joue de la flûte (les) : 327
Poissons et le Cormoran (les) : 316
Pot de terre et le Pot de fer (le) : 136
Poule aux œufs d'or (la) : 150
Pouvoir des fables (le) : 233

Querelle des Chiens et des Chats, et celle des Chats et des Souris (la) : 375

Rat de ville et le Rat des champs (le) : 17
Rat et l'Éléphant (le) : 251
Rat et l'Huître (le) : 241
Rat qui s'est retiré du monde (le) : 197
Renard anglais (le) : 401
Renard ayant la queue coupée (le) : 141
Renard et la Cigogne (le) : 33
Renard et le Bouc (le) : 80
Renard et le Buste (le) : 121
Renard et les Poulets d'Inde (le) : 396
Renard et les Raisins (le) : 87
Renard, le Loup et le Cheval (le) : 395
Renard, le Singe et les Animaux (le) : 169
Renard, les Mouches et le Hérisson (le) : 387

Rien de trop : 297
Rieur et les Poissons (le) : 240

Satyre et le Passant (le) : 143
Savetier et le Financier (le) : 228
Serpent et la Lime (le) : 153
Simonide préservé par les Dieux : 25
Singe (le) : 397
Singe et le Chat (le) : 307
Singe et le Dauphin (le) : 111
Singe et le Léopard (le) : 285
Soleil et les Grenouilles (le) : 176
Songe d'un habitant du Mogol (le) : 346
Souhaits (les) : 202
Souris et le Chat-Huant (les) : 357
Souris métamorphosée en fille (la) : 290
Statuaire et la Statue de Jupiter (le) : 289

Testament expliqué par Ésope : 66
Tête et la Queue du Serpent (la) : 222
Tircis et Amarante : 247
Torrent et la Rivière (le) : 268
Tortue et les deux Canards (la) : 315
Trésor et les deux Hommes (le) : 304
Tribut envoyé par les animaux à Alexandre : 117

Un Animal dans la lune : 223
Un Fou et un Sage : 400

Vautours et les Pigeons (les) : 205
Vieillard et l'Âne (le) : 171
Vieillard et les trois jeunes Hommes (le) : 356
Vieillard et ses Enfants (le) : 125
Vieille et les deux Servantes (la) : 142
Vieux Chat et la jeune Souris (le) : 370
Villageois et le Serpent (le) : 177
Voleurs et l'Âne (les) : 25

Livre premier

La Cigale et la Fourmi (p. 5)
Les Deux Mulets (p. 9)
L'Hirondelle et les Petits Oiseaux (détail, p. 14-15)
Le Rat des villes et le Rat des champs (p. 18)
Le Loup et l'Agneau (p. 21)
Les Voleurs et l'Âne (p. 24)
La Mort et le Bûcheron (détail, p. 30-31)
Le Chêne et le Roseau (p. 38)

Livre deuxième

Conseil tenu par les rats (p. 42)
Le Lion et le Moucheron (p. 51)
Le Lion et le Rat (p. 55)
Le Paon se plaignant à Junon (p. 63)

Livre troisième

Le Meunier, son fils et l'âne (p. 72)
Le Loup devenu berger (p. 76)
Les Grenouilles qui demandent un roi (p. 79)
Le Renard et les Raisins (détail, p. 88-89)
Les Loups et les Brebis (détail, p. 92-93)

Livre quatrième

Le Lion amoureux (p. 101)
Le Singe et le Dauphin (p. 112)

Livre cinquième

Le Petit Poisson et le Pêcheur (p. 139)
La Fortune et le Jeune Enfant (détail, p. 148-149)
La Poule aux œufs d'or (p. 151)
L'Ours et les Deux Compagnons (p. 159)

Livre sixième

Le Cerf se voyant dans l'eau (p. 173)
Le Villageois et le Serpent (détail, p. 178-179)
Le Chartier embourbé (p. 184)
La Jeune Veuve (détail, p. 190-191)

Livre septième

Les Animaux malades de la peste (p. 193)
La Fille (p. 200)
La Laitière et le Pot au lait (p. 209)

Livre huitième

Le Savetier et le Financier (p. 229)
Le Lion, le loup et le renard (p. 232)
Le Rat et l'Éléphant (p. 252)
Le Loup et le Chasseur (détail, p. 276-277)

Livre neuvième

Les Deux Pigeons (p. 282)
L'Huître et les Plaideurs (p. 295)
Le Chat et le Renard (p. 301)
Le Singe et le Chat (p. 306)

Livre dixième

Les Lapins (p. 335)

Livre douzième

Les Deux Chèvres (p. 367)
Le Cerf malade (détail, p. 372-373)
L'Aigle et la Pie (p. 381)
Le Juge arbitre, l'hospitalier et le solitaire (p. 440)

www.editionsduchene.fr

Directrice générale : Fabienne Kriegel
Responsable éditoriale : Laurence Lehoux
Suivi éditorial : Aline Abou Saad assistée de Suzy Cacheux et Éloïse Tétaud
Directrice artistique : Sabine Houplain assistée de Julie Delzant et Élodie Palumbo
Mise en pages : CGI
Fabrication : Nicole Thiériot-Pichon
Partenariats et ventes directes : Mathilde Barrois
(mbarrois@hachette-livre.fr)
Relations presse : Hélène Maurice
(hmaurice@hachette-livre.fr)

Édité par les Éditions du Chêne (58 rue Jean-Bleuzen 92178 Vanves Cedex)
Achevé d'imprimer en septembre 2016 par Estella Graficas (Ctra Estella Tafalla KM2, 31200 Estella Navarra, Espagne)
Photogravure : Quadrilaser
Dépôt légal : septembre 2016
ISBN 978-2-81231-541-1
25/2131/7-01